現代社会で乙女ゲームの悪役令嬢をするのはちょっと大変
It's a little hard to be a villainess of a otome game in modern society
5
二日市とふろう
イラスト じゃいあん

「お嬢様。サブプライムローンというのはご存知ですか？」
アンジェラ・サリバン

桂華院瑠奈
「サブプライム、プライムじゃなくて、『サブ』プライムって事？」

剣道都大会、小学生の部、
個人決勝戦、迫る――。
桂華院瑠奈
帝都学習館学園
高橋鑑子
帝都学習館学園

現代社会で乙女ゲームの悪役令嬢をするのはちょっと大変……

It's a little hard to be a villainess of a otome game in modern society

5

二日市とふろう
イラスト じゃいあん

Story by Tofuro Futsukaichi
Illustration by Jaian

桂華院家家系図

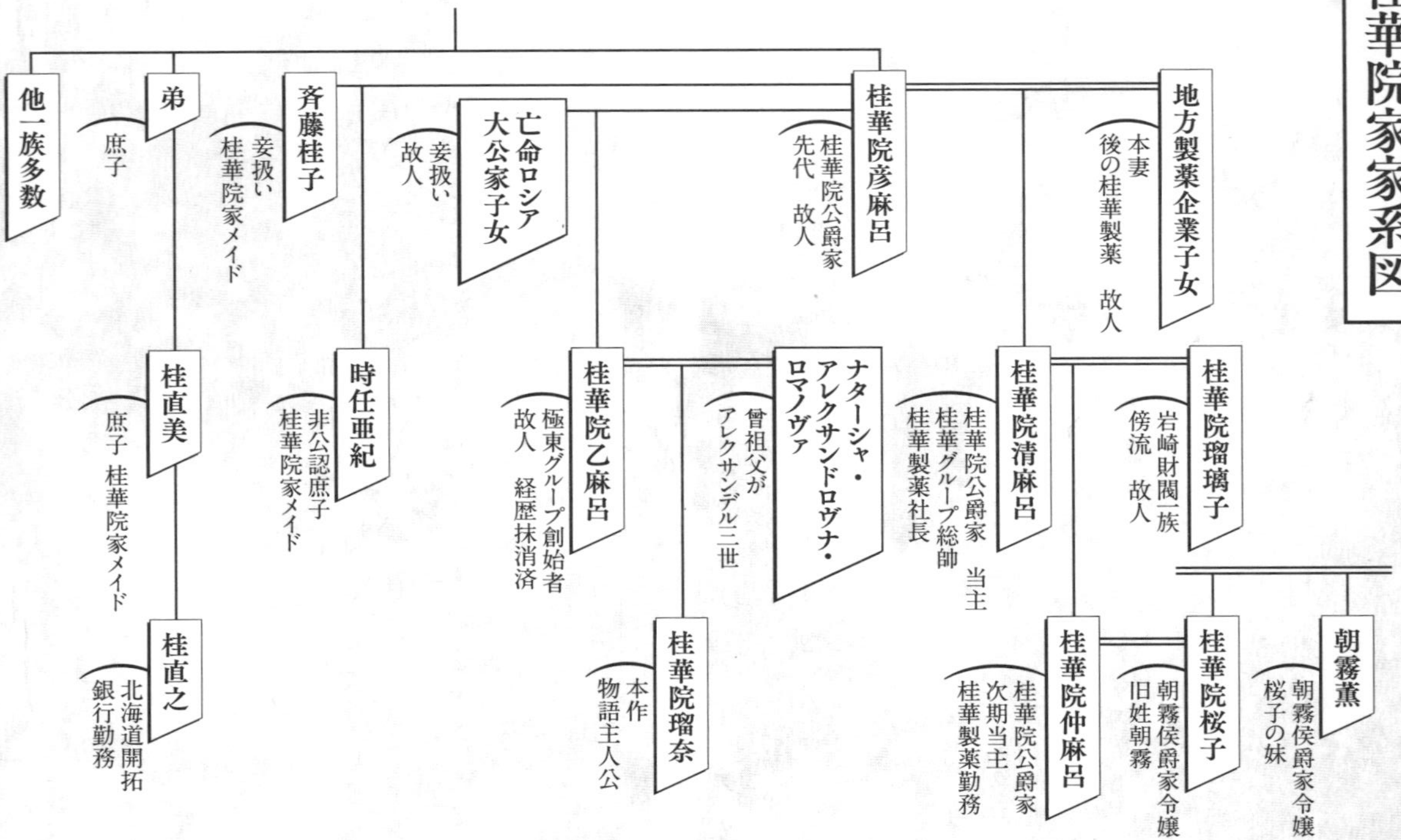

地方製薬企業子女
本妻
後の桂華製薬　故人
桂華院彦麻呂
桂華院公爵家
先代　故人
亡命ロシア大公家子女
妾扱い
故人
斉藤桂子
妾扱い
桂華院家メイド
弟
庶子
他一族多数
桂華院瑠璃子
岩崎財閥一族
傍流　故人
桂華院清麻呂
桂華院公爵家　当主
桂華グループ総帥
桂華製薬社長
ナターシャ・アレクサンドロヴナ・ロマノヴァ
曾祖父がアレクサンデル三世
桂華院乙麻呂
極東グループ創始者
故人　経歴抹消済
時任亜紀
非公認庶子
桂華院家メイド
桂直美
庶子　桂華院家メイド
朝霧薫
朝霧侯爵家令嬢
桜子の妹
桂華院桜子
朝霧侯爵家令嬢
旧姓朝霧
桂華院仲麻呂
桂華院公爵家
次期当主
桂華製薬勤務
桂華院瑠奈
本作
物語主人公
桂直之
北海道開拓
銀行勤務

Keika Group 桂華グループ

鳥風会《チョウフウカイ》

桂華院公爵家

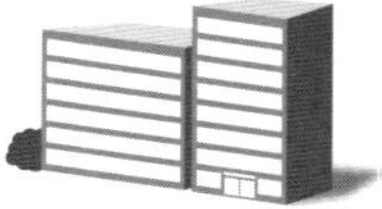

社長会　鳥風会

創業企業
桂華岩崎製薬

財産管理
ムーンライトファンド

桂華岩崎化学 >> 岩崎財閥入り

主要四社

桂華商会ホールディングス

子会社

- 赤松商事
- 帝商石井
- 帝綿商事
- 鐘ヶ鳴紡績

携帯通信事業・ドッグエキスプレス・資源事業・北樺警備保障・桂華部品製造・船舶事業・航空機リース販売事業・繊維事業・化粧品事業・越後重工

桂華鉄道ホールディングス

子会社

- 桂華鉄道グループ

四国新幹線・京勝高速鉄道・香川鉄道グループ・桂華バス・桂華土地開発・九頭竜川鉄道・桂華太平洋フェリー・ムーンライトリゾート・桂華鬼怒川リゾート・建設中鉄道

- 桂華ホテルグループ

AIRHO・北海道三次産業企業群・桂華歌劇団・由布院黒川開発・桂華広告社・九段下ビル

- 帝西百貨店グループ

帝西百貨店・総合百貨店・帝西スーパー・肥前屋・コンビニ・ファッションビル・牛丼店・北海道一次産業企業群

桂華金融ホールディングス

子会社

- 桂華銀行
- 桂華証券
- 桂華生命
- 桂華海上保険

桂華電機連合

子会社

- 四洋電機
- ホープメモリ
- 古川通信
- ポータコン
- TIGバックアップシステム

It's a little hard to be a

villainess

of a otome game in

modern society

目次

人は愚かである。愚かであるからこそ、その歩みを止めない。これはそんな話である。

「ですから、彼女が持っている権益はこれを機に全て本家の方で管理するべきです！」

「その通り。日米の両政府から止められた以上、それを取り上げる事に異存はあるまい？」

東京都白金桂華院《けいかいん》公爵本家。その一室にて橘《たちばな》隆二《りゅうじ》は糾弾を受けていた。この場に集まった糾弾者達《たち》は桂華院家の分家や親族達で、桂華院公爵家の中枢を担う者達。

糾弾する彼ら全員の腹の中を見透かすような鋭い目線で橘隆二は中央の桂華院清麻呂《きよまろ》公爵とその隣に座る桂華院仲麻呂《なかまろ》を見るが二人は動かず、この場は桂華院瑠奈《るな》の欠席裁判の場と化していた。

華族である桂華院公爵家には当然多くの分家や家臣家がある。ますは本家。桂華院彦麻呂《ひこまろ》から清麻呂を経て仲麻呂に、やがてその彼の子供に繋《つな》がる血筋だが、最近は桂華院瑠奈によって家門序列のパワーバランスが崩れている上に、華族特権の剝奪などが近づいているので、側近はこの状況を憂慮している。

一部には桂華院瑠奈の婿は内部から出させるようにという声も出たが、本家養女となった事でその声も消えた。

本家は清麻呂と仲麻呂の二代に渡って岩崎《いわざき》財閥と縁のある嫁を得た事で、岩崎家親族扱いも期待できるのと同時に、岩崎財閥に吸収されるのではという声も出ているが、今の所は大きな声にはなっていない。本家は経営から離れて財団運営に軸を移す事で所有と経営の分離を促すと共に、桂華院瑠奈の持ち分には手を出さない事を明確化していた。

その本家の両脇を固めて橘隆二に厳しい声を投げていたのは分家筋である北山流桂華院の家々。元々桂華院彦麻呂が某公爵家庶子という経歴から、その某公爵家からつけられた一族で、中もいくつかに割れており、桂華院家を継いだ時に押し付けられた一族と、元々の某公爵家が戦後に没落した中で使える連中を引き取った一族とがある。北山の由来は、某公爵家の名の由来である北山殿にちなんでおり、その流れから爵位持ちが多く最高位は伯爵家。華族特権の不逮捕特権を行使する事で生計を立てていたが、特権剝奪を前に多くが桂華《けいか》グループの財団である鳥風会で文化的活動を担う事で生き残りを図ろうとしていた。彼らについては少ないながらも桂華院家継承の権利を持っている事から本家からの警戒もあり、かといって粛清する訳にもいかないという微妙な関係が続いていた。

「皆様にお聞きしたい。取り上げる以上はそれをどなたが管理するのか？　そして、それをどのようにお嬢様にお伝えするのかお聞かせ願いたい」

先代桂華院公爵の懐刀として、昭和の闇の中で働いていた橘にとってこの欠席裁判とて茶番劇でしかない。だが、こういう茶番劇で桂華院公爵家内部のガス抜きができるのならと、彼自らが桂華院清麻呂に頼んでこの席を設けたのである。糾弾する面々は橘隆二の低い声に押される。

「本家で瑠奈が築き上げたものの管理は無理だよ」

さも当然のように桂華院仲麻呂が口を挟む。この欠席裁判は当の本人には知らされていないが、その桂華院瑠奈は小学生ながら恐ろしい財テクで瞬く間に資産を積み上げ、桂華金融ホールディングス、桂華鉄道、桂華商会、桂華電機連合という日本有数の企業を作り出した稀代《きたい》の小学生である。

「今、ここにいる面々を社外取締役としてつける事は可能だ。そして、表向きにできるのはそこまで、この四社の古参の連中は瑠奈ですら手こずっていると聞く。瑠奈以外の我々の声に彼らが耳を傾けると思うかい？」

仲麻呂の指摘は正しい。確かに会社を買収した以上は会社の持ち主ではあるが、会社を動かす人間の忠誠は金では買えないのである。

あまりに多種多様な金融機関が集まった桂華金融ホールディングスは後ろ盾だった大蔵省の失墜に伴って内部の派閥争いが激化。その専門性から仲麻呂自身が社外取締役から身を引いたばかりだった。桂華鉄道はトップだった橘隆二が加東《かとう》議員失脚に連座、逮捕こそ不逮捕特権で免れたが実権を失い後継者の座を西日本帝国鉄道と東日本帝国鉄道が狙っている始末。桂華電機連合は帝国電話という巨大通信企業の影響力が排除できず、日米にまたがった買収で、社内統治について懸念の声が出ているのはこの場の面々は皆知っていた。そして、近くできる桂華商会だが、総合商社という莫大《ばくだい》な取引先を抱える会社の経営統合なだけに、どこに地雷があるかわからない有様。

「岩崎に全部任せてしまうべきでは？」

その声に部屋全員の体が固まる。口に出したのは北山流桂華院家の次に控えていた岩崎流桂華院家の男だった。桂華院本家が岩崎財閥と繋がった事で、いくつかの途絶えた家に岩崎家からの養子を入れて復興させた家で、岩崎側も庶子などの扱いに困る子が多かった事から、この提案に飛びついたという経緯がある。岩崎財閥本家は未《いま》だ男爵家なのに対してこれらの家を男爵より高い子爵・伯爵家としたのは、コンプレックスを利用して彼らの忠誠を買う桂華院彦麻呂の一手で、その経緯から当初は桂華院家への忠誠が高かったが、代替わりを経て岩崎財閥への回帰を目指し、清麻呂の嫁を岩崎財閥から迎えるように運動したのがここである。バブル崩壊後からその動きは更に顕著になり、桂華グループ救済を名目に桂華グループを手土産として岩崎財閥に返り咲こうとしていたので、彼らの言葉はある意味分かりやすかった。

日本を代表する巨大財閥である岩崎財閥と桂華院家の縁はかなり深い。現当主である桂華院清麻呂の妻が岩崎財閥分家の一族である岩崎瑠璃子《るりこ》であり、この間結婚した桂華院仲麻呂の妻である朝霧桜子《あさぎりさくらこ》の母方の祖父が帝都岩崎銀行頭取である岩崎弥四郎《やしろう》なのだ。桂華グループ全てを差し出す身売りならば、岩崎財閥は喜んで食べるに違いない。その声にはそこまでの意味がこもっていた。

「岩崎に全部任せてしまう事も考えなかったと言えば嘘《うそ》になります」

平然とした声で橘隆二は言う。この茶番への根回しは桂華院清麻呂および仲麻呂だけでなく、参加している分家や親族へも既に済んでいた。だからこそ、この場に残る発言は記録として重要になる。

「それにはいくつかの問題があります。まず岩崎側の事情。帝都岩崎銀行はゼネラル・エネルギー・オンライン破綻前にお嬢様の力添えで損失を回避する事ができました。少なくともお嬢様から桂華金融ホールディングスを取り上げるつもりはない事を内々ですが、こちらに伝えてまいりました」

「それは事実だよ。桜子から聞いたからね」

橘隆二の発言を桂華院仲麻呂が保証する事で、少なくともこの二人の間で意思疎通が図られているのがわかる。

「桂華金融ホールディングスを食べない以上、岩崎御三家の岩崎商事が桂華商会を、岩崎重工系列の岩崎電機が桂華電機連合を食べるのは御三家内での争いに発展しかねない。我々が助けを求めた結果、岩崎財閥でお家争いが発生するなんて本末転倒だろう?」

桂華院仲麻呂の言葉に誰も口を挟まないのを確認して、桂華院清麻呂が発言する。

「先日の米国主催の晩餐会《ばんさんかい》にて米国大使が直々にお礼を言ってきた。米国も叱りはしたが実権まで奪いたくはないみたいだな」

超大国米国。その正義感と実利がにじみ出る桂華院清麻呂の言葉には、桂華院瑠奈が積み上げてきたイラクへの戦争準備がある。人殺しはいけない事だから彼女にこの件については手を引いてもらう。だが、彼女がやった戦争準備はありがたく使わせてもらうという実に虫のいい発言だが、それは万一イラク戦争がうまくいかなかった場合、彼女に出てもらう事を期待するというニュアンスがある事に他ならない。このあたりの調整は桂華院瑠奈がスカウトしたアンジェラ・サリバンやカリン・ビオラが米国内で頑張った結果ともいう。

「とはいえ、我々で経営できる規模を超えているのは事実。所有と経営の分離はいずれ行わなければならない」

その声をあげたのは、橘隆二に近い所に座る明静《みようじよう》流桂華院家の人間。華族としては新興の桂華院家が家門隆盛の手段として桂華院家の苗字《みようじ》を名乗らせた家や、他家との縁で自派に入れた家などの総称で、側近や譜代の家もここにまとめられ、本来は橘隆二もここに入る。明静の名は藤原定家《ふじわらのさだいえ》の法名に由来するが、そこには彼が記した『下官集』という書の題名に地下人と蔑む意を込める底意地の悪さが隠されている。基本士族扱いであり、士族身分が崩壊してからは桂華院家についた華族家や便宜を図った軍人・国会議員・官僚などが名前をもらって箔《はく》付けするという事があった。そんな経緯から桂華院の名をそのまま使う事をはばかり、家名を桂《かつら》としたり、名前に桂の字を入れるようになる。実際に桂華院家を動かしている人達であり、本家に忠義をつくしているからこそ、桂華院瑠奈の台頭に心を痛めていた。

「所詮子供なのだ。酒田のお嬢様の動向など気にせずに大人の好き勝手にすればいいじゃないか」

その陰口は思ったより大きく響き、橘隆二だけでなく桂華院清麻呂および仲麻呂の顔を険しくさせる。東京生まれ東京育ちなのに酒田のお嬢様こと桂華院瑠奈が本家筋の養女となった事で新設される家の蔑称が酒田なのは、彼女の父親である桂華院乙麻呂《おつまろ》が酒田に作った旧極東グループという基盤を桂華院瑠奈が継承した形になったからである。

旧極東グループが譜代となり彼女自身も人材を集めているが、新興家である事もあり、桂華院家からの譜代が少ないのが特徴で、執事の橘隆二を始めとして、一条進《いちじようすすむ》の一条家や桂直之《なおゆき》の桂家、時任亜紀《ときとうあき》が興す家が譜代としてつくために桂華院公爵家の内部序列ではかなり低い。

「我々は大きくなり過ぎた。自らの意思を伝えられないぐらいにね」

桂華院仲麻呂が思い出したように呟《つぶや》くと、この場の面々が視線をそらす。ここにいる面々は桂華院公爵家という家に連なる面々であり、一族の絆《きずな》よりも家が持ってしまった利権を欲しがっている事をそれとなく皮肉られれば、ばつの悪い表情を浮かべる程度の羞恥心は持っていたらしい。

「だからこそ、この場を設けさせて頂いた。お嬢様にお伝えする前に、我々がどうするか決めるべきだと思ったのです」

「なるほど。では、聞かせてもらおうか？　橘君。君の考える結論を」

桂華院仲麻呂が尋ねるが、桂華院公爵家当主の質問に口を挟める人間は居ない。

実質的な桂華院瑠奈の処遇は橘隆二の言葉にかかっており、彼は深く息を吸い込むとこの場で自分が考えうる最善の結果を口にした。

「お嬢様が成人するまでの暫定措置として我々で管理します。その際に岩崎財閥の関係者を社外取締役として迎えてチェックさせる方向でいかがでしょうか？」

岩崎財閥に関与させる事で岩崎財閥と桂華院家の関係強化を狙うという案である。桂華グループの人材不足を岩崎財閥から補いつつも社外取締役に留《とど》める事で内部への浸透は可能な限り拒否する。とはいえ、岩崎財閥と桂華院家の関係はますます深まり、この場の多くの人間が望む岩崎財閥と桂華院家の一体化が進む事も間違いではない。

「また、この場の皆様で桂華グループの経営に関わりたいという方がいらっしゃったら、声をあげていただきたい。

私がお嬢様を説き伏せて、然《しか》るべき役職におつけする事を約束します」

橘隆二の言葉を受けて、部屋のあちこちから手があがる。この場に集まっている面々のうち北山

流桂華院家は社外取締役に就く意思も能力もないから無言を貫き、岩崎流桂華院家は岩崎財閥と桂華院家の合流を望んでいるので多くの人間が手をあげる。明静流桂華院家も管理・監視ができるからと参加の意思を示し、それを見て橘隆二は小さく頭を下げた。

彼は思惑通りになった事に安堵《あんど》した。岩崎財閥と桂華院家内部の監視を受け入れた事で、少なくとも桂華院家内部からの力によってお嬢様が引きずり下ろされる確率は低くなった。

あとは今手をあげた彼らがその地位に然るべき才能を発揮してくれるならば言う事はないのだが、そこまで橘隆二は彼らの才能に期待はしていなかった。

「いいだろう。桂華院公爵家当主として、今まで通り橘君に瑠奈の事を一任しよう」

桂華院清麻呂の決定に橘隆二以下この場に居た全員が頭を下げる。

華族、いや、日本の家という本質が現代においても残っている事をまざまざと見せつけながら、この欠席裁判は終わった。

「橘君。あれでよかったのかね？」

「何事も、ある程度の妥協は必要です」

あの後桂華院清麻呂の書斎に集まったのはこの部屋の主である桂華院清麻呂と、桂華院仲麻呂、橘隆二の三人で、橘隆二の言葉に桂華院清麻呂は苦笑を浮かべざるを得ない。

橘隆二も彼なりに桂華院瑠奈を心配している。ただ、その心配と対処は昭和のグレーゾーンに躊《ちゅう》躊《ちよ》なく接触する形であり、その手口はまさにフィクサーと言わんばかりの裏工作である。

桂華院瑠奈本人がこの場を見たら激怒するだろうというくらいには桂華院清麻呂は瑠奈の性格を理解しているつもりだったし、その手口が平成では通じないと察した桂華院清麻呂は彼を遠ざけて島流しよろしく桂華院瑠奈の下に送ったのである。

まさかその桂華院瑠奈が本家を凌《しの》ぐ隆盛を誇るなんて想定していないし、できる訳もなく。

「こういう茶番を行って中を固める必要があった理由というのは話してもらえるのでしょうね？」

茶番が終われば本題が始まる訳で、桂華院仲麻呂の声はいつも以上に低い。

そんな彼に橘隆二は執事らしく二人にコーヒーをいれてやりつつ、一枚の書類を差し出した。

それは、米国が調べ上げた桂華院瑠奈を取り巻く周囲の状況をレポートしたもので、その情報は桂華院仲麻呂が予想していたものとは大きく異なっていた。

「……なるほど。古《いにしえ》の亡霊が瑠奈にとりつこうとしていた訳だ」

桂華院仲麻呂が吐き捨てた古の亡霊の正体は国内のとある政治勢力の事を指す。太平洋戦争敗戦のリベンジを叫び、第二次2・26事件の遠因となり、対米追随外交からの脱却を目指し、ハルフォード・マッキンダーの提唱した『ランドパワー』の信奉者として、混迷が続いているロシアへの介入を目指す勢力の事だった。

冷戦終節のどさくさにまぎれて本来のこの国の領土だった南樺太《からふと》を回復したまではよかったが、そのついでとばかりに本来はロシア領である北樺太まで崩壊した北日本民主主義人民共和国の領土として奪ってしまった事が『北樺太問題』として日露間の外交問題としてくすぶっていた。

未だ政情不安定なロシアに対してロシア帝室だったロマノフ家の血を引く桂華院瑠奈はそのアイコンとしてこの国が使える最高のカードであり、恋住《こいずみ》政権によって一敗地に塗《まみ》れた彼女にそんな勢力の手が差し伸べられようとしていたのである。今はまだ有象無象の集まりでしかないが、岩沢《いわさわ》都知事や鶴井《つるい》元政調会長が所属し、恋住政権で冷遇されている派閥やロシア国内の勢力を取り込みつつある現状で彼女は旗印となった際に何が起こるか考えたくもない惨事が発生するだろう。

「瑠奈はあの国の象徴として担ぎ上げられようとしている訳だ……」

桂華院仲麻呂がそう言って深いため息をつく。確かに彼女はロシアという国の国民にとっては象徴であり希望と成りえるが、日本という国家の国民にとってもシンボルとして存在する事は間違いないのだ。

「瑠奈は、瑠奈自身が思っているより遥《はる》かに大きな存在なのだよ。君が危惧しているように、彼女を潰そうとする人間は必ず出てくる」

「はい。だからこそ、私はお嬢様を守ります。そのためにはまず、この情報を隠し通さねばなりません。お嬢様が知ってしまうとご自分の意思で動きかねないので」

桂華院清麻呂の嘆きに橘隆二が毅然《きぜん》とした声で返せるのは、彼がこの情報を秘匿する二つの懸念があるからだ。一つは、瑠奈がこの件を知った場合に彼女が動く事。そしてもう一つは、瑠奈が動けば必ず巻き込まれる人間がいるためで、巻き込まないためには知らせないという事である。

桂華院仲麻呂も天井を見上げて嘆く。

「つまり、米国は間違いなくイラクを攻めるという訳だね?」

「はい。今回お嬢様が恋住総理に抑えつけられたのは、このイラク開戦に最初から絡もうとしていたからです。そして、恋住政権と米国はお嬢様を排除しましたが、イラク開戦の準備についてはさらに加速しており、お嬢様が中東に用意していた仕掛けを全て使って戦力を集めている所です」

２００1年9月11日の同時多発テロによって覇権国家米国の威信は地に落ちた。その報復でアフガニスタンに侵攻して現地武装勢力を壊滅に追い込んだが、その程度で戻る威信ではなく、さらなる血と武威を米国は求めていた。その候補こそが湾岸戦争で仕留めそこなったイラクである。

桂華院瑠奈を旗印にロシアに仕掛けるという動きは、この米国のイラク侵攻前に動く事で覇権国家米国の威信をさらに低下させ、日本の外交的地位を高める狙いがあった。

「そこまで分かっているんだ。この件で糸を引いている黒幕に心当たりがあるのだろう？」

桂華院仲麻呂の質問に橘隆二は静かに頷《うなず》くと、財布の中から一枚の紙幣を取り出す。

２００2年にできた真新しい紙幣。ユーロ。それはまさに欧州の希望の名前。

米国が主導するイラク侵攻に対して仏国やドイツなど欧州各国は距離を置いている。これは、米国と距離を置く事で自国の被害を最小限に抑える狙いがあるが、逆に言えば米国との距離を置く事で米国とは違う事をアピールしつつ、欧州という大枠で米国主導の世界にチャレンジしようと企《たくら》んでいるようにも見えていた。

冷戦終結と欧州の統一。覇権国家米国の動揺とそれを抑えるためのイラク侵攻。一気に広がったテロを始めとした非対称戦争。その世界の流れの中に桂華院瑠奈は居たのである。桂華院瑠奈本人はその流れを自覚し、その激流に飛び込む事を覚悟していたが、それを押し留めた大人達は、押し留めた以上は彼女に代わって世界に、歴史に責任を持たなければならなかった。

「えぇ。今回の件は、我々で解決します」

橘隆二の言葉に桂華院清麻呂は満足げに微笑《ほほえ》み、彼は橘隆二に飲み終わったコーヒーカップを手渡す。

「頼んだよ。私にできるのはここまでだ」

「承知しました」

こうして、桂華院公爵家における密談は終わりを告げる。『極東の餓狼《がろう》』と恐れられたフィクサー橘隆二の仕事はこれからだった。


桂華鉄道本社の仮ビルは秋葉原駅近くに用意されている。これは、桂華鉄道が力点を置いているのが建設途中の新常盤鉄道であるという事が理由なのだが、いずれ本社は新宿に移るだろうと内外で囁《ささや》かれていた。もちろん、その理由は二兆円もの資金を投じて現在も工事中である新宿新幹線だ。

この桂華鉄道社長を務める橘隆二は代表権のない会長に上がるために、早急に後継者を見つける必要があった。そこで白羽の矢を立てられたのが東日本帝国鉄道の元役員で今は桂華鉄道運行管理本部長を務めている三木原和昭《みきはらかずあき》である。

「どうぞ。楽にしてください」

秘書が扉を開けて三木原和昭を社長室に入れると、朴訥《ぼくとつ》顔の彼の手を橘隆二が握る。

彼は『スジ屋』と呼ばれる鉄道の時刻表作成の基本となるダイヤグラム職人であり、首都圏の東日本帝国鉄道が乱れずに常時定時を走っているのは、彼のような職人達が陰で苦労している事をスカウトした橘隆二は知っていた。

「あまり良い話じゃなさそうですね」

その握られた手の力の強さに三木原和昭が察すると、橘隆二も手を握ったまま苦笑する。

確かに良い話ではないからだ。彼にとっては。

「私のスキャンダルについてはご存じかと思いますが、その責任を取る形でこの部屋を譲る事になりました。この部屋の次の主は三木原さん。貴方《あなた》だ」

桂華鉄道は今、慢性的な人不足に悩まされている。

何しろ何も知らない桂華院瑠奈が不良債権処理のついでに関わってしまった鉄道会社救済が始まりの上、四国新幹線や新宿新幹線、新常盤鉄道に京勝高速鉄道などどんどん急拡大してしまっており、その拡大の後始末に追われていたからである。

「西日本帝国鉄道の出向役員を選ぶと思っていましたよ。新幹線がらみで」

「あなたの次はそうなるでしょうな」

その一言で三木原和昭も苦笑する。この部屋の主を巡って東日本帝国鉄道と西日本帝国鉄道の間で静かにかつ激烈な暗闘が発生し、彼が勝ったらしい理由をため息と共に口にした。

「やはり、新宿新幹線ですか?」

「ええ。桂華鉄道だけで既に二兆円の建設費用を出し、新幹線新宿駅地下ホームをメインに新宿地下の大規模開発『新宿ジオフロントシティー』も都主導のもとで国家プロジェクトとして進められています。ここでこの計画が頓挫すれば……」

「ああ、なるほど」

巨額な金が動く鉄道事業はそれゆえに嫌でも政治が絡む。それは三木原和昭にも分かっており、だからこそ彼は自分が選ばれた理由を理解する。

この巨大事業の桂華側の責任者に据えた事で、東日本帝国鉄道への支援と政治力を求めたのだ。事実、この新宿ジオフロントにはテロ計画があった事が発覚して逮捕者が出る大騒ぎがあったのが2001年の事である。本当にテロが発生したらその政治的影響力がどこまで及ぶかわからない。

本人は『スジ屋』という職人を気取っているが、役員にまで上がった人間が政治ができない訳がない。それを見越した上での人事だった。

「分かりました。引き受けましょう。ただ、私はあくまで現場の責任者ですからね。政治的な駆け引きはそちらでお願いしますよ」

「分かっています。私も政治家ではないので。これを受けていただくにあたって何か要求とかはありますか？　できうる限り善処しますよ」

橘隆二は笑うが、その目は笑っていなかった。その目を見て三木原和昭も小さくため息をつく。

「そうですね。でしたら、一つ人事をお願いしたいのですが……」

「失礼します。社長。桂華ホテルコンシェルジュの長森香織《ながもりかおり》様をお連れしました」

「ありがとう。とりあえず楽にしてください」

「では、お言葉に甘えまして」

　社長室秘書がお茶を置くと、この場には桂華鉄道社長である橘隆二と運行管理本部長の三木原和昭と長森香織の三人だけになる。互いにお茶には手を付けずに、先に三木原和昭が口を開いた。

「今日、ここにお呼びしたのは、橘社長が近く代表権のない会長になり私が次期社長として内示を受けたからです。その私の最初の人事として、貴方を桂華ホテルの執行役員に迎えたい。更に、桂華鉄道ホールディングス全体のサービス向上を意図した桂華鉄道ホールディングスのコンシェルジュに就いてもらいたいと思いまして」

　三木原和昭から伝えられた長森香織はちらりと橘の方を見るが、彼は肯定という名の沈黙を貫いていた。子会社の一介のコンシェルジュが子会社執行役員に就くだけでなく、親会社でも役が与えられるという大抜擢《だいばってき》の内示。もちろん裏がない訳がない。

「三木原本部長。理由をお聞きしても？」

「桂華グループの事業再編に伴う、メイド部門の重複問題の解消というのが表向きです」

　数年でその身体を膨らませるだけ膨らませた桂華グループは、メイド部門だけでも重複があり、軋轢《あつれき》が生じつつあった。まず、桂華院家に属するメイド達。桂華院本家で働くメイドの他に、桂華院瑠奈のメイド長である斉藤桂子《さいとうけいこ》や時任亜紀、桂直美《なおみ》や橘由香《ゆか》や一条絵里香はここに属している。

　本家は置いておくとして、世が世ならお嬢様の直臣というやつだ。

そして、そのお嬢様を守る護衛メイド達は北樺《きたかば》警備保障の所属であり、中学入学後に作られるだろう側近団の所属はここなのだが、その北樺警備保障はもうすぐできる桂華商会の子会社だ。

この上に桂華商会には桂華メイドサービスというメイド派遣業があったりする。そして桂華ホテルだが、コンシェルジュ部門にメイドが居る他、九段下桂華タワーのメイド喫茶『ヴェスナー』は桂華ホテルの所属になっていた。

「今までうまくやっていたのですから、そのままでよいのでは？」

「これからもうまく行くのならばね。でも、そうも言ってられないみたいなんだ」

そう言って、三木原和昭はテーブルの上に経済誌を載せる。その特集のタイトルは、『水膨れの桂華グループ』であった。

「無視できるかもしれないが、いらぬ腹は探られたくないし、わざわざマスコミに取材のネタを提供する事もないだろう。という訳で、ある程度の形の整理をと思っています」

理路整然と言う三木原和昭に長森香織はすっと言葉を促す。人を相手にする仕事をしている以上、聞き上手にならねばコンシェルジュは務まらない。そんなやり取りを橘隆二がじっと見ていた。

「では、裏の理由は？」

「社内政治です」

そして二人とも失笑する。コンシェルジュを大抜擢するのも、それをわざわざ呼んで内示を告げるのも社内政治。つまる所テーブルに置かれた経済誌の言う通りの『水膨れ』そのものなのだから。

「知っての通り、私は桂華グループの出身ではありません。その事で、快く思っていない人も多くてね。その調整の駒として貴方を選びました」

「またずいぶんストレートに言いますね？」

「誠実には誠実をもって。わざわざ敵に回す事もないでしょう？」

少し間を置いて三木原和昭は続きを語る。その視線は、やり取りを見ていた橘隆二の後ろに飾られていた桂華グループの社章である『月に桜』に向けられていた。

「この社章。『月に桜』ですか。お嬢様がこれを一番最初に与えた会社は桂華ホテルなんですよ。だからこそ、お嬢様を頂点とする桂華グループの中で、旧大蔵省の植民地だった桂華金融ホールディングスは別にして、桂華ホテルはお嬢様の創業から共にあった本家本元という意識が強かったりします。鉄道・帝西百貨店・ホテルが一つとなる桂華鉄道ホールディングス内部でもさや当てが行われている現在、ホテル側に配慮をという理由です」

お嬢様こと桂華院瑠奈のビジネスの中枢はムーンライトファンドな訳だが、これは害が彼女に届かないように組織を意図的に作っていなかった上に、桂華グループ組織再編において桂華商会の子会社に収まる予定だった。日本企業において、収益や貢献よりも創業とか年月がマウントを取るのはよくある事で、急膨張したというか急膨張したからこそ桂華グループ内部で大きく物を言うようになっていた。おまけに、彼女の住んでいる九段下桂華タワーは桂華ホテルの所有であり、メイド達は日常的に彼女に接していた。そこのメイド達に絡める位置に居るのが長森香織である。

「情けない話ですが、鉄道部門も一枚岩ではないのでね。鉄道・ホテル・百貨店の三すくみで揉《も》めた時にホテル側に助力をという下心もあったりする訳です」

「またずいぶん内情を話しますね？」

「そりゃあ、鉄道ですから。『我田引鉄』なんて言葉が生まれるぐらい鉄道と政治は切っても切れないものですよ。私は東日本帝国鉄道の出身ですが、次の社長は西日本帝国鉄道から出さざるを得ない。だから、雇われ社長の私は貴方を通じてお嬢様の動向を常に把握したいという訳で」

新常盤鉄道に新宿新幹線と桂華院瑠奈は東日本帝国鉄道に莫大な投資をしていたのだが、西日本帝国鉄道にも四国新幹線や新大阪駅ホームやなにわ筋鉄道で莫大な投資をした上で東海帝国鉄道にも名古屋圏を中心に投資を行っている。つまり、あのお嬢様の動向で数千億から兆もの巨大投資が動くのだ。その動向を見られるメイド、そこに絡める長森香織なら執行役員に大抜擢してもお釣りが来るというものである。

「わかりました。こちらとしても拒否するつもりはありません」

長森香織は了承ついでに少しばかりのいたずらをする。お嬢様がそれについてぼやいていたのを知っていたからだ。

「ですが、お嬢様の意向がこちらに伝わる事もお忘れなく。具体的に言うと、『九段下駅から気楽に臨時列車が動かせない』ってぼやいてますけど」

スジ屋である三木原和昭は苦笑して視線を逸《そ》らす事で返事とした。物理的に不可能な現状、地下鉄東西線工事に金をぶち込みかねないと察したからに他ならず、橘隆二はそんなやり取りに口を挟む事はついになかった。

桂華ホテル新宿。九段下桂華タワー内の桂華ホテルができる前はこのホテルが桂華ホテルの旗艦店だった。そのため、要人を招くための部屋なども用意されており、信頼できる者がその対応に当たる。

次期桂華鉄道社長である三木原和昭から抜擢された長森香織が案内して、部屋で待っていた橘隆二に握手した男の名前は岩沢真《まこと》都知事という。

「橘さんがこういう形で呼ぶという事は、あまりいい話ではないようだね」

そんな軽口を叩《たた》く岩沢都知事だが彼は都知事として新宿新幹線に関わっており、その新宿新幹線を推進する桂華鉄道社長だったのが橘隆二である。二兆円もの金が動く魑魅《ちみ》魍魎《もうりょう》を桂華院瑠奈に代わって現場で処理するのがこの二人の関係だった。今までは。

二人のためにお茶を置いた長森香織が一礼して部屋を出たのを見計らって橘隆二は口を開く。

「単刀直入に言います。貴方のお友達の中でお嬢様をたぶらかして米国に対抗しようとする動きがあります」

「ああ。彼らだったらやるだろうな」

岩沢都知事から出た言葉にはなんとも言えない諦観が乗っていた。それを確認しながら橘隆二は更に言葉の刃《やいば》を突きつける。

「貴方はこの動きに絡んでいないでしょうね?」

「私を都知事の椅子に座らせてくれた上に新宿新幹線なんて巨大プロジェクトを推進しているお嬢

様を裏切るほど、私も耄碌してはいないよ。とはいえお嬢様が総理相手に、米国相手に喧嘩をするのならば喜んで駆けつけるつもりだった」

岩沢都知事の言葉を聞いて橘隆二は内心で安堵する。この人は本当にお嬢様の味方なのだろう。だからこそ自分がお嬢様の敵になる事を恐れていた。それぐらい政治には魑魅魍魎が潜んでいる。

「良かった。それで彼らが何かやらかす前に貴方を呼んだのです。彼らの暴走を止めるために」

「それはできない相談だな。今の私に彼らの暴走を止める手段はないよ。何しろ恋住総理に負けて煮え湯を飲まされている上に、米国の下請けとして散々奔走してきたのは橘さん、貴方もその一人じゃないか。米国に敵対するとは言わないが、今の我々みたいに是々非々のやり取りができる程度の待遇改善は求めてもいいだろう？」

橘隆二は痛いところを突かれたと顔をしかめる。確かに彼の言う通りなのだ。

第二次世界大戦、いや彼らの意識からすれば太平洋戦争の敗戦によって、この国は米国の言いなりに、大陸やベトナムや湾岸で血を流してきた。

それに見合う経済的繁栄も手に入れたが、あの戦争から既に半世紀が過ぎようとしており、テロとの戦いという新しい戦争が始まった中、そろそろ独自の価値観を持った国になってもいい頃合いである。それがわかっているからこそ、岩沢都知事は恋住総理に対して、そして米国に対しても物申せる立場でいたかったのである。その際の運動の核がお嬢様こと桂華院瑠奈でなければ、彼はとっくに恋住総理に喧嘩を売っていただろう。

「しかし彼らはもう動いています。お嬢様が恋住総理に押さえつけられた事で焦った結果大変な事になる」

「ああ。やはり米国はイラクを叩くのか」

岩沢都知事が腹立たしさを隠そうともせずに吐き捨てる。お嬢様こと桂華院瑠奈がそのアイコンとして米国のプロパガンダに利用される事も腹立たしい上に、彼の耳にはこのイラク戦争の大義なんてなく9・11からの復讐《ふくしゅう》のついでにイラクを叩くという米国の思惑が聞こえていたからだ。

橘隆二が淡々と岩沢都知事に告げる。

「まずはお嬢様の邪魔になりそうな政治家達を排除していきます。当然、排除対象の中には貴方も入っていました」

「構わないさ。お嬢様を利用しようとする連中を潰す事に協力しない程私は薄情じゃないが、外した理由は？」

岩沢都知事の言葉を聞きながら橘隆二は苦笑する。

「貴方がお嬢様に肩入れしている事は誰の目にも明らかだからです。そんな貴方を排除対象にするとお嬢様の怒りを買いかねない。お嬢様の足を引っ張るのは我々の本意ではありません」

「……そういう事にしておくよ。ああ。お嬢様が大人だったら。いや。せめて男子だったら迷う事なく総理に喧嘩をと焚《た》きつけたんだがなぁ……」

岩沢都知事が橘隆二の言葉に嘆いた時、ドアのノック音と共に長森香織が入ってくる。

「失礼します。都知事の秘書から次のスケジュールが間に合わなくなるというメッセージを承っていますが？」

「キャンセルと伝えてくれ。どうせ橘さんはそれ込みでここに呼んだんだろう？　貴方はそういう人だ」

「買いかぶり過ぎですよ」

岩沢都知事の次のスケジュールは橘と話していた連中とのパーティーであり、その主催は大手新聞社だった。

そんなやり取りを知らない桂華院瑠奈は、学生らしいモラトリアムを不本意ながら味わっていた。

【用語解説】

・所有と経営の分離……会社の株主と経営者が一致しない事。株式会社はこれが基本と言われる。

・士族……江戸時代における武士階級の事。大名家が華族となった明治以降四民平等が推進され、階級として没落する。

・社外取締役……会社外から招いた取締役の事。会社内に利害関係がないので経営のチェック機能としてこの頃から導入され出す。

・フィクサー……政治や組織で正規手続きを経ずに意思決定を行える人物の事。黒幕とも呼ばれる。

・我田引鉄……元ネタは四字熟語の『我田引水』。当時の鉄道は地域発展の要だったので、政治力によって路線決定が度々なされる事になった。

・コンシェルジュ……ホテルの職業の一つで、ホテル宿泊客のありとあらゆる要望や案内に対応するのが仕事。そのため、この職が居るか居ないかで高級ホテルか否かを見分ける事もできる。

9月1日。日米のコンピューター企業を股に掛けた大合併によって生まれた新会社が産声を上げた。桂華《けいか》電機連合。九段下の桂華タワーで行われたその記念式典には政財界の大物達《たち》が集められ、式典に華を添えた。

「さすが政商桂華。わずか数年でよくもここまで成り上がったものだ」

「時の政権とくっ付いて甘い蜜を吸い続けただけだろう」

「恋住《こいずみ》政権では目の敵にされているのだから没落するかと思ったが、この盛況ぶりは本物だな」

「さぁな。時間を掛けないと勝敗なんてつかないのがこの世界のしきたりだろうに」

出席者の声をこそこそ聞いていると、やはり現政権から目を付けられているのがマイナスに響いているのが分かる。かといって、今まで散々私が生み出した富は本物であり、その上がりだけでもこういう場所に群がらざるを得ないというのが参加者の本音でもあるのだろう。

「四洋電機に古川通信にポータコンか。ポータコンの販売不振は収まったみたいだし、決算では悪くない数字が出るんじゃないかと言われているな」

「桂華金融ホールディングスに桂華鉄道、今度できる桂華商会に……更に大きくなるのかそれとも……」

「お嬢様」

声を掛けられてびっくりするが、振り返るとメイドの橘《たちばな》由香《ゆか》が私をじと目で見ていた。私が居るのは従業員用の通路で、こういう宴席にてお客の邪魔をしない隠し通路みたいな形になっているため、こういう噂話《うわさばなし》を聞くのにもってこいだったりする。

「おどかさないでよ。びっくりしたじゃない」

「はしたないですよ」

私の抗議を気にも掛けず、橘由香は私の手を取って私の控室へ。この企業も名前こそ桂華グループではあるが、実体は私の会社であるという事をここの参加者ならば知っているだろう。それでも、表向きは義父の桂華院清麻呂《けいかいんきよまろ》が挨拶をして、私は挨拶も何もせずマスコットとして笑顔を振りまくのみというのが今日のお仕事である。

「君には資格が無いと言いたいのだよ。私は」

あの時恋住総理から告げられた一言はまごう事無き真実だ。これだけの事を成し遂げながら、その場所に私は立てない。いや。あの同時多発テロの時に私が倒れなかったならば……そう思う事もあるが悔やんでも遅い。そんな事を考えながらも、手は用意された食事に伸びてパクパクと。

「食欲が回復なされて、一同ほっとしているのですよ」

もう二・三ヶ月前の事なのだが、未《いま》だそれを気にして心配してくれるのが嬉《うれ》しい気持ちが半分、めんどくさい気持ちが半分。グレープジュースを飲みながら、私は視線をそらして意味深に言う。

「人ってね。食べないと死んでしまうのよ……」

「そのとおりでございます。少し前のお嬢様はそれができておりませんでしたのよ」

何も言い返せない私は、プリンを食べる事で橘由香への返事を放棄した。

「今日はこの式典にお越しいただき誠にありがとうございます。この会社は日米のコンピューター企業が一つになり、日米の未来を繋《つな》ぐ会社になる事をここに約束します！」

今日の主役であるカリン・ビオラＣＥＯが自信満々に挨拶する。この手の式典では最初が肝心で、その最初のネタを彼女はしっかりと用意していた。

「我々は大胆な事業の見直しを行い、優秀な企業を子会社にする事で収益の上方修正を見込んでいます！　さらなる事業の見直しで、この会社のさらなる価値の向上をこの場にてお約束します!!」

この手のアピールは大事である。そして具体的な名前は出さないが夏のセールではリストラによる物流コスト削減で低価格化を実現して、さらに高収益を叩《たた》き出しているＴＩＧバックアップシステムを傘下に収めた事をここの面子《メンツ》は知っている。初年度の成功はまず間違いがないだろう。

「二十一世紀に入り世界は激動していますが、この桂華電機連合はその荒波を乗り越えて、未来の先端を進む事をお約束します！！！」

万雷の拍手を浴びたカリンＣＥＯを見て、私は拍手をしながらあの場に立てない自分がもどかしく感じた。

「で、実際にはどうなの？」

「リップサービスはともかく、しばらくは持久戦です」

パーティーの後、私の控室にやってきたカリンＣＥＯに私はぶっちゃけて質問し、カリンＣＥＯは客向けではない本音を私にぶっちゃける。

「ポータコンの立て直しはこれからです。夏のセールは価格を下げてシェアを取りに行きましたが、それは利益が減る事を意味します。物流はまとめる事で無駄を省けますが、生産拠点の一本化はかなり時間がかかります。そして、研究開発拠点の整理と新商品開発には、資金を投入し続ける必要があります」

派手な花火を打ち上げたが、この桂華電機連合は四洋電機の高収益が支えていると言ってもいいだろう。古川通信は利益が出ているが売上は下降線をたどっておりリストラは必至。ポータコンは競争が激しい北米市場で勝ち抜くにはリストラだけでなく、さらなる買収が必要と考えられていた。

「それでも、お嬢様に三年我慢していただけるのでしたら、こちらはきっちりと成果を出してみせます！」

胸を叩いてカリンＣＥＯは断言する。それに私は笑う。

「いいわ。その代わり、三年できっちり成果を出してよね。私のオーダーは『携帯電話で世界を取る』。ＯＫ？」

ＰＨＳを出してドヤ顔をする私にカリンＣＥＯも微笑《ほほえ》む。

「そのオーダー承りました。そして、その姿いただきますわ。『お嬢様でも使える携帯で世界を！』。いい旗だと思いませんか？」

これが、最終的に顧客至上主義の旗印になり、株価至上主義や技術至上主義に堕《お》ちなかったというのだから世の中は分からない……話がそれた。

「で、お嬢様。お体の方は大丈夫ですか？」

カリンの少し心配そうな声に私は苦笑する。本当に色々な人に心配されたのだと思うと私は笑顔で元気をアピールした。

「ええ。大人の真似事《まねごと》は少しお休み。今日から新学期なんだから、学生らしくするわよ」


帝都学習館学園初等部生徒会。一貫校であるこの学校は高等部までの生徒会が繋がっており、大きな仕事については高等部や中等部が作ってくれた仕事に乗ればそれほど苦労はする事は無い。それでも生徒会のお仕事というものはある訳で。学生らしくない仕事が私達を待っていた。

「……寄付のお願いねぇ……」

実に生臭いお金の話である。当たり前だが、この学園は華族や財閥の御曹司という特権階級の集う学校である。その中でのカーストともなると、この手の支出がそのままその家の位置に直結する。この国は特権階級が温存されているとは言え、自由主義国であり資本主義国家である。お金というものは皆の価値を一元化してみせ、あればそれなりのトラブルを解決する素晴らしいものである。

「全部私が出すってのは駄目？」

「頼むから、それをしてくれるなよ。次世代が洒落《しやれ》でなく苦労する事になるから」

私の冗談を栄一《えいいち》くんが本気にして真顔で忠告する。実に失礼な。

不機嫌な私の理由を意図的に間違えた裕次郎《ゆうじろう》くんが話を逸《そ》らすために、その理由を口にする。

「桂華院さん一人で出せる寄付金だけど、この手のは皆で出す事に意味があるんだ。自分達がこの学校に属しているんだという愛校精神って奴《やつ》と、そこから生まれる同胞意識がこの国の上流階級を作ってゆくのだからね」

「それだったら、尚《なお》の事《こと》成り上がりであるうちは、派手に金をばらまいたほうが良くない？」

「桂華院。お前に頼って、お前が傾いて学校の経営も傾いた。そんなオチは避けるべきだろう？」

「それもそうね」

光也《みつや》くんの台詞《せりふ》で一つエピソードを思い出す。私はそれをなんとなく口にした。

「たしか、光也くんのお父さんもこの学校の出身だっけ？」

「官僚は基本帝大法学部出身が主流派閥だからな。そのため、その中で派閥を作る際には、高校の出身で派閥を作るのさ。帝都学習館の派閥は霞《かすみ》が関《せき》では結構な規模だ。時々の集まりでは、酒を飲んで校歌を歌うだけと親父《おやじ》は愚痴っていたがな」

なるほど。で、そんな各界の皆様から寄付を募るという訳だ。金を出すという事はそれだけ繋がる事を意味する。この国の上流階級はそうやって金を循環させてきた。それもバブル崩壊で崩れる事になるのだが。

「で、俺達は何をすれば良いんだ？」

栄一くんの言葉に、回ってきた資料を私が読み上げる。その内容は、これぐらいの仕事しか渡さない程度の仕事である。

「広告塔ね。帝都学習館学園がＯＢに送付している会誌に、寄付のお願いの写真と原稿をお願いするだって」

写真は学園の事務局が雇うカメラマンが撮影する訳で、それぞれ仕事は会誌の原稿ぐらいである。

という訳で、少しずつ話が原稿の内容に絞られてゆく。

「何を書けば良いんだ？」

「露骨に『寄付金をください』じゃ駄目なの？」

「桂華院さん。もっとオブラートに包んで」

「私達は先輩達の伝統を受け継ぎ、後輩達にそれを渡すために云々《うんぬん》……」

「なるほど。官僚的答弁で装飾するわけだ」

光也くんの官僚的装飾を施したあまり意味のない言葉を原稿に書き書き。書いていたら、資料下に書かれた手書きのメッセージに気付く。このメッセージ書いたの、持ってきたリディア先輩っぽいな。あの人、クラス委員の重鎮として中等部でも名を轟《とどろ》かせているらしいし、あくまで顔を見に来たとか言いながらこういうメッセージを残すあたりやり手というかなんというか。

「『補足。寄付金額は所定の額に届く事が望ましい♪』ねぇ……」

しっかりとノルマを提示してやがる。『これぐらいできるでしょ？』という信頼と『できないと責任問題よね』という恫喝《どうかつ》の入り混じったそれは、疑心暗鬼の中を泳がなければ生き残れない東側官僚的立ち振舞いまんまで面白い。無視しても良いが、同時にこれはすでに中等部に居るリディア先輩からの貴重なアドバイスだ。あの人の歪《ゆが》んだツンデレ具合は、私的には中々大好きなのだ。

「いやまぁ、できますけどぉ～面倒だから、私が全部払っちゃ駄目なのぉ～？」

なんとなくゴネる私をなだめる栄一くん。あきらかになだめ方が機嫌を損ねた猫扱いであるがまぁ良いだろう。

「諦めろ。とりあえず瑠奈《るな》はグレープジュースでも飲んでおけ」

「要するに、イベントの際に保護者に頭を下げておけというありがたいアドバイスと受け取ろうよ。

はい。グレープジュース」

「ほら。茶菓子のチーズケーキだ。『実るほど、頭を垂れる、稲穂かな』。頭を下げる経験はしておいたほうが良いのは、この面子で会社を運営して思い知ったよ」

「もぐもぐ……私を何だと…チューチュー」

それで黙る私も私というか。結局、写真撮影と文章作成。

それぞれの派閥のメンバーに頭を下げて寄付をお願いする事で、所定ノルマを達成していた。

「だって、あなた達は近年稀《まれ》に見るカルテットなのよ。きっとあなた達はこの国の、この世界の歴史に何かを残す事になる。そういう伝説の一つを私は演出しただけ♪」

後日。ノルマを達成した報告に行ったリディア先輩のお褒めの言葉である。それは、私達を評価すると同時に利用する輩《やから》が居る事を明確に示していた。そして、リディア先輩の褒め言葉が、ゲームでは起こらなかった事がちょっとだけ悲しかった。


組織というものは、つまる所お金を使うためにある。生徒会の予算というのもそういう所から見ると、色々と見えてくるものがある。

「なるほどな。初等部の予算が少ないのはこれか」

会計の光也くんが予算案を眺めながらぼやく。帝都学習館学園生徒会は高等部－中等部－初等部がそれぞれ繋がっており、大まかな予算は高等部生徒会が決め、それを中等部生徒会の承認の後で初等部生徒会に配分される仕組みになっている。初等部生徒会を『孫請け』と揶揄《やゆ》しているのもこんな所からなのだろう。

「とは言っても、生徒会予算で行う仕事も無いからね。ある意味上手《うま》く回っていると感心するね」

裕次郎くんは光也くんから渡された予算案を眺めながら仰ぐ。生徒会統合委員会という高等部・中等部・初等部の生徒会執行部の最高意思決定機関があり、それぞれの委員会も高等部・中等部・初等部で繋がっているから、強大な自治権を維持運営できているという訳だ。

「予算の配分は校内のイベントと各部活への配分が主ね。初等部は特待生が入ってないから、部活がらみのイベントが少ないのもあるしね」

私は渡された予算案を一瞥《いちべつ》して栄一くんに渡す。結構な割合を占めるのが部活の予算で、大会に出ると遠征費用も必要だから予算不足で寄付をという事も発生する。中等部からはこの特待生が文武の部活で大活躍するので、特待生と初等部からの華族をはじめとした上流階級との衝突はある意味当然と言えるだろう。そうなると、各種委員会を初等部から押さえている上流階級と、部活を管理する体育委員会と文化委員会の多数派である特待生が構造的に衝突するからだ。

「とはいえ、去年からちょこちょこと予算は増えているんだよな。部活絡みで」

確認して予算案を机に置いた栄一くんがなんとなく不思議そうに言う。私はその理由をあっさりと言った。

「ごめん。それ、私のせい」

「「「あー」」」

趣味と道楽程度の部活動で地区大会どころか都大会や全国大会に上がってしまった馬鹿のせいで、初等部の部活予算が増やされているのだった。なお、その大会と選手の名前は、陸上部の応援扱いで全国大会に行った桂華院瑠奈という。『女子陸上界の彗星《すいせい》』と呼ばれるのだが、実に困る。

おだてられてついつい調子に乗った己が全面的に悪いのは分かっているのだが。

「大会の応援費用か。桂華院さんが出ると、マスコミも注目するから、良いPRになるんだよね」

裕次郎くんが天井を見上げてぼやく。全国大会ともなると、応援団が出張り、垂れ幕なんかが作られ、良い成績ならば放送委員会からインタビューを受けて学内新聞に派手に載る事に。

歌姫としての名前も轟いているので、初等部放送委員会は『ネタが無くなったら桂華院さんにインタビューに行こう』とほざいているらしい。

「という事は、卒業して中等部に移ると桂華院絡みの予算が中等部に移動する訳だ」

光也くんは意地悪そうな声で裕次郎くんの話に乗る。ネタを提供できる人間というのは貴重なのだ。そんな人間をこの学園では特待生として招いて、世に出すと同時に己の存在意義と定義していた。で、最後は栄一くんが〆《しめ》る。

「中等部からはさらに注目されるから、予算はもっとつくだろうよ。

部活連はきっと瑠奈を取り込みたくてウズウズしているだろうな」

男子三人のお言葉に頭をかきながらぶりっ子笑いでごまかす私。こう考えると、今の時点で生徒会執行部に籍を置いているのは幸いだった。先輩である敷香《しずか》リディアは、私の前でこの流れを受けているのだが、初等部からクラス委員を続けて己の手駒を増やし続けて中等部でも辣腕を振るっているとかなんとか。多分、ゲームでの私の取りうるコースをリディア先輩が歩いている。

「まぁ、私は私の道を進むわよ」

その場の気分で偉そうな事を言ってみるが、実際ノープランである。というか、ゲーム通りだったら失脚するので生き残りの方に頭を使っていた訳で。今更、そっちの道をと言われてもピンとこないというのが本音だったり。

「さぁ。お仕事をして頂戴！　その予算案に判子を押したら、私が中等部生徒会に持っていくわ！」

男子三人は予算案に承認の判子を押して、私も副会長として判子を押しこの予算案は了承された。

四人で中等部に書類を届けた帰り道、中等部の生徒達とすれ違う。不思議なもので年はそんなに離れていないのに、彼らが大人に見える。

「来年には俺達もあの服を着るんだぜ」

栄一くんの言葉に裕次郎くんが反応する。

「で、それを後輩達が見て憧れるわけだ。僕らは、最上級生として憧れられる対象になれたかな？」

光也くんの突っ込みは、こういう時にも外さない。

「なれただろうよ。たとえ、俺達三人が無理でも、桂華院は間違いなく憧れの対象だろうよ」

「さぁ？　憧れても真似《まね》できないのはどうかしら？」

私は三人の方を振り向いて微笑む。こんなやり取りがすごく愛《いと》おしい。

帝都学習館学園には基本生徒総会というものがない。特権階級維持のために数で押せる生徒総会というのは相性が悪いのだ。そのため、クラス委員会がそれぞれの生徒会での意思決定機関となる。更に、それに継続性と正当性を与えるために、生徒会と委員会は初等部から中等部・高等部まで跨《また》いでいるというおまけ付き。ゲームや漫画である強大な自治権限がある生徒会運営のためには、こういう裏設定があるのだなぁと感心した覚えがある。

「桂華院さん。ちょっと良いかしら？」

授業も終わって間の休み時間。机でぐてーとしていた私の所に、友人である明日香《あすか》ちゃんと蛍《ほたる》ちゃんの二人がやって来た。

「ん？　なに？」

「中等部との境目の敷地に使われていない花壇があったでしょう？　あそこの使用許可が欲しいのよ」

あったっけ？　そんなの？　首をひねりながら、私は校則に則《のっと》った解決方法を言う。

「それだったら、美化委員会の職分だと思うのだけど？」

「私もそう思って行ったのよ。そしたら、その花壇中等部の管轄になっていたのよね」

「あー。おーけい。そういう事か」

管轄が中等部の場合、中等部の美化委員会に申請を出さないといけない。はねられる事は無いだろうが、中等部のお兄さんお姉さん相手に事務手続きは面倒だし怖いという訳だ。管轄を初等部に移動させて、初等部美化委員会に申請をというのが明日香ちゃんの頼み事なのだ。

「じゃあ、初等部生徒会から花壇の管理移動申請という形で良いの？」

「おねがい。それはクラス委員会で提案するから、その後で美化委員会に再度許可をもらいに行くつもり」

基本、日本の会議は決定する場であり、勝負はその前の事前準備という名前の根回しによって決められる。今回のケースは、初等部生徒会副会長の私と、クラス委員の明日香ちゃんが居た時点で初等部内ではほぼ話が固まったと言っていいだろう。

「けど、何でそんな場所の花壇を使うのよ？」

その花壇というのはこの教室から見える場所にあり、窓側に行って確認をすると石で囲われているがたしかに荒れ地みたいな感じになっているのが分かる。窓際の席だった蛍ちゃんが明日香ちゃんの耳元でこそこそ。明日香ちゃんがそれを通訳してくれる。

「何もないのは寂しいし、花が咲くのなら楽しいかなって」

お世話になる教室だから、四季の彩りはあった方がいいだろう。で、内々で根回しをして事を決めるから後で地雷が出てきてというのが日本行政あるあるであり、そういう所もその模倣である帝都学習館学園生徒会にもしっかりと受け継がれて私達は頭を抱える事になる。

「え？　中等部生徒会が花壇の管理移動申請を拒否したの!?」

書面で返事がなされた中等部生徒会からの拒否に驚く私。栄一くんがその書類を片手に、苦笑とも不満とも見えるなんとも言えない顔でその理由を告げる。

「中等部の管理施設で、移管には特段の理由がない、だそうだ」

続いて裕次郎くんが地雷の中身をぶちまける。このあたり、その手口を知っているのと知らないのとでは大きく違ってくる訳で、裕次郎くんはお父様の泉川《いずみかわ》副総理から、ちゃんとその手の勉強をしているというのが分かる。

「気になって調べてみたら、中等部と初等部の境目の敷地内に使われていない花壇が二十ヶ所もあってね。それも荒れ地に石を並べただけで、どう見ても花壇じゃないだろうというやつも」

続いて光也くんが、中等部会計報告書を眺めながら、その裏を見抜く。これも財務官僚の父親を見て覚えたのだろうかなんて思ったのは内緒。

「中等部の敷地内の花壇を管理している業者が、中等部美化委員会と深い関係らしくてな。結構な額が払われているんだが、管理費の計算は一括では無く個別計算になっているんだよ」

この場合の『深い関係』の同義語は『癒着』である。からくりが見えてきた。

「あー。何も知らない初等部の敷地に花壇を水増しした訳だ」

「そのとおりだ。帝亜《ていあ》。で、移管されるとそのからくりがバレるという訳だ」

栄一くんの納得に光也くんが合わせる。唐突に私の記憶がよみがえる。ゲームのイベントの一つで、花を植えよう運動に連動して荒れ地の花壇の整備をしようとした主人公に生徒会と美化委員会が意地悪をするという、まだその時は高等部1年だったが背後に悪役令嬢の私が暗躍なんてものが。

美化委員会は校内の庭園管理だけでなく校内掃除の担当と業者選定を行う。業者と繋がるならば、ゴミという情報を合法的に入手できるのだ。奇《く》しくもゲームの私の背景を察する事ができるとは。


「ん？　どうした？　瑠奈？」

「なんでもない……と言いたい所なんだけど、明日香ちゃんと蛍ちゃんに何ていうべきか途方に暮れていた所」

「え？　お前の事だから合法的にぶん殴り……」

栄一くんの口が閉じたのは、私がにっこりと笑ったせいではないと思う。多分きっとメイビー。

「栄一くん。『雉《きじ》も鳴かずば打たれまい』って言葉って良いですよね」

こくこくこくと何でか男子三人が首を縦にふる。実に失礼な。だから訂正しておく。

「バレなきゃ非合法でもぶん殴るわよ」

「……お前のそういう所。本当に桂華院だなぁ」

感嘆とも苦笑ともつかない言葉をつぶやいてくれた栄一くんの声を私は聞かなかった事にした。

この手の問題解決に際して、目的の可視化というのが大事である。という訳で、ホワイトボードに『中等部からの花壇権限の回復』と書いて、栄一くんに注意される。

「瑠奈。そこ違うぞ。『花壇が使える事』でいい」

「それだと、中等部美化委員会に申請に行っておしまいじゃないの？」

「ああ。俺達が苦労して終わるなら、それでいいんだよ。そのための生徒会だしな」

私の確認に栄一くんがあっさりと頷《うなず》く。あ。そうか。中等部美化委員会への面倒な申請を初等部生徒会が代行しても問題がない訳だ。そっちの方が問題解決早そうだななんて思いながらホワイトボードにこんな感じで書く。

目的　『花壇が使える事』＜＜中等部美化委員会への申請＜＜初等部生徒会が申請代行
「なるほど。たしかにやらないといけない事がはっきりしたな」

光也くんの言葉に裕次郎くんがいやな顔をする。探り出した事を前提にすると、こんな事を言わざるをえなかったのだ。

「けど、中等部美化委員会がすんなり許可を出すかな？　花壇水増しの証拠になるからとぼけられないかな？」

「泉川。そこはとぼけられた方がいいんだ」

そう言って光也くんが笑う。悪巧みの笑みが実に似合うと言いたいが黙っておこう。

「中等部美化委員会がこの花壇の許可を出せばこちらは何もしなくていい。けど、不許可理由は『存在しない』とは答えないだろう。多分、適当な理由で不許可にするはずだ。それを以《もっ》て、中等部美化委員会に不許可理由を初等部生徒会として尋ねればいい」

そこまで言って、光也くんはため息をつく。この流れだと初等部生徒会と中等部生徒会及び美化委員会の全面戦争になるからだ。一貫教育の厄介な所は、付き合いが長く続く所にある。花壇一つで、中等部のＯＢ・ＯＧ相手に喧嘩《けんか》を売るというのはどうなんだという訳で。

「全面戦争になるな」

「ああ」

栄一くんの確認に光也くんが頷く。もちろん、代替案も用意しているのがこの面子。

「で、それを避けるには？」

「簡単な話だ。桂華院。花壇を新設してしまえばいい」

「？」

首をかしげる私に、光也くんがその理由を告げる。考えてみれば盲点だったそれを。

「あの場所が初等部の敷地なのは間違いがないだろう？」

光也くんの確認に裕次郎くんが頷く。この話の前に、事務局に行って初等部の敷地確認をしていたのだ。お役所の仕事はたらい回しと揶揄されるが、きちんと進めるならば詰め将棋と考えた方が分かりやすい。たらい回しで逃げられないように、詰め駒をどれだけ確保できたかが大事なのだ。

「初等部の敷地は初等部生徒会の管轄だ。花壇のある場所を初等部美化委員会に申請を出させて、それを初等部生徒会が承認する。これで、花壇については問題解決だ」

この話はつまる所花壇の責任を誰が持つかという話なのだ。水増ししているから管理ができず、管理ができないから荒れてしまう。その場所に初等部の管轄で管理される花壇があって責任を初等部生徒会が持つならば、中等部側も文句は言わないし言えない。

「それでも妙に動いた俺達への害意は残るがどうする？」

栄一くんは楽しそうに尋ねる。どっちに転んでも責任は取るつもりなので、実際楽しいのだろう。

自身を含めた私達が考えて何かをするという事が。

「だから、俺達は悪くないという免罪符を用意する。泉川。たしか理科の授業で植物の育成の課題があったろ？　理科の先生に頼んで、課題として花壇を使うという言質をもらってきてくれ。帝亜は、泉川の言質を名目に、その花壇に置くプランターと土を生物部から借りてきてくれ。授業の一環で花を育てる。もちろんそれは見える所にあるのが望ましいという訳だ」

問答無用の授業の一環という切り札。なまじ、裏工作をしているから正当事由で押し切ろうという訳だ。

「何でプランターなんだ？　その場所の花壇を使えばいいだろう？」

栄一くんの確認に、光也くんは少し視線をそらしながらそれを言う。なるほど。ここまで考えている訳だ。

「動かせるからに決まっているだろう。理科の授業で『なにもない場所』にプランターを置きました。中等部は介入すらできない。介入しても問題ない場所にずらせばそれ以上は文句を言わんよ。バレると困るのは向こうだからな」

これで処理そのものは見通しがたった。あとは中等部側のリアクション待ちなのだが、私は念のための手を口にする。

「じゃあ、私は中等部側の手を封じる保険を掛けてくるわ」

「やりすぎるなよ」

という栄一くんの声が男子三人の私の評価だと分かって憮然《ぶぜん》とするが、やりすぎないように保険を掛けるためのお手紙を書く事で返事を拒否する事にした。

「こういうのは大歓迎よ。桂華院さん」

「いえいえ。中等部でのご活躍はこちらにも聞こえていますので。リディア先輩」

帝都学習館学園中央図書館の人気のない本棚を挟んで、リディア先輩と私は本を立ち読みしているふりをしての密談中。かつての樺太《からふと》はガチの密告社会だったので、この手のやり取りは上流階級の作法みたいなものとは聞いていたが、スパイ映画さながらのやり取りに興奮しなかったと言えば嘘《うそ》になる。

この秘密は私達がばらしても制度的には中等部に介入はできない。だが、中等部クラス委員であるリディア先輩がそれをバラせば途端に容赦ない政局の武器になる。樺太出身という新興派閥で常に逆風の中を歩いているリディア先輩なら、周囲の配慮より相互確証破壊の武器としてうまく使ってくれるだろう。もちろん、中等部生徒会や美化委員会が何か言ってきたらリディア先輩経由でこれが炸裂《さくれつ》するのは言うまでもない。

「けど良いの？　無事に終わったのでしょう?」

万一を考えてロシア語でのお話な上、決定的な言葉を出さないあたりガチである。こっちもロシア語を習得したので困りはしないが、ちゃんとこっちの状況を把握しているからこの人はやり手なのだが、リディア先輩一人ではクラス委員までが限界なのは彼女自身がよく分かっている。

結局、初手の初等部生徒会の申請が中等部美化委員会で承認されてしまい、今までの苦労は何だったのかというお役所仕事あるあるで終わってしまった。後でいちゃもんを付けられないように、花壇を利用するのではなくプランターを置き、理科の授業の一環という体裁を整えておくのは忘れない。リディア先輩とのお話も、そんな保険の一つである。

「構いませんよ。察していると思いますが、リディア先輩が自由に動けば動くほど、後輩の私は動きやすくなりますので」

私も多分同じなのだろう。一人で頑張って、空回りして、それでもあの三人と共にと思いながら、最後その三人と決別して。何かを成し遂げたいのならば、一人ではなくみんなで。私はこの世界に生まれて、やっとそれを学んだ。

「いい性格しているわ。貴方《あなた》、肖像画の前の椅子に座れるわよ」

社会主義国ジョークで、党の書記長の椅子の後ろに自身もしくは建国の英雄の肖像画がある事から、偉くなる事を指して肖像画の前の椅子に座ると言うらしい。

なお、互いに本を読んでいるふりなので本棚に向かってポソポソ呟《つぶや》いている感じになっている。

「どうせバラす気無いのでしょう?」

「ええ」

「バラされたら困るからこその武器でしょう、これ?　桂華院さんのそういう所、私大嫌いよ」

「それをストレートに私に言ってくれる、リディア先輩のそういう所、私大好きですよ」

「……ありがとうね」

パタンと本が閉じる音がして、私の耳に去ってゆく足音が聞こえる。私も本を閉じて教室に戻ろうとすると、ちょうどそのプランターの置かれている花壇に明日香ちゃんと蛍ちゃんが花を植えていた。

「おーーい！　瑠奈ちゃん！　見てよ!!　この花！　綺麗《きれい》でしょ♪」

育てるのは多年草で育てやすいやつで、種類も多いあの花である。ジャージ姿の明日香ちゃんと蛍ちゃんが楽しそうにその花を見せてくれた。

「全部同じ花だから、色で適当に選んできたのよ」

差し出された花からゼラニウムの良い香りがした。このプランターはカルテット・明日香ちゃん・蛍ちゃん等で管理し続け、常に花が咲いて良い香りを教室に届ける事になる。


初等部生徒会室は結構な広さがあり、それ相応の権勢が味わえる作りになっている。

とはいっても、できる事は思ったより少ない。これは、中等部・高等部と一貫して生徒会及び委員会が続くからで、初等部生徒会の事を『下請けどころか孫請け』と言う見解はある意味正鵠《せいこく》を射ている。

「なってみたが、なっただけだったなぁ」

栄一くんのこの言葉が全てを物語っていた。もちろんカルテットの面々で改善したり効率化できた事はあるし、それは誇ってもいい事だと思う。だが、それは私達カルテットの個人スキルの賜物《たまもの》であり、システムの改革ではなかった。その結果、次の生徒会では元に戻る事が分かってしまうのも私を含めたカルテットの全員が理解していた。

「政治ってそんなものだよ。父さんがぼやいていたな。『何かを成すためには、まず当選し続けないと何もできない』って」

「下積みとしては悪くない仕組みだが、問題はこの経験を活《い》かせるのが三年後という所だな」

裕次郎くんが苦笑すると、光也くんが突っ込む。来年からは中等部に上がる訳で、中等部の一年生が中等部の生徒会に入るのは相当難しい。できなくもないが、大体飛び越される学年の連中をまとめて敵に回す。政治というのは、いかに味方を増やし、敵を減らすかというゲームでもあるのだ。

「実際、俺達要るのか？」

ある意味先が見え過ぎる栄一くんがその根本的疑問を呈したので、私が突っ込んであげた。

「何か文句を言う場合、高等部のお兄さんお姉さんを相手にしなくて済む」

「……瑠奈。あまりメリットに思えないが？」

「そりゃ私達、会社の経営者として大人を顎で使っているじゃない。年が一つ違うだけでものすごく高い壁があるなんて気持ち、わからないでしょう？」

「桂華院は時々、まるで過去に見たかのようにそういう事を語るよな？」

「そうかしら？　ほら。こんなナリのお嬢様だから、相手の気持ちに添って生きようと努力しているのです」

「そこでお嬢様と言い切るのが桂華院さんらしいというか」

雑談をしながらも仕事はする。栄一くんは書類を見ながら判子をペッタンと押し、裕次郎くんは書記として議事録を作成しつつ確認している。会計の光也くんは持ち込んだ大きなノートパソコンの表計算ソフトを使って予算の配分とその消費を確認中。私は私でやってくる生徒相手の陳情やアポイントの処理などで壁の予定表に日程を書き書き。もちろん、予定表は二ヶ月書けるものなのは言うまでもない。

「なるほどな。ここ最近続いていた政権の短期交代にもそれ相応の意味があった訳だ。大臣の椅子に座れる人間が増えるからな。システムが強固ならば、それを運用する官僚がまともならばどうとでもなる」

栄一くんが判子を押し終わってぼやく。政治が混乱というか、総理の顔が一年交代なんて荒業でも国が持っていた理由はそこにあった。もちろん、それで持たなかったからこそ光也くんが続きを口にした。

「で、政治が責任を官僚に押し付けた結果、官僚の力が肥大化してシステムとしての官僚の腐敗が始まった。『権力は腐敗する』、いい言葉だよ」

「本来、それを是正し政と官に金と人材を送り込んでいた財閥もバブル崩壊でそれどころではないと。システムのメンテナンスは必要なんだよ。ただ、だれもそれを面倒だからとしないだけでこの有様という訳だね」

裕次郎くんのツッコミに私がオチを付ける。そういう会話から現実の生徒会にどう着地するかは見えてきた。

「じゃあ、せめて後輩達のためにメンテナンスマニュアルぐらいは作ってあげましょうよ。どこかの銀行みたいにシステムダウンして非難轟々《ごうごう》になっても、私達みたいなバックアップがある訳じゃないんだから」

私のオチに乾いた笑いをあげる三人。私達の会社に多大な利益を提供してくれていた某銀行のシステムは、桂華電機連合のシステム撤退によって作りやすくはなっているはずなのだが、だったら最新式にと欲張って計画段階でめでたく大炎上していた。既に燃えているからって放置して新しい家の設計図を考えるその姿勢はどうかなと私は思っていたが、もはや他人事《ひとごと》なので遠くからお祈りするだけである。

「で、マニュアルってどこから手を付ける？」

「とりあえず金の流れだろう。ここは表計算ソフトで可視化できるから、パソコンを使えるならば楽に分かるだろうよ」

「光也くん。後輩がパソコンを使えなかった場合は？」

「苦労しろとしか言えんだろう。この椅子に座るサル山の大将は、いずれは日本の中枢で活躍したいと思っているから座るのだろう？　だったら、それ相応のスキルを身に付けろという訳だ」

「……で、現在のサル山大将のご感想は？」

「そこで俺に振るかよ？　瑠奈。パソコン使用は初等部生徒会名義で、各委員会に通達しておく。中等部や高等部の上級生ならば、それの意味が分かってくれると信じているさ」

全く信じてない顔で栄一くんが言い放つ。私達が特殊なだけであって、このあたりはぶっちゃけると中等部から先は学校に入ってくるお付きの人にぶん投げてしまえばいいのだ。そう考えるとこの生徒会室の広さもある意味納得できる。人を使わないと組織は回らない。ここに来る人間は人を使う事を前提とする人達なのだから。

「僕の方は、議事録の作成方法かな。このレコーダーは便利だから、予算で購入して置いておく事にするよ」

裕次郎くんは穏やかな声と共に私物のカセットレコーダーとマイクをこんと叩く。忘れそうになるが、私達はまだ小学生であり、小学生の会議なんて話が混線脱線する事なんてとてもよくあるのだ。裕次郎くんはそれを武器に録音を宣言して、言った言わないを明確化させて会議の円滑化に努めたのである。そのため録音は常に二つ録《と》り、一つは常に録音し続けて、もう一つはその場で巻き戻しての確認。おしゃべりと混線脱線が無くなったのは良い事だろう。

「じゃあ私はホワイトボードの予定表を年単位に更新するわ。

立憲政友党の部屋で見たんだけど、あれ一目で便利だってわかったもの！」

壁一面に貼られたカレンダーによって、部屋の人間はいやでもスケジュールが分かるというスグレモノである。「パソコンのスケジュールソフトでよくね？」とも思ったが、こういう長期の可視化はアナログな分野の方が強いと思い知った。たしかこれは一条《いちじょう》も言っていたな。

「あれ？　じゃあ、俺は何をすればいいんだ？」

栄一くんの疑問の声に、私達三人は即座に行動に出る。光也くんがレコーダーとマイクとノートパソコンとホワイトボード予定表数枚の予算を出して裕次郎くんに送り、裕次郎くんがそれを以て稟議書《りんぎしょ》を作成する。光也くんと裕次郎くんと私が判子を押した上で、私がその稟議書を栄一くんの前に差し出した。

「決まっているじゃない。判子を押してちょうだい♪」

ドアがノックされて、天音《あまね》澪《みお》ちゃんが入ってくる。

書類を持っているから、遊びにという訳ではないみたいだ。

「失礼します。瑠奈お姉さま。クラス委員として要望がありまして……って、何かやっておられましたか？」

栄一くんが苦笑しながら判子を押した稟議書を持って、私は楽しそうに笑ってそれを告げた。

「私達の代から、澪ちゃん達の代へのちょっとしたプレゼントを作っていた所よ」


私はこんななりなので、人でないものにも色々と絡むものがある。最初は意識せず、今は意識してなのだが、そんな話をしよう。神様のお話である。

「お嬢様。いつものお礼状が届いていますよ。幾つかの教会から」

「直美《なおみ》さん。読むからそこに置いておいて」

私こと桂華院瑠奈は戸籍上はれっきとした日本人である。とはいえ、血の四分の三がスラブ系という事もあって、正教会からのアプローチがあったのだ。ある程度の寄付はお金持ちの義務と考え、そのあたりは橘に任せていたのだが、橘も珍しく失敗をした。一番近い、つまり都内の正教会に寄付をしたのだ。

樺太併合後に一気に信者が増えた正教会は国内で統一はできず、私は北海道に政治的・経済的基盤を作ってしまった事から樺太のロシア人と触れ合う形になり、樺太の正教会からのアプローチも来てしまう。で、私と橘は日本的な妥協策に出る。東京と樺太の正教会に寄付する事にしたのだ。それを彼らは快く思ってはいない。

「宗教って奴はなまじ信じているものが信じているものだから、こじれるとやっかいよねー」

三通のお礼状を眺めながらぼやく。三通とも寄付の感謝に、信仰への誘い、できれば当教会に来て神の教えに触れて欲しいと書かれていた。第一次大戦というかソ連建国から始まるロシア革命時の弾圧とその後の東西冷戦に伴い、国内の東京正教会は必然的にロシア正教会との関係希薄化を政府から要請されて分離。その後、樺太が併合される際に、現地に根付いている樺太正教会と国内の代表となる東京正教会のどちらが主導権を握るかで対立したのだ。

こういう時の宗教は広告塔を持つかどうかで決まる。つまり、タレントや著名人が帰依している事を示し、社会的認知度と正当性をアピールしたいのだ。信者数が圧倒的に多い樺太正教会と、国内で古くから基盤を作っていた東京正教会の両者が目を付けたのが私であったが、私が巨額のお金持ちと知れるようになると、今度は血統経由でアプローチを掛けてきた教会が現れた。ロシア本国のロシア正教会である。飛躍のきっかけの一つだったロシア債務危機への支援によって私がロマノフ家の血を引いていると知れ渡るようになると、当時のロシア政府の混乱も相まって私をもてはやすブームが巻き起こったのだ。

「信じるものに足をすくわれるか。今更、どれに付いても揉《も》めるだろうなぁ」

体はこんな感じだが魂は多分純正日本人である私からすると、その一言に尽きる。バブル崩壊による社会不安や世紀末終末思想も絡まって、日本ではここ数年、空前の新興宗教ブームが起こっていた。そんな彼らから見ても私は格好の広告塔候補らしく、ひっきりなしにお誘いがやってくる事もしばしば。世の中には神様がなんと多い事かと苦笑したものである。

「ちょっと出かけるわよ。支度して頂戴」

「お嬢様。どちらへ？」

「いつもの所かな。写真家の石川《いしかわ》先生を呼んで頂戴。あまり呼びたくはないけどね」

それでも、神様を求めてしまう私が居る。この国は神様でいっぱいだ。だからこそ選ぶ自由があるし、それを選ぶ事でメリットもデメリットもあるのだろう。私も小学生生活が終わろうとしており、それを選択する時が近づいてきただけの事。そう思う事にした。

「じゃあ、一枚。自然に」

「難しい事を言いますね。先生は」

教会内で苦笑する私の耳に届くシャッター音。九段下の桂華ホテルに付属する結婚式場の教会内での一枚である。私の背景が背景なので、カトリック・プロテスタント・正教会のいずれの様式でも式ができるというのが売りの教会である。ここにそれぞれの教会が『聖職者を置かせてくれ』と言っているが、それは意図的に拒否している。私を含めた多くの日本人にとって、ここはセレモニーの場であって神を感じる場所ではないからだ。だから、意図を聞いた写真家の石川信光《のぶみつ》先生は私が出かける前に、そのままの姿でこの場所の一枚を求めた。

「石川先生は神を信じた事はありますか？」

「あるわよ。私にとっての神様は、レンズの向こう側にあるの。そこにある世界の瞬間、それが私にとっての神様。良い神様も居れば、悪い神様も居るわ。貴方は、私にとっての女神様ね」

砕けた口調だが、社会派の写真を撮る石川先生でもあるから、事件や事故の瞬間をそのカメラに捉える事があったのだろう。そして、芸術家は神を信じると言うか、神の存在を己が作る作品によって思い知らされる事が多々ある。石川先生にとっての私はそんな存在なのだろう。

「じゃあ女神様が他の神様の下に遊びに行くのはどうなんでしょうね？」

「神様だって他所《よそ》の神様の所に遊びに行くぐらいするわよ。何しろ、この国には八百万《やおよろず》も神様がいるのですから」

まだ残暑が残る東京の明治神宮。その青々とした外苑《がいえん》を散歩しながら、私は石川先生のファインダーに体を預ける。実際に歩いているだけで良い気分転換になっているのがいい。

「あれ？　写真撮られている人何処《どこ》かの有名人かしら？」

「外国の観光客かな？　お付きのメイドを連れて歩いているし」

かなりテレビに出ているのだが、それでも気付かれないものである。テレビの向こうがこの現実と繋がっているとは思えないのだろう。二礼二拍手一礼をもって参拝終了。

「テレビも不思議ですよね。これだけ世界を近づけたのに、それが現実と繋がっていないなんて。

写真と何が違うのでしょうね？」

渋滞気味の首都高の上、変わりゆく都心のビル群を眺めながら呟いた私の疑問に、石川先生は適当に答えてくれた。そのくせ、カメラは私から外していない。

「さあね。けど、何だったか忘れたけど、テレビの事を『何もしない神様』と称した人が居たわね。うまい事を言うなと思ったわ」

川崎大師に着く。車を降りると、ほのかに線香の香りがする。私はこの香りは嫌いではなかった。

「ちなみに、ここに参るようになったきっかけは四国？」

「はい。というか、ぶっちゃけるとうどん」

「貴方らしいわね。けど、それも一つの信仰の形よ」

献香所で線香に火をつけて供え、大本堂で手を合わせて参拝する。そんな時には少し離れる石川先生の配慮がなんとなく心にしみた。

「何をお願いしていたの？」

「何も。だって私は女神様ですから。強いて言うなら、『ちょっとお邪魔します』かな？」

そんな私の冗談を聞いて石川先生は笑った。お土産物屋で物色する私を撮りながらその理由を口にする。

「神様や仏様にお願いする時って『助けてください』と『私の罪を許して下さい』なのよ。それなのに、『ちょっとお邪魔します』って言葉は中々出てこないわよ」

すとんと私の心にその言葉が落ちた。ああ。だから権力者と呼ばれる人達は、宗教に縋《すが》るのか。己の罪を自覚しているから。私もいずれ何処かの神に縋るのかなと思おうとしたら、いきなり石川先生に頭をわしわしとかき乱される。抗議する私を石川先生はファインダー越しに捉えた。

「だから、そのままの貴方で居て頂戴。たとえ、貴方が迷っていても、貴方だったものを私はたくさん撮ってあげるから、帰れるようにしてあげるわ。私の女神様」

しばらくして、石川先生の写真達は週刊誌に掲載されて大反響を呼ぶのだが、撮られた当人はこんな顔をしていたのかと悶絶《もんぜつ》してクラスメイトの質問に黙秘を貫いたという。


竹刀が交差する。先に当たったのは私の竹刀だった。

「面有り！　一本!!」

ギャラリーの歓声を耳にしつつ礼をして座る。剣道の都大会小学生の部個人決勝戦。当たり前のように私は決勝戦に進む。立ち上がり、礼をすると私の相手は見知った相手だった。

「決勝戦！　帝都学習館学園 桂華院瑠奈 対 帝都学習館学園 高橋鑑子《たかはしあきこ》　前へ！」

はじまりはこんな感じだった。

「鑑子さんは剣道をしていたのですか？」

たしか昼食の席の話、みんなと話していたら、友人の朝霧薫《あさぎりかおる》さんが思い出したかのように話を振ってきたのだ。うどんを食べていた鑑子さんは、照れくさそうにそれをごまかす。

「あはは。私の場合、親の関係からちょっと道場と付き合いがあってね。その縁で道場に顔を出しているだけよ。けど、何処でその話を知ったの？」

「今度の都大会ってゲストにうちの父が参加するのですよ。父も剣道をやっていて、その父のご友人が『うちの道場の切り札を世に出す時が来た』ってえらく自慢なされて」

華族は特権階級だからこそ、この手の大会のゲストとして招かれる事が多くある。で、剣道や柔道や空手等の武道は警察や自衛隊が採用しており、県警本部長という警察のお偉いさんの子供である鑑子さんがそんな付き合いで剣道をやっているというのはある意味納得がいく話だけど、彼女はたしか帰宅部のはずである。

「あれ？　鑑子さん、たしか帰宅部じゃなかったたっけ？」

「そう。道場に顔を出すから、部活まで手が回らないのよ」

帝都学習館学園では武道系の部活への参加は初等部五年生からという校則がある。身体にダメージを及ぼすかもしれない武道系は上級生からでないと学ばせないという訳で、同時に部活だからこそ、この時点では基礎しか学ばせない。ピンとくるものがあったので私は鑑子さんに尋ねてみる。

「ねぇ。鑑子さん。貴方、竹刀を握ったの何時《いつ》から？」

箸を置いて頬に手を当てた鑑子さんはあっさりと言った。その意味を理解する事なく。

「幼稚園の時に師匠から竹刀をプレゼントされてからだから、それぐらいかな？」

この大会個人の部は学校によるエントリーだけでなく、道場からの推薦エントリーなんてのもあり、道場側はこういう大会で名前を売る訳だ。たしか、この大会に私の所属する剣道部は団体と個人両方でエントリーしていたはずだ。つまり……

「だから、決勝で会いましょう。瑠奈さん」

継続は力である。そして、継続された経験というものは、徐々に花開くケースと急に開花するケースの二つがあると私の師匠である北雲涼 子《きたぐもりようこ》さんは言い切る。

「たとえば、竹刀を振る回数なんかは徐々に開花するケースですね。最初は百回振るのも大変なのが百十、百二十と増えて二百回も苦にならなくなる感じです」

その話を聞きながら私は竹刀を振り続ける。呼吸を乱す事なく竹刀を振れるのはチートボディのおかげなのだが、ここでそれを指摘するのも無粋だろう。

「急に開花するケースって色々あるから、説明が難しいのです。ただ、今までできなかった事が、ふっと視野が広がるというか……」

「涼子さんはそんな事あったの？」

「ありますよ。たとえば……」

悪寒がして、私は素振りを止めて飛び下がる。涼子さんはまったく動いていない。いつの間にか息が乱れて、汗が額に浮いていた。

「こんな事とか。こればかりは訓練してできるような物ではないですからね。けど、お嬢様。よく今の殺気に反応できましたね？」

にっこりと褒めてくれる涼子さんの笑顔に私は苦笑するしかなかった。私は素振りを再開して大会の対策を尋ねる。

「鑑子さんに私は勝てると思う？」

「幼稚園からしていたというのでしたら、六年間道場通いですからね。一通りの技術はお嬢様より勝っていると考えるべきでしょう。それよりも大事な事があります」

涼子さんは背筋を伸ばして、その質問を私にした。

「鑑子さんとお嬢様。背が高いのはどちらですか？」

「鑑子さんの方が、私より握りこぶし一つ高いかな？　クラスの女子の中でも、たしか一番後ろだったと思うけど、それがどうして？」

「技術や経験を軽く超えてくるのが体格差なんです。剣道は、基本三つの場所に竹刀を打ち込む事が目的になります」

「面・胴・小手よね？」

剣道というのは、当てられる事を想定する武道である。本物の刀ならば相打ちになる所だが、それよりも刹那早く相手より竹刀を打ち込めば勝てるというのがポイント。

「大雑把な言い方ですが、相手の方が拳一つ分竹刀が長いと考えてください。

これはものすごく大きなハンデになります」

先に打ち込む事で一本が決まるなら、この拳一つの長さは本当に強烈なハンデとなる。

もちろん対策が無いわけでもないが、己が不利である所からのスタートだとは心に叩き込んだ。

「ある一定のレベル以上になると体格差で押し切られます。そうなると、相手を誘ってからの、後の先狙いの小手が一番勝ちやすいでしょうが、それを相手も読んできます。

お嬢様には陸上部からもお声が掛かる足の速さと持久力があります。それを武器に、対策を組んでいきましょう。何人か人を雇って、お嬢様のご友人の剣道の撮影をしておきますね」

社会主義国にとってスポーツは国威高揚の政治であり、それは科学と情報を駆使した戦場でもある。涼子さんの対鑑子さんのメタを聞きながら、おそらく剣『道』から最も遠い所に私は居ると苦笑した。

そんな事を思い出しつつ、正座をしたまま手ぬぐいを金色の髪に巻いて面を付ける。胴などがずれていないか確認して相手の鑑子さんを睨《にら》みつける。

待っている間、思ったより応援席のみんなの声が聞こえる。

「なぁ。裕次郎。どっちが勝つと思う？」

応援に来ていた栄一くんが隣にいた剣道部員の裕次郎くんに尋ねているのだろう。裕次郎くんはその問いに答えずに、学校道場での私のエピソードを披露する。

「たしか、剣道全否定の話は桂華院さんから聞いたと思うけど、そもそも剣道って何だと思う？」

「字面から考えると、『剣の道』だろう？」

横から口を挟んだのは光也くんか。それに裕次郎くんが返事をする。

「そう。『道』なんだよ。剣を通じて、生き方を探す。元々は大陸の哲学から来ていて、色々あるけど今はそんな解釈でいいと思う。『礼に始まり礼に終わる』なんてのはまさに剣道の『道』の真骨頂だろうね」

「泉川よ。それがどう今の話と繋がるんだ？」

話を聞きながら私は会場のカメラ群にも視線を向ける。そこそこ有名人である私の剣道の試合はマスコミのネタでもあり、芸能記者達が地域社会部の記者達と共にカメラを向けていた。

そんな中、メイド達が複数のカメラを構えている。私のお付きのメイド達で記録として残す事が目的だろうが、それだけならば複数の台数はいらない。

「桂華院さんが学んでいる東側剣道、この場合はスポーツと言った方がいいかな。それは国威発揚の手段であり、西側との武器を使わぬ戦場の一局面だった。つまり、現在問題になりつつある武道の勝利至上主義を最も強く意識していたのが、かの東側剣道という訳」

そこで裕次郎くんは一息つく。

「桂華院さんは、道場では足運びの訓練を必ずするんだよ。しかも、その足運びは中央に行くためでなく、四隅に逃げる足運びを。だから聞いたんだよ。その意図を。そしたら、彼女はこう言った。『一本とって、時間切れまで逃げる訓練』って。うちの道場の顧問が怒りとも呆《あき》れともつかない顔をしていたのを覚えているよ」

複数のカメラの理由は、それによる彼女自身の画像データを取る事にある。東側ではドーピングまでしていたこの手の分野だが、西側も科学解析などの手法で対抗していたのは言うまでもない。つまる所、私の剣は東西の勝利至上主義の究極系と言えるだろう。

「待て。裕次郎。桂華院の今までの試合は全部二本先取で勝ってきたぞ？」

「つまり、桂華院さんが本気を出す必要がない相手だったという事だよ。彼女の剣道の本質は、徹底的な逃げにある。もちろん、剣道は礼を重んじているから、そういう見苦しい試合を許さない。けど、それを見苦しくみせず後退する華やかさが彼女にはあるし、それを魅せる芝居もできるのが桂華院さんの厄介な所だね」

「……聞いていると、何か桂華院の剣道に批判的な気がするが？」

光也くんの指摘に裕次郎くんはそれを認めた。

「そうだね。多分、ほとんどの剣道関係者が桂華院さんの剣を知れば憎悪すると思うよ。本当にもったいないって」

……全部聞こえているのだが、どんな顔で会えばいいのやら……。

「桂華院さんが強いのは分かるけど、高橋さんってどれぐらい強いの？」

今度は明日香ちゃんと薫さんの声らしい。薫さんは応援に来たのはいいが、それほどルールに詳しい訳ではないみたいだ。

「私にはわからないのですけど、決勝まで残っているのだから強いのでしょうね」

そこに声を挟んだのは、待宵《まちよい》早苗《さなえ》さん。声楽部に所属している彼女は、自分の分野だけにその強さを指摘する。

「両方ともすごい声ですから、鍛えているのでしょうね」

声というのは大声の場合、喉ではなくお腹《なか》から出す。それを意識して出しているという事はかなりの訓練が必要なのを彼女は知っていた。

「強いなんてものじゃないわよ。高橋さんは」

桂華院家分家筋として、つまりメイド達が何をしていたか比較的知る事ができていた華月《かづき》詩織《しおり》さんの声か。これは。こうなると続きを言わねば周りが納得しないのでそのまま彼女は言うつもりのない続きを口にした。

「桂華院さんのメイドは、この試合の全選手のデータと試合及び訓練画像を入手、及び撮影したそうよ。その中で、ただ一人だけ専属で対策を組んだのがあの高橋さんなのですから」

「瑠奈ちゃんって相変わらず大人げないわね……」

明日香の隣でなんとなくこくこくと頷く蛍ちゃんを感じる。二人は私が科学とお金の力を使って、蛍ちゃんをかくれんぼで見付けようとした黒歴史を知っていただけに苦笑で済ませたのだろうが、他のメンツは男子の話を含めてドン引きだろう。

「桂華院さんはこの試合にどれだけの手間を掛けていらっしゃるのやら……」

「何しろ桂華院家の至宝ですから。負けは絶対に許さないってメイド達は張り切っているとか」

栗森志津香《くりもりしづか》さんの声に詩織さんが淡々と流すが、その声に感情は入っていない。なお、友人の縁からメイドと共に鑑子さんの道場に行き、その訓練風景を撮らせてくれと私の依頼を頼み込んだのが、詩織さんだったりする。それを鑑子さんは笑って許可した。

「写真に撮っても分からないと思うけどね。私の全ては試合のあの場所にあるのだから」

「決勝戦！　帝都学習館学園 桂華院瑠奈 対 帝都学習館学園 高橋鑑子　前へ！」

審判の声に私は立ち上がり礼をし、試合場の中に入る。戦いは既に始まっている。互いに礼をして、審判の声と共に私達は刹那の剣戟《けんげき》を打ち合った。

「始め！」

最初の一撃は高橋鑑子さんの方が速かった。振り上げられた竹刀は面を狙い、こちらの小手が間に合わないと判断した私は竹刀でその面を防ぐ。竹刀が交差し、私達も入れ替わる。

重たい。その一撃の重さが純粋な力量差を見せつけてくれる。とはいえ、勝ち目が無い訳ではない。互いに声を出して二撃目が繰り出される。

鑑子さんが狙うのはまた面。ならばこちらは胴を狙……っ!? 走った悪寒に従って前に出て面を受ける。竹刀のうち、打突部と定められた部分が面に当たらなければ、一本は取られない。

私は自ら突っ込み、その打突部より鍔元《つばもと》側を面に受ける事で一本を避けたのだ。旗は動かないが防具越しにも痛いぞ。この面は。

「……っ!」

「……」

面越しだが、鑑子さんが笑ったのを感じた。胴を狙う場合、必然的に竹刀を下げる必要がある。つまり、面ががら空きになる。同じく、面を狙う場合胴ががら空きになるのだが、さっき食らった竹刀は録画して見せてくれた鑑子さんの竹刀より明らかに速かった。こっちのメタを逆手に取った？ いや。練習と本気で差があるだけの事なのだろう。

間合いを計りながら次の手を考える。剣道というかほとんどの武道に通じるのだが、間合いの把握がどれだけできるかで勝負が決まる。そして、拳一つの身長差はこういう時にその間合いの長さとなって現れる。鑑子さんの打ち込みを足で躱《かわ》す。

「場外！ もとに戻りなさい」

追い込まれた私は急場しのぎという形で場外に逃れる。明らかな不利条件になるが、逃れざるをえなかったのだ。それを許容しても、互いに中央からの再開に勝機をかける。

狙いは、小手。最速の動きで、鑑子さんの小手を叩くべく私は体を少し沈めて再開の声を待つ。

「始め！」

その声と共に私は突っ込み、その竹刀が鑑子さんの小手に当たらずに下にすり抜けた。

下がった!?

ここまでで私が晒《さら》したのは、私の間合いと私の足の移動範囲。最初の交差でそこまで読まれて、間合いギリギリで後退した鑑子さんの眼《め》の前には、竹刀の下がった私の面が。

「め――――ん！」

最初の一本の旗は鑑子さんに上がる。頭を打たれた痛みが私を冷静にさせる。追い込まれたからと言って、呼吸を乱したら負けである。深呼吸を行って、意識した上で鑑子さんを眺める。

面型から見る鑑子さんも一本を取っているのに浮かれる様子も無い。確実に私にとどめを、更に一本を取りに来ているのが分かった。

「二本目！　始め!!」

互いに竹刀が交わり、つばぜり合いになるが、そこで押し負ける。体格の差というのは当然体重にも現れる訳で、女性としてはアピールポイントである軽い体重もこういう場所では不利になる。

押し込まれた私を鑑子さんの竹刀が襲い、それを私は足さばきで避け一気に距離を取る。

沸き上がる歓声。面の中で吐く息だけが大きく耳に入る。こっちが離れたのに、鑑子さんは私を追わなかった。互いに中央に戻り、また互いに機を狙う。

狙うは再度小手。こっちの間合いと足回りを読まれているので、同じ手はしないと判断するであろうという読みである。一気に足を踏み込んで鑑子さんの小手を狙うが、対応してきて鑑子さんはギリギリで下がる。

そのまま勢いを付けてつばぜり合いに持ち込むが、今度はこっちが勢いを付けた分押し下げる事ができた。そこを下がってこっちの間合いに竹刀を入れる。

「こて――――――っ！」

私の方に旗が上がり一本取り返す。下がり小手。結構狙うのは難しいが、足回りと後の先を狙うならと密《ひそ》かに訓練していた技が本番で出せた事に私はほっとする所を、頭を振って気を引き締める。

これで一対一。三本目が待っているのだ。先ほどと同じく悠然と鑑子さんが構える。私も構えてその声を待った。

「三本目！　始め!!」

試合が終わり礼をして下がるとカメラが向けられる。誰だこいつと思う前に、マイクも向けられて彼らの自己紹介と質問がやってくる。週刊誌の名前だが、その親会社は大手出版社の記者である。

「帝国芸能の者です。桂華院瑠奈さん。準優勝おめでとうございます」

「ありがとうございます。とはいえ判定で負けた身ですから敗者は黙して語らずという気分ですが」

「それでは取材になりませんよ。貴方はモデルとして、オペラ歌手として、最近ではテレビタレントとして活躍し、桂華院公爵家の息女として地位も、桂華グループの財も持っているお方。

陸上では都の大会で優勝しており、それにも拘《かか》わらず多くの資格を取り、大卒の資格も狙うという文武両道の平成のクレオパトラだ。そんな貴方に土を付けた高橋鑑子さんとはご友人とか？」

橘がこのマスコミを排除しないというか排除できない理由が、この時期のマスコミの強さにあった。メディアの強さがスポンサーを凌駕《りようが》していた時代だからこそ、彼らを敵には回せない。特に現政権から敵視されている現状では、ある程度のおべっかと大衆向けの息抜きは必要悪である。

もちろん、彼らとて格好の取材材料を逃したくないから、橘と取引して記者クラブみたいな形を作りあげている。この映像や写真とインタビューは、同時に他社にも回させるという訳だ。

「剣の違いで負けました。慣れない事はするものではないですね」

「剣の違いですか？」

記者が首をかしげるのを横目に、私は面を外して手ぬぐいをとって己の金髪を晒す。

格好のシャッターチャンスを与えたので、後は適当に言葉を言ってお引取り願おう。

「ええ。私の剣は護身用から始まっているので、『負けない事』を最優先しています。相手の、高橋さんの剣は、武道を極めるものよろしく『勝つ事』によって作られた剣。判定に持ち込まれた時に負けたと悟りましたわ」

「なるほど。貴方の進路については色々と噂が飛び交っていますが、剣を極めるという可能性は？」

「どうでしょうね？　とりあえず、義務教育である帝都学習館学園の中等部に進みますよ」

ここで、控えていたメイドのアニーシャが手を出してここまでという合図を送ると、彼らもおとなしく去ってくれる。負けた事もあって、芸能記事の枠記事程度のネタになるだろう。

「桂華院さん」

声の方に振り向くと高橋さんが居た。すごくいい笑顔だった。

「また試合をしましょうね♪」

「え？　いやですよ。負けますし」

その時の鑑子さんの顔がおかしくて、笑ってしまったのを誰が責められようか。

なお、その写真も撮られていたらしく、『決闘に負けたお嬢様再戦を断る』なんて見出しで芸能記事の端っこに掲載される事になった。


夜二十二時五十五分。おやつのクッキーよし。グレープジュースよし。パソコンスイッチ・オン。

立ち上がるまでちょっと待つ。そのままインターネットに接続。九段下桂華タワーはムーンライトファンドの本拠でもあるから、通信網は最先端の光回線にしている。それでパソコン通信というのだから以前からは考えられない贅沢《ぜいたく》なもの。なお、パソコンも桂華電機連合からハイエンド機を取り寄せ、最新鋭ＣＰＵとメモリたっぷりである。そしていざ、楽しみのゲームを……

『サーバーとの接続がキャンセルされました』

「……」

回線が良かろうが、パソコンが良かろうが、アクセス先のサーバーがパンクしたらこれなのだ。

「オンラインゲーム？」

それは、『アヴァンティー』でお茶をしていた時の事。一番パソコンに詳しい光也くんから話が振られる。

「ああ。パソコン通信を使った、オンラインゲーム。米国で流行していて、それがアジアに波及しつつある。海外メーカーがいくつか試験的に運営を始めていて、絡まないかという話がメールで来ているんだ」

ＴＩＧバックアップシステムは日米の時間差を利用した、日本の深夜時間におけるシステム管理やバックアップを業務としている。絶賛システム開発が修羅場中の穂波銀行の専属という訳でもなく、穂波銀行以外の飯の種も確保しようという訳で。桂華グループ内からも、データ管理等をこの会社に任せようという動きがある中、こうやって海外からのオファーが電子メールでやってくるという時代になろうとしていた。

「けど、何でうちなんだ？」

栄一くんの疑問に答えたのが私である。ある程度知っているので、背景と確認は楽だった。

「ほら。桂華電機連合って国内最大級のインターネット接続事業者でしょう？　そこにゲームというコンテンツを付ける事で、更に拡大させようという動きがあるの。こっちはそれ狙いのフルパッケージで契約を求めていたのだけど、向こうはそれを嫌っているみたいでね。系列を飛ばしてこっちに話を持ってきたという訳」

日本の家電メーカーは総合電気化しており、系列を通じてまとめて一括契約というのがこれまでのお話。コストにシビアな海外メーカーは、一番安い所を個々に探して契約を交わして運営するのに長《た》けていた。それに絶大な力を発揮したのが、私達が話題にしているインターネットである。

「まぁ、桂華電機連合全体からすれば、今のパソコンよろしく色々付けてと言いたくなるよね。このゲームをするためにパソコンを始める人間は、秋葉原パソコン店の調査ではかなり居るみたいだし」

裕次郎くんは秋葉原のパソコンショップに置かれていたオンラインゲームの資料をテーブルに置く。ドット絵のキャラクター達が可愛《かわい》く戦っているのは、米国発のオンラインゲームと違って日本人受けするだろうと思った。そんな中、一枚の写真が私の心を摑《つか》んだ。

「あ。これ、カワイイ」

法衣姿の女の子キャラクターがうさ耳を付けて、敵を殴っていた。ならば、答えは一つだ。

「とりあえず、やってみましょうよ。それからでも返事は遅くないでしょう?」

オンラインゲームというのは、目的のアイテムを集めるためにはまず素材を集めなければならない。私の心を射貫《いぬ》いたうさ耳はこのゲームの目玉アイテムらしく、その素材集めに他のプレイヤーと共に狩る事に。知らぬ他人が画面内でちょこまかとドロップ目当てに敵を狩るのは中々シュールである。

「出ないわねぇ」

そうすると、飽きてくる訳で。体力回復のためにちょこんと座っていたら、通りすがりのプレイヤーから回復魔法が飛んでくる。上位職の彼らは私が何を狙っているのか分かるのだろう。だって、そのキャラクターの頭にうさ耳が揺れていたし。

『ありがとう♪』

『がんばれー♪』

画面内の私のキャラが喋《しゃべ》ると相手も返事する。コンピューターゲームだとできないこんなコミュニケーションに多くの人は熱狂したのだ。そこから先の進化についてはあまり言うつもりもないが。

「お嬢様。そろそろお休みのお時間ですよ」

「っ!? 亜紀《あき》さん！　何時入ってきたの!?」

熱中していた私の背後からのメイドの亜紀さんの声に驚く私。気付いたら時間は午前一時になっていた。

「熱中なさるのは良いのですが、あまり度が過ぎると桂子《けいこ》さんに叱られますよ」

その一言は私に効く。面白い本を最後まで読もうと、深夜まで起きていると、いつの間にかやってきてお説教というのが結構あるのだ。本より親に理解されないものがゲームである。電源ぶちっ！　でどれだけ多くの子供がトラウマを植え付けられた事か。

「仕方ないわね。今日はここまでにします。けど、待っていなさいよ！　うさ耳!!」

『おちまーす♪』

『ノ』

『ノ』

『ノ』

この時代、まだネットゲームも牧歌的だった。

「だからどうして鯖《サバ》キャンしているのよぉぉぉ！！！」

まだβだから仕方ないと言えば仕方ないが。なお、最終的に私のうさ耳ゲットはプレイヤー露店での購入となった。ついでにいうと、ビジネスの方はパッケージ販売と向こうの個別契約を望む思惑がついに解消できずに流れる事になった。この系列パッケージ販売はカリンCEOと話してなんとかしないといけないな。

ピコピコ……ピコピコ……ピコピコ……

「……」

ピコピコ……ピコピコ……ピコピコ……

ブチッ！

「きゃぁぁぁぁぁぁぁぁぁぁぁぁぁぁぁぁ！！！！！　何をするの……って……桂子さん？」

「お嬢様。今、何時だと思われます？」

そんな記憶も今は昔。テレビゲームは第三世代と言われるものに移り、勝者と敗者がはっきりしだしたこの頃、私はちょっとしたお買い物をしようと企《たくら》んでいた。ゲーム会社買収である。

「買うんですか？　この会社？」

岡崎《おかざき》が白目でつっこむが私は無視した。このあたりから業界一位二位と三位以降の差がはっきりと付きだし、三位以下の企業が合併や撤退などで退場していく流れが広がってゆく。そんなゲームメーカーの一社がちょうど窮地に陥っていた。その名前を、ズガガガ・エンターテイメント社という。

長きに渡るゲーム機戦争を戦ってきたが、ついにその資金が枯渇してハード事業から撤退。経営再建中ではあるが、その支援企業が保有株の減損処理に追い込まれるという事で、あちこちからお声が掛かっている会社でもあった。

「つーか、何で俺を連れて秋葉原なんです？」

岡崎を連れて秋葉原を探索。もちろん護衛のメイドだけでなく男性護衛の道原直実《みちはらなおみ》さんも連れているのだが、さすが秋葉原。萌《も》え産業の勃興が少しずつ街に広がろうとしていた。

「アンジェラこの街出禁なのよ」

「あー。あの人、お嬢様の安全については人一倍気を使っていましたからねぇ」

（おい。見ろよ。あれ）

（あれ、桂華院瑠奈たん？）

（まじ!?　生瑠奈たんはじめて見た！）

（メイド達もレベル高いなぁ）

こんな声を気にせずに秋葉原中心部を散策。話しながら出てくるお買い物のお値段はおよそ五百億円なり。

「あと、女の子一人でゲーセンに入るのは、そこそこ勇気がいるのよね」

そんな訳で、ゲーセンにぶらり入店。百円玉を握りしめて、向かうはシューティングゲームコーナー。

「まぁ、たしかに女子一人でここはきついでしょうな」

禁煙なにそれおいしいのという感じのゲーセン内は、メダルゲームに対戦格闘ゲームが頂点から衰退にというあたり。奥にはもちろん脱衣麻雀《マージャン》が置いてあり、今日も容赦ない天和《テンホー》でプレイヤーの百円玉をむしり取っているのだろう。私がやっているのは、96年に出た名作シューティングゲームである。この体になったおかげで、撃墜されずに面を進められるのがとても嬉しい。

岡崎もタバコを咥《くわ》えて、脱衣麻雀の画面をちらちら。男の性《さが》である。

「お買い物はいいのだけど、これについては勝ち筋が浮かばないのよねぇ。けど、これは押さえておきたいのよ。どうしようかなって……きゃあああああっっっ！！！」

チュドーン！

なにこの鬼難易度。このチートボディを以てしてもクリアできないとは。既に何度もチャレンジして、そのつどここで返り討ちにあっている。

「ああああああ！　どうしてここクリアできないのよぉぉぉぉぉ！！！」

「あ、あのっ！」

遠巻きに見ていたおたくの一人が私に声を掛ける。メイドや道原さんが露骨に警戒する中、私ではなくゲームを見ていたおたくは私にこんなヒントをくれたのである。

「『ランク調節』って言葉は知っていますか？」

そんなのあったのか。このゲーム……

パン！　パン！　パン！　パン！　パン！　パン！　パン！　パン！　パン！

リロード！

「で、その赤字事業にいくらぶっ込むつもりなんですか？」

パン！　パン！　パン！　パン！　パン！　パン！　パン！　パン！

リロード！

「二千億円溶けたらさすがに撤退するわよ！　貴方上手いじゃない！」

「治安の悪い所ほど資源は眠っているもんで。撃ちはしませんが一通りは訓練していますよ。それでも絵図面ぐらいはあるんでしょう？」

ガンアクションゲームを岡崎と楽しみながら話す内容ではない。なお、ゲームストーリーは通信衛星の中に軍事衛星が紛れるという……あ。

「ちょっと話が変わるけど、ロシアのＧＬＯＮＡＳＳ資金不足だって言ってなかった？　買っちゃおうか？」

「絶対にこのゲームやっている最中に思い付いたでしょう？　それ。俺ならゲーム会社で溶かすお金をそっちにぶっ込みますね」

そうなると私はロケット発射基地で高笑いするラスボス役だな。岡崎は中ボスになるだろうし。

「幾らぐらい掛かる？」

「全体は国家事業だから無理として、一部支援として二千億円。これはムーンライトファンドの事業に組み込みましょう。どうせインターネットをはじめとしたネットワーク・インフラは、これからも爆発的に増えていきます。インフラを握れるなら安い投資ですよ」

こんな感じで数千億円規模のビジネスが決まってゆく。いいのかと思いながらも話がゲーム会社の方に戻る。

「しばらくは、私のお小遣いで運営しようかなと思う」

「中々額の大きなお小遣いですな。何か危惧でも？」

「買ったはいいけど、今の体制だと押し付けるのカリンの所なのよ」

「あー。うちも正直きついですね」

桂華グループそのものが事業再編途中でのさらなるお買い物。米国流の選択と集中をしっかり学んでいるカリンの所に、赤字事業になりかねないこの会社をくっ付けるのははばかられる。という訳での岡崎との悪巧みである。

「しょうがないわね。しばらくは単体で治癒させる方向で行きましょうか」

その後、ズガガガ・エンターテイメントの株を買い取ったのだが、『やった！　これでまたハードに手が出せる！！！』という勘違いの声を聞いたアンジェラとカリンがズガガガ・エンターテイメント本社にガチコミに行ったとか行かなかったとか。

私、しーらない♪

「桂華院さんはどのような音楽を聞いておられるのですか？」

そんな話をふってきたのは待宵早苗さん。お昼休みの雑談時間の事だ。ここ帝都学習館学園では放送委員会があり、休み時間の放送として昼休み等に音楽を流していた。たとえ上流階級とは言え、流行というものはある訳で。音楽などは必然的にそれが強く出ていたりする。このあたりまでは、まだJ－POPの隆盛が残っていた時期でもあった。

「まぁ、クラシックはたしなんでいますけど、流行《はや》りの曲にも耳を傾けますのよ」

なんて幾つかの流行曲を口にする。運がよい事に、私が口に出した歌手の歌が流れていた。独特なリズムと切に願う歌い方で一気に好きになったやつである。こうなると他の人も好きな歌を出してくる訳で。

「私は平成の歌姫のアルバムを買ったわよ。やっぱりいいわ。早く中等部に行ってカラオケで歌いたいのよね」

明日香ちゃんが放送でも流れるアルバム曲の話をすると、隣の蛍ちゃんがこくこくと頷く。仲良しで好きな歌手が違うので互いにCDの交換とかしているらしい。なお、放送委員会は匿名でリクエストを受け付けており、蛍ちゃんはその常連だったりする。

これが、大人しい系の蛍ちゃんから出たリクエストが中々ノリの良い曲だったりするので、結構意外だなと思った事があったりなかったり。

「気付いてみたらあともう少しで中等部かぁ」

「レディとして初等部のお手本にならないといけません」

「本音は?」

「カラオケの他に色々行ける場所が広がるのよ！」

私のぼやきに明日香ちゃんが優等生っぽく言ってみるが、先の発言を考えた薫さんがつっこむ。

それに本音をもらしてくれる明日香ちゃんマジ明日香ちゃん。

「私は両親の聞いている曲がそのまま好きになってというケースかしら？　家族もそんな感じで同

じ曲を聞く事もありますのよ」

「私の所もそうですわね」

栗森志津香さんの話に、高橋鑑子さんが続く。長く活動をするアーチストの場合、親子に渡ってファンというケースもあるのでこの手の話をすると世代が違うというケースも多い。親の持っているテープやレコードから、そのアーチストの古い曲を聞いて更に好きになってというのもあるあるである。

「そういえば、桂華院さんって結構古い曲もよく聞いていましたよね？　以前お部屋に遊びに行った時にCDをお見かけしましたけど」

「古いかぁ。メイドの亜紀さんが私達の頃だった辺りに流行したのを気に入ってね」

待宵早苗さんの話の振りに私も苦笑する。時代的にはバブルからバブル崩壊時辺りの流行が一番好きだった気がする。そんな中、ふいにひょうきんかつ切ない曲が流れて、私達だけでなく周囲の人達にも笑みが広がる。こういうのが流れるから放送委員会は侮れないのだ。

「じゃあ、次は薫さんよね。ほらほら」

「そうですわねぇ……」

明日香ちゃんに急《せ》かされて、朝霧薫さんが自分の好みの歌を口にする。出てきた曲はサッカーのワールドカップでよく聞いた曲だった。あのワールドカップでにわかサッカーファンになり、その時に流れまくったこの曲にはまったらしい。そうなると、残った華月詩織さんも口を開かないといけないわけで。

「これですわ」

意外にロックな曲を選んできた詩織さんを見た一同に、顔を赤らめて恥ずかしがった彼女がちょっとかわいいと思ったのは内緒である。ポスターとかグッズを買っているらしい。

「中等部に上がったら、みんなでカラオケに行きましょうよ♪」

「いいわよ」

「いいんじゃない？」

「賛成」

「ええ」

「怒られない程度にならー」

「楽しみにしていますね」

（こくこく）

話していると、透明な感じの夏を思わせる歌が流れてきた。あ。この歌知っている。

「なんか感じの良い曲よね。これ」

「たしかに」

「テレビとかでは聞いた事無いですわね」

「高い声が美しいですわよね」

「ピアノも綺麗でなんていう曲なんでしょう？」

「あとで放送委員会にたずねてみましょうか？」

何も言えずに笑顔を張り付かせる私をきょとんと見る蛍ちゃん。おねがい、その無垢《むく》な視線で見ないで。私に効くから。

「桂華院さんだったらこの歌歌えるのでは？　わたくしではこの高さの声が続きませんもの」

純粋に良い歌だからこそ待宵早苗さんが私に振り、私は頬に汗をたらしながら苦笑するしか無い。秋葉原で大流行したこの曲がそっちのメイド経由でこっちに流れてきたから知っているんだよ。というか、うちのメイド喫茶に来るおっきなお友達の常連の幾人かは明らかに私にこの歌を歌わせようと企んでいたとかで、アンジェラが激おこになったとかあったんだよ。

こまった事に彼らは善意と好意で動くからたちが悪い。

「たしかに歌えるかもしれないけど……ね」

いやまあ、分かっているけど。後に大きなお友だちの方々が国歌と称するあの曲だけど。元は十八歳未満の人がしては駄目なゲームですしおすし。なお、それとなく尋ねた結果、高等部の放送委員会に持ち込まれた曲のテープが間違って初等部に持ち込まれた事が発覚。

幸いにも叱る大人達はこの曲の素性を知らず、知っている人間は口を噤《つぐ》んだのでこの件は事件にもならずに闇に葬られる事になった。

「恋住総理評かい？　君が総理から狙い撃ちされているのは知っているけどね」

「ええ。勘違いしてもらうと困るのですけど、私は総理とは争いたくはないのですよ。どこかで妥協点が見付け出せるのならばと思うのですが、どうもあの人の思考がいまいち読めなくて……」

私の冗談に神戸《かんべ》教授も苦笑する。一条絵梨花《えりか》が入れてくれたコーヒーを手にしながら神戸教授は少し視線をそらす。このゼミにお邪魔するようになって気付いた彼の考えるときの癖である。

「そうだね。おそらくこの国きっての天才二人が共食いなんて目も当てられないからね。少しアドバイスをしてあげよう。大人として」

わざと最後の所を嫌味っぽく言って私がむっとするのを確認して神戸教授が笑う。これがそもそもの対立軸の一つだからだ。

「この国の共同体という共同幻想において、そこに所属する権利と義務は何だと思うかい？」

首を傾《かし》げる私に、神戸教授が懐かしい歴史の言葉をホワイトボードに書く。書き上げた後で私の反応を確認した彼は、それを読み上げた。

「『御恩と奉公』だよ。この国のそういう所は全く変わっていない。さて、この言葉を前提に、君がしている事をこう表現しようか」

神戸教授は楽しそうにそれを赤マジックで書く。それを見た私に突き刺さるその言葉を神戸教授は楽しそうに言う。

「『奉公の押し売り』。そうだね。江戸幕府というより室町幕府の方がいいかな。数ヶ国の守護を持つ有力守護大名桂華院家の当主の子供が、元服前にぶいぶいと奉公を幕府に売り付けている訳だ。幕府将軍からすれば面白い訳がない」

「さて、私は細川《ほそかわ》でしょうか？　山名《やまな》でしょうか？　大内《おおうち》でしょうか？」

乗った私に神戸教授が少し考えてある大名家を告げる。ある意味当然と言える家だった。

「決まっているだろう。幕府管領《かんれい》を務め、将軍すら凌駕する事ができた細川家だよ。君と総理の確執もこうして歴史を探せば類似例が出てくるから困る。私は君を細川政元《まさもと》になぞらえているけどね」

「『明応の政変』を起こせと仰《おっしゃ》るんでしょうか？　教授？」

生臭い話になってきたなと思うが、神戸教授の笑みは崩れない。こういう人と知り合う事ができていたら、話を聞く事ができていたのならば、前世の私はきっとあんな最期を迎えなかっただろうに。ふとそんな事を思った。

「君が政変を起こすのならば、２００2年の春にするべきだった。与野党とも今は有力な総理候補者が払底しきっているからね。君には、傀儡《かいらい》にできる駒が無い。総理は意図してかどうかは分からないけど、表舞台に立てない未成年である君の、傀儡となり得る候補者を徹底的に消した。それが現状に繋がっている訳だ」

黙っていた一条絵梨花が口を出す。こういう会話に、自然に口を挟めるのは彼女の美徳でもある。

空気が読めないという言い方もできない訳ではないが。

「失礼ですが、お嬢様と仲がよろしい泉川副総理は使えないのですか？」

「一条くん。彼はすでに総理の椅子に就いている。つまり上がっている訳だ。そして、彼を動かすという事は、総理との間に決定的対立を発生させる事を意味する。それをこのお嬢様は望んでいないし、もし望んでいたのならば今年の春には動いていたよ」

「教授。私を何だと思っているんですか？」

神戸教授の断言口調に私が抗議する。なんか凄《すご》く悪役みたいで……あ、悪役令嬢だった。私。

「ただの子供がイラク政局にまで絡んだりはしないよ」

「え？」

一条絵梨花がそんな顔で私を見ているが、私の顔から表情が消える。この人に話して良かったとは思う。この人は私の事をここまで知りながら、それをあまり広めはしないだろうから。

「……ご存知だったのですか？」

低い声で私が確認する。これこそ、恋住総理と私が対立する第二の軸なのだから。神戸教授は空になったコーヒーカップを机に置いて、私から視線をそらしてぼやく。

「ケインズではないけど、今の米国の開戦準備がＩＴバブル崩壊の痛手を緩和しているのは事実だ。武永《たけなが》大臣と泉川副総理が唖然《あぜん》としていたよ。君がイラクの開戦を見抜いた上で、それに合わせた準備と投資を行っていた事にね。総理と大統領が君に返り血を浴びせないようにしたのを責めてはいけないよ」

神戸教授は諭した上で笑顔を作る。ここで話が一度戻ってくる訳だ。

「つまり、君と総理の問題は、突き詰めればここに行き着くのさ。『元服前の稚児が手柄首を上げるのを是とするべきかどうか』とね」

一条絵梨花が冗談ともつかない言葉を呟く。

「……元服でもすれば良かったのでは？」

パン！　神戸教授が手を叩いて一条絵梨花が驚く。どうも正解を言ったらしい。

「そのとおり！　全てはそこが問題なんだよ!!　桂華院くん。君が元服していれば、いや、女子だから裳着《もぎ》か。それをして大人になっていれば全て解決する事なのだからね」

神戸教授はそのまま立ち上がって窓の外を眺める。そこから見える大学のキャンパスには、多くの大学生が往来しているはずだ。彼らの半分は未成年という事を私は思い出す。

「この国では満二十歳を以て成年とすると法律によって定めている。そこに君という特例を許すかどうかという訳だ。おまけに事は戦争という殺人行為への関与が背景にある。戦争は置いておいて、殺人は基本犯罪だ。つまり君を犯罪者として裁く時、成年として扱うかという問題でもあるのだよ」

「最悪、華族の特権……あっ!?」

私の口が止まったのは、恋住総理の打った手にある。彼は『華族特権の剝奪』も掲げて、枢密院や外務省に切り込んでいたからだ。成年になるのはいいが、今までの特権である不逮捕特権などは使えないだろう。私の気付きを理解した神戸教授が楽しそうに頷く。

「総理は君をいじめているわけじゃない。権利を主張するなら、義務を背負いなさい。大人と見られたいのならば、大人となりなさい。つまり、そう言っているのだよ」

大人とみられる事。その道を恋住総理は一つだけ残していた。ああ。あの人は本当に政局については天才だ。

「君の父上及び兄上を引退に追い込んで、君が公爵家を継ぎなさい。総理と同じ立場に立ちたいならば、そこから枢密院を押さえなさい。君の愛する者を、君の手で葬りなさい。

そうすれば、総理は君の話を聞いてくれるはずだよ」

「思ったのですが、野党と組んで恋住総理を倒すというのは駄目なのですか？」

一条絵梨花の空気を読まない発言に私は苦笑する。実際、この冬に野党の再編が発生し、友愛民主連合、略して友民連が誕生し、『政権交代可能な野党ができた』とマスコミが盛んに煽《あお》っていた。

かつての野党連合政権の成立よろしく、与党立憲政友党の党内派閥を煽って分裂させて政権奪取というのもできない話ではない。もっとも、前世の野党をよく思い知っているからこそ、私はまったく組む気は無かったのだが。私は野党がどれほど使えないかを知っているが、神戸教授はどう返事をするのだろうと興味を持ったのだ。彼の回答は、私を満足させるものだった。

「そうだね。泉川副総理の派閥と野党が組んでというプランも無いわけではないが、お勧めしないね。与党が『政治家・官僚・財界』というトライアングルを持っているように、野党側もトライアングルを持っている。これが本来与党政治家にとってすごく相性が悪いのさ」

「何なんです？　それは？」

一条絵梨花の言葉に神戸教授はホワイトボードに三角形を書いてその言葉を刻んだ。そして、呪文のように、その三角形を口にする。

「『政治家・マスコミ・アジテーター』の三つさ。野党の政治プロセスは、アジテーターが騒ぎ、それをマスコミが拡大させ、最後は政治家が問題化させて与党に解決を押し付ける事によって成り立っている。それを可能にしたのが……」

神戸教授はゼミ室に据え付けられていた四角い箱をぽんと叩く。この時代はビデオと一緒に付いていたその四角い箱の正体をテレビと言った。

「テレビという訳だ。つまり、野党のお仕事というのは基本政治家でもなく、政治屋ですらない、国会という舞台での役者という所かな」

そういえば、神戸教授はＴＶのコメンテーターとしても活躍していたな。つまり、彼はその三角形の中で、アジテーターの位置にいると自覚しているわけだ。だからこそ、こんな辛辣な意見が言えてしまう。自分に害が無いからこそ、客観的にかつ無責任になれるのだ。

「野党もそんな人達ばかりではないですよ。事実、98年の金融国会の時は、野党案を与党が丸呑《まるの》みしたりしたじゃないですか。かつての野党連合政権やその後の三党連立政権でも、今の野党政治家が活躍したと記憶していますが？」

私はわざと神戸教授に誘い水を向ける。神戸教授は私の誘い水に乗った。

「しかし、それは彼らを支持する有権者にとても受けが悪かった。政治とは妥協の芸術だ。妥協するという事は、面白くないという事なのだよ。それならば、面白いほうがテレビ受けするだろう？」

この四角い箱の中で繰り広げられた『政治』というコンテンツは、それゆえに虚構として国民に認識されてしまった。このコンテンツが現実として己の身に降りかかるまで約十年ほど待たねばならないが、それはそれで幸せなのだろう。私は微笑んで、神戸教授に意地悪な質問をする。

「ですが、そんな演技を与党の先生が派手におやりになっているじゃないですか」

神戸教授は私の質問を理解している。その上で、彼があの人をどう評価しようとしているか聞きたいと分かっているからこそ、神戸教授は最高級の賛辞を彼に与えた。

「恋住総理。君の考えているとおり、あの人は今世紀最高級の『俳優』だよ」

その評価にやっぱりと納得する私が居た。かつて、泉川副総理は恋住総理の事をこう評価した。

「生粋の派閥政治家」

と。天が二物を与えた例なのだろうが、両方ともトップクラスだからこそ、テレビには『俳優』恋住総理しか映らない。彼の主演ドラマに、国民は酔っていた。

「総理の基本政策は結構簡単でね。『都市偏重・緊縮財政・対米重視』。これ、なんだか分かるかい？」

「総理の宿敵である端爪派の真逆の政策ですよね。『地方バラマキ・拡大財政・大陸重視』。与党内の派閥争いを劇場で隠しているとも言えますが」

「そう。桂華院君。君が背負っている政策でもある」

スタートが山形の酒田で、金融危機対処から北海道に地盤を築き、鉄道事業やデパートやスーパーで地方経済に関与している桂華グループ。その維持発展は必然的に地方に金をばらまき、拡大財政を取らざるを得ない。私は自然に己の金髪を触る。あの大陸国家であるロシアは生まれから否《いや》応《おう》なくついて回るわけで。日米同盟堅持は基本方針として、私も大陸の呪縛からは離れられない。

私は己の政治的立ち位置が端爪派に近いと、ここで認識させられたのである。そりゃ渕上《ふちがみ》元総理と仲良くなれた訳だ。私は。

「国民は、いや、テレビは、君と総理の対決を待っている。そしてどちらかが勝ったり負けたりする様を娯楽として消費するだろう。ドラマが終われば、次のドラマが始まるようにね。どうするかな？　君が決意をするのならば、総理は喜んでこのテレビという虚構の中でダンスを申し込むよ」

「その虚構のために、親兄弟を切り捨てろとおっしゃるわけですね。お断りです」

私の即答に神戸教授が満足そうに頷く。多分、話に乗ってもこの人は今のように満足そうに頷いたのだろうなぁ。

「いいね。権力とは基本孤独なものだ。というか、孤独でないと権力は取り扱えない。この国の最高権力者の一人である内閣総理大臣が申し込むダンスなのだからそれ相応の資格がいる。親兄弟どころか友人や恋人まで切り捨ててその権力を食らい尽くさないと、踊るどころかコケて恥をかくよ」

「恥をかくならまだ良いもの。笑われた時に、それを耐えるのは一人でないといけない」

神戸教授が真顔で諭す。こういう時に大人の顔をされると、私は何も言い返せない。

「桂華院くん。君は君自身の幸せについて、もう少し考えてもいいのだよ。

いや、はっきりと言おう。この国の幸せより、君自身の幸せを目指すべきだとね」

神戸教授の言葉が、面持ちが真摯だからこそ、私は何も言い返せない。私は良い人達に出会えた。

そして、そんな人達を裏切り続けているのだと自覚する。

「この国は一応民主主義国家だ。という事は、この国の責任は、我々国民全員が分かち合うものだ。一人の天才によって救われるものではないのだよ」

横で聞いていた一条絵梨花が啞然とし、私がジト目で茶化す。真摯なアドバイスである事は間違いがない。何しろ、神戸教授の常日頃の主張を裏切っているのだから。

「天才学を主張する神戸教授らしからぬ発言ですよ。それ」

「そうでもない。同じ時代に天才役者が二人出て、舞台は一つしか無い。主役は一人である以上、どちらかが悪役に回る。つまる所そういう話な訳だよ。桂華院くん。君はあまりにも早く出過ぎた。君が主演の舞台はこれから先に必ず上演されるだろう。その上でこの舞台に上がるのかい？」

「上がりませんよ。私は。教授も忘れているようですけど、私、まだ小学生ですよ？」

私がぼやき、神戸教授と一条絵梨花も笑う。今日の話はそれでお開きとなった。

「珍しいね。瑠奈が九段下ではなく、こっちの屋敷に顔を出すなんて」

その日の夜。桂華院家本邸に顔を出した私は、清麻呂義父様《とうさま》に面会する。久しぶりに会いに来た私を見て嬉しそうな清麻呂義父様に、私は神戸教授との話をかいつまんで話す。

「神戸教授とお話ししてきました。恋住総理と対決したいならば、お義父様とお兄様を切り捨てて桂華院家を継げとおっしゃいましたわ。お断りしましたけど」

「……瑠奈。やっと君は足りたのかい？」

私の爆弾発言に驚くわけでもなく、怒るわけでもない清麻呂義父様の顔に映る感情は安堵《あんど》だった。

それを見て、よほど私がイラクの件で恋住総理とガチバトルをするのだと皆が思っていたと悟る。

そんな事を思いながら、私は本心を清麻呂義父様に告げた。

「足りてはいませんが、時代に逆らいたくはないという事ですよ」

時代は、私ではなく恋住総理を選んでいる。それだけは確信して言える私が居た。


戦争という大人の遊びに手を出すなと言われた私だが、かと言ってそれ以外の所ではおとなしくする必要もないわけで。この間の米国ＩＴバブル崩壊の詫《わ》びを兼ねて、米国中間選挙はきっちりと共和党支援を貫いた。その結果、共和党は歴史的勝利を手にしようとしている。

「……現在、分かっている状況では、米国中間選挙、下院は過半数の維持に成功しただけでなく、上院でも過半数確保に成功。知事選も共和党の知事が合計で三十近くになるという予測……」

米国でのお痛はこれでチャラという事でいいだろう。中間選挙は大統領の居る与党に不利な傾向が強い上に、ＩＴバブルが崩壊した米国は決して景気が良い訳ではなかった。それでも私は、与党共和党に全賭けをして、見事ハイリターンを得た形になった。だから、こんな電話が掛かってくる。

「中間選挙、大勝利おめでとうございます。大統領。東京からお祝いを申し上げますわ」

「ありがとう。小さな女王様。体を崩したと聞いたけど大丈夫かい？」

「……おかげさまで、トラウマは順調に回復しつつあります。大人の世界に無理して入った罰なのでしょうね」

「恋住総理も悪い人ではない。実際に君はその重みに耐えられなかった。本当ならば、その重さを耐えなければいけない歳《とし》ではないのだからね」

この人はこういう口調で語りかける時、まごうとこなき善意で言ってくる。だからこそ、その温かさに感謝しつつもその心遣いが重たい。

「人が死ぬという事をどこか他人事のように考えている私がいました。実際、私の手で私がした事で数十万、いや、数百万人の人が死ぬ事に耐えられなかった。

大統領。貴方はその重さにどうやって耐えているのですか？」

「だから、神様に懺悔《ざんげ》するのさ。私は合衆国大統領だ。世界の秩序の守護者であると同時に、合衆国市民を守る義務がある。小さな女王様。君の重さも私が背負おう。何しろ、君のおかげで助かった合衆国市民が居るのも事実なのだからね」

今回の中間選挙の大勝利の原因からあの同時多発テロを外す事はできない。あのテロに対して大統領は指導力を発揮し、現在はイラクに向けてのキャンペーンを展開している。そのキャンペーンガールと化したのが私だったのだ。

中間選挙前に議会に出されたテロ報告書では、あの同時多発テロとイラクを結びつけたロジックは、大量破壊兵器の『保有』ではなく、持つ『意思』で展開している所に私の前世と違う点がある。湾岸戦争後にイラクが旧ソ連の核を得ようとした事実は間違いがない。そして、その保有に失敗した結果、核の製造のために核物質と起爆装置を欲した。

デンバーのトレインジャックと東京のテロ未遂はその名目で行われ、同時多発テロはその陽動作戦であるというのがキャンペーンの骨子だった。微妙に時間がずれているのだが、それは本命の核確保が失敗したからで、陽動作戦の連中が自棄《やけ》になってという説明がなされている。

このキャンペーンに私が出ていた。私がテロ情報を摑み、それを日米両国に提供し、核テロを防いだという形で持ち上げられたのだ。そして、私があのテロ時に倒れた写真という格好の材料が、私を悲劇のヒロインに仕立て上げた。大人達は私に血を浴びせない代わりに、私をもっとも綺麗な人形として扱う事を選んだらしい。国際政治の汚さというべきか、大人達の良心の呵責《かしゃく》というべきか。

「君には感謝している。君の情報が無かったら、核が合衆国で炸裂していたのかもしれないからね。だからこそ、君のドレスを血で汚したくはないのだよ」

ここしばらく何度も聞いた言葉を大統領も口にした。最初は子供だから仲間はずれにするのかと思ったのだけど、こうも皆が同じ事を言うのでやっと気付いた。仲間はずれではなく、それは優しさなのだと。

その証拠に彼らは私の権限を削りながらも、私の財産や偶像としての私に一切手を付けていない。

「その言葉、身内の多くからも言われましたわ」

「大人というのはそんなものさ。子供に未来の可能性を見るからこそ、良いものを、綺麗なものを与えるのさ。汚いものを子供に与えるのは、大人としては失格だよ」

それでも大統領は真摯に私に告げる。その意味を理解できない私ではなかった。

「小さな女王様。私が今腰掛けて電話を掛けているこの椅子、ここに座る時に私は合衆国市民一人を助けるためにならば、百人、いや千人、もしかしたら万人の他国民であっても犠牲にする決意をもって臨んだ。小さな女王様。君は、その名前に反して国を持たない女王様だが、国を持ったら、私のこの言葉を思い出してくれ。会社と国の違いは、つまる所そこだよ」

その言葉を聞いて私は確信した。大統領は、米国にとって最善の選択としての大虐殺を視野に入れているという事を。そして、世界は望むならば私に国を持たせる事すら許容するという事を。

国を持つ条件が、大統領の言う守らないといけない国民なのだとしたら、前世の私はなぜ死んだのだろう？　その答えを出せない私は、大統領にこう言う事しかできなかった。

「ありがとうございます。大統領。私を気遣っていただいて。その答えは大人になる前には出したいと思いますわ」

このゲームにおいて悪役令嬢である私の未来は、十八歳までしか記されていない。はじめて、私は私自身の未来について考えざるを得なかった。

私は、どんな大人になるのだろう？


それ以前に、私は、そもそも大人になれるのだろうか？

【用語解説】
・株価至上主義……株価の価値が企業の価値であると信じて株価を上げる事を経営方針にする主義の事。自社株買いなどで株価を上げるそのやり方は、現在の主流になっている。
・技術至上主義……優れた技術にこそ企業の価値があるという考え方で、かつての日本企業の多くがこれだった。顧客が高度化した製品についてゆけずに離れた事から衰退に繋がる。

・顧客至上主義……顧客の望むものを届ける事が企業の価値に繋がるという考え方。デザイン経営という形で近年見直しが進んでいる。
・何もしない神様……『機動警察パトレイバー２』の荒川茂樹《あらかわしげき》。この人の声をやっていた竹中直人《たけなかなおと》さんと後藤《ごとう》さんの大林隆介《おおばやしりゅうすけ》さんとの会話がすごく渋いのだ。
・権力は腐敗する……英国の歴史家ジョン・アクトンの言葉。更に続きがあり、正しくは、『権力は腐敗する、絶対的権力は絶対に腐敗する』である。
・米国オンラインゲーム……ＵＯことウルティマオンライン。
・瑠奈がしていたオンラインゲーム……ＲＯことラグナロクオンライン。もちろん、瑠奈はアコライトで。うさ耳プリーストはＲＯの代名詞だと思う。
・秋葉原メイド文化……本格的に花開くのが２０００年代前半。
・シューティングゲーム……『バトルガレッガ』。ランク調節という概念を知らないと確実に詰むゲーム。ファンは多く、結構あちこちのゲーセンで稼働していた。
・ガンアクションゲーム……『タイムクライシス』。衛星云々の話から『タイムクライシス２』。
・ＧＬＯＮＡＳＳ……ロシア版のＧＰＳシステム。ロシアの経済危機から計画が遅れに遅れ、２００１年には運用すらままならない状況だった。
・瑠奈が出した歌……元《はじめ》ちとせ『ワダツミの木』
・明日香の出した歌……浜崎《はまさき》あゆみ『Ｍ』
・蛍の出した歌……宇多田《うただ》ヒカル『ｔｒａｖｅｌｉｎｇ』

・栗森志津香の出した歌……小田和正《おだかずまさ》『キラキラ』
・高橋鑑子の出した歌……サザンオールスターズ『白い恋人達』
・ひょうきんかつ切ない歌……ストロベリー・フラワー『愛のうた～ピクミンのテーマ～』
・中盤で瑠奈の部屋にあったCDのアーチスト……平松愛理《ひらまつえり》　松任谷由実《まつとうやゆみ》　熊谷幸子《くまがいさちこ》
・薫の出した歌……ポルノグラフィティ『Ｍｕｇｅｎ』
・華月詩織の出した歌……B'z『ｕｌｔｒａ　ｓｏｕｌ』
・最後の歌……Ｌｉａ『鳥の詩《うた》』

「だからよー。俺に彼女を使って映画を作らせろって言ってんだよ！　それを何だあのスポンサーどもめ。ＮＧ出しやがってよぉ」

世界には映画監督と呼ばれる人種が居るには居る。そんな一人の著名な映画監督が馴染《なじ》みの香具師《やし》相手に酒を飲みくだを巻いていた。

「分かる！　分かるんだよ!!　その気持ちは！！！

俺だってなぁ、彼女をスターにしようと突貫して散った口よ!!」

「財閥の令嬢が何だってんだ！　あれがそんなものに収まっているわけがねぇだろうが!!」

海外からの評価の高いこの映画監督は、批判もゴシップもあるが彼の手掛けた映画がその全てを帳消しにする。その映画監督が彼女を見付けたのは、再放送された『帝都護衛官』の特番を見たからに他ならない。今やこのシリーズはシーズン３まで行く人気番組となっていたが、かたくなにゴールデンへの進出を拒んでテレビ局と暗闘を続けている事でも有名だった。

「皆、あのお嬢様の容姿や歌声に騙《だま》されていると思うが、あんなのは序の口だ。

あのお嬢様、天性の俳優だよ」

都内の屋台も少なくなったが、そんな場末の屋台で大の男二人が酒を飲んでくだを巻いているだけの事。聞かれても痛くもないし、聞く人間もいない。

「俳優？　そりゃ、ドラマにも出たから出来るだろうよ」

「そんなんじゃねぇ。あれの凄《すご》さがわからんか。気付いた連中がどれだけいるかって話だろうがな」

安酒をかっくらって、映画監督は語る。彼も映画界で鬼才とか天才とか呼ばれている人物だ。それを見抜けたのはある意味当然と言えよう。

「あれはそもそも、お嬢様。つまり、公爵令嬢という芝居をずっと続けているんだ。才能も努力もあっただろうが、生まれて十一年だが二年だが知らんが、その演技を破綻させる事無く演じ続けている。あのお嬢様にとっては、この現実が既に舞台なのさ。だからこそ惚《ほ》れた。あのお嬢様の演技は世界を魅了するぞ」

映画監督が荒れているのは、スポンサーの意向で抜擢《ばってき》した女性タレントがまた演技が下手だった事が挙げられる。その演技を叱責した結果、女性タレントが降りると言い出してスポンサーに話が行って大騒動になり、こうして友人の香具師と飲みに来た訳で。

香具師も映画監督が作る映画が好きだったから、この騒動鎮火のために一肌脱いでいたりする。その結果、今はそのお礼の三次会という訳だ。

「とはいってもあの桂華《けいか》グループの箱入り娘だぞ。しかも、政財界中枢に影響力を発揮しているなんて噂《うわさ》もある」

「だからどうした！　俺の映画には関係ない!!」

どんとカップをテーブルに叩《たた》き付ける映画監督。あの写真家先生と同類だった。だからこそ、言っている事が結局同じになる。

「あれは化物だぞ。何者にもならない、何者にも染まっていない化物だ。

それを永遠に銀幕に記憶させるのは俺の、映画界の義務だろうが！！！」

彼は仕事柄知っていた。人が天才でいられる時間は短いという事を。それでも、銀幕の中に映る天才達《たち》は時を止めて永遠にその天才を輝かせる事を。

「お前そこそこ伝《つて》はあるんだろうが。なんとかして彼女を引っ張り出せ」

「無茶を言うな。無茶を。実際突貫して親しくさせてもらってはいるが、映画ともなると彼女のスケジュールは数ヶ月潰れる。それを桂華グループが許すと思うか？」

金で彼女は動かない。その金を彼女は十二分に持っているから。コネで彼女は動かない。そのコネが彼女を守っているから。ならば手は一つしか無い。彼女に出てきてもらうまでだ。

「帝都護衛官シリーズ。たしか映画化の話があったろ？」

「ああ。次はシーズン3が終わったら、最後お祭りみたいな形でするとか。まだ企画段階だぞ」

人気番組の上に桂華グループの全面バックアップがある番組だけに、企画やタイアップもあちこちから来ていたが、そういうものをこの映画監督は嫌っていた。

「それでいい。その監督に俺を潜り込ませろ」

「…………正気か!?」

「そうしないと彼女が撮れないだろうが！」

また酒をかっくらって映画監督は吐き捨てた。偽り無い本音を。

「何よりも腹立たしいのは、俺以下の連中が彼女を映像に撮って、彼女を汚す事だ。あんなものを彼女と後世に残すのは、歴史が認めても俺が認めん!!」

後に、海外の映画賞を獲《と》った有名監督が『帝都護衛官』シリーズの映画化の監督に立候補したと界隈《かいわい》を沸かせる事になる。自身が出演を懇願したというお嬢様が謎の銃術を極めている事に監督が狂喜し、直前に脚本の全面差し替えを行うという大トラブルを引き起こしたが、出来上がった映画は国内外で大ヒットして日本映画史に残る作品となった。

そして、アカデミー助演女優賞に彼女の名前が刻まれるなんて未来をその時の彼女は知らない。

こうして天才映画監督白崎孝二《しろさきこうじ》と天才俳優桂華院《けいかいん》瑠奈《るな》は出会う。

「パンチラが怖くて、お嬢様ができるかぁぁぁぁぁぁぁぁぁぁぁぁぁぁぁ!!!!!」

がしゃ――――ん!!　ドカ――――――――ン!!!!

ドレス姿のお嬢様が窓ガラスを割って虚空に舞い、その後を爆発が襲う。お嬢様はそのまま満面の笑みで、用意された安全ネットに落ちていった。お付きの外人秘書とメイドと執事が殺気すら漂わせて白崎監督を見るが、彼は笑い転げていて意に介さない。なお、香具師はお嬢様の暴走と彼の悪乗りに虚空を見上げて呆然《ぼうぜん》としている。こうなった数ヶ月前、特別出演として出る予定だったお嬢様との打ち合わせにおいて白崎監督はこんな事を言った。

「お嬢様。悪い。脚本がまだ仕上がっていないんだ。

だから、先にお嬢様のシーンを撮ってしまいたいのだが、構わないだろうか？」

よく分かってないお嬢様に白崎監督は詐欺師さながらに嘘《うそ》をでっち上げる。もちろん、後で知った脚本家が激怒したのは言うまでもない。

「え？　守られて、歌うだけの出演じゃなかったの？」

あくまでこの映画の予定ではおまけである。そういう予定で参加を決めたのだが、そんな事をはなからこの映画監督が守る訳がなかった。

「そのシーンが出来上がっていなくてね。かと言って、お嬢様に出待ちをさせるほど私も偉くはない。で、先にお嬢様が撮りたいシーンだけ撮ってしまって、そこから話をでっち上げる形にしようと思う。だから、お嬢様は好き勝手に撮りたいシーンをリクエストしてくれ。出来る限り希望に応えよう」

もちろん、そのシーン全部使って物語を再構成する腹積もりである。つじつまの合わない所は、最悪CGでごまかす事を考えていたあたり、この監督性格が悪い。だが、この監督以上にぶっ飛んでいたのは、好きなシーンを撮って構わないと言われたお嬢様である。

「本当？　じゃあ、ちょっと新しい余興芸を覚えたのよ。それを撮ってくれない？」

あ。また始まったとお付きのメイドは頭を抱えたが、白崎監督の手にエアガンが渡される。

「監督。よかったらそれで私を撃ってくれない？」

「こうかい？」

放たれたBB弾は、その途中でお嬢様が抜いたエアガンのBB弾によって弾《はじ》かれる。その早抜きと仕草に白崎監督はこの映画の成功を確信した。

（そうだ。お嬢様。化物が化物として振る舞えるのが映画の世界だ。だからよ。お嬢様。あんたの化物ぶりを全部オレの映画にぶつけてみろや）

「守られる路線は帝都護衛官のテーマだから変えちゃ駄目でしょ」

「だから、お嬢様。あんたが守られる事に不満を感じている設定にするんだ。世間には悪がはびこっているのに、自分は護衛達によって守られている。そのいたたまれなさから自分にできる正義をって感じだ」

「ダークヒーローよね。それならば、私のキャラクターが活《い》きるわ！」

「しっかし、銃撃だけでなく刀で弾を弾くかよ……」

「そこの香具師さんが教えてくれたのよ。一発だけなら9ミリを弾き飛ばせるはず。やろうとして、メイドに叱られたんだけど……」

「安心しろ。映画の中だから遠慮なくやってしまえ。CGでうまく加工してやるから」

「今の日本のアクション映画にはガンアクションが足りないのよ！」

「わからんではないが、規制が色々うるさいからなぁ。本物の弾や爆発は、やっぱりCGなんかよりリアルなんだがこっちじゃ中々できない」

「わかったわ。じゃあ、お金は私が出すから、ハリウッドで撮りましょう！」

「…………え？」

「ミズ・アンジェラ。君の仕事について我々はちゃんと評価しているつもりだ。お嬢様にちゃんと暴力の脅威を教えた事は正しいと私は思っているよ。けど、私は、あのお嬢様をコミックスヒーローに仕立て上げろと言った覚えはないのだけどね」

「それよ！　ありがとうございます！　部長!!　次はワイヤーアクションをやるわよ！！！」

「……」

「なにか言ってくださいよ。外国指導者分析部長殿……」

「予算超過!?　まだ十億も使ってないでしょう？　ポケットマネーで払うから爆薬どんどん持ってきなさいよ！　さぁ、次はビルを爆破するわよー♪」

派手なガンアクションに、スリリングなカーアクション。アクションスターばりの格闘シーンから、歌姫としての歌唱シーンまで。ありとあらゆる事をお嬢様はやり尽くし、そのどれもが画像越しで監督達を魅了した。桂華グループ関係者は監督に殺意の視線を向けているが、そんな視線を白崎監督は鼻で笑う。

「なんで奴《やつ》らが撮影を中止させなかったか、分かるか？」

お嬢様の撮影最終日。その打ち上げで、白崎監督は香具師と当たり前のように付いて来た写真家の石川信光《いしかわのぶみつ》相手にその問いを投げかけた。ポスター撮影は彼最高の仕事の一つと言われ、あちこちで盗難事件が発生するのだが、そんな近未来を彼は知らない。

「簡単な話だ。あの連中は、結局の所お嬢様を知らなかった。だからこそ止められなかったんだ」

さも当然という感じで写真家の先生が言い、監督は笑いながら酒を飲む。二人とも桂華院瑠奈に魅せられた人間だからこそ、意気投合するのは必然で、この酒は二人の人生で一番美味《うま》い酒だった。

「お付きの秘書が漏らしていたよ。『お嬢様は何にでもなれ過ぎてしまう』と。結果、化物に成り果てる所だったんだからお笑い草さ」

撮影シーンを三人は思い出す。カメラ越しの彼女は楽しそうに天真爛漫《てんしんらんまん》に笑っていた。それゆえに、桂華グループの人間は止められなかった。

「おいおい。まるで、もう化物にならないみたいな言い方じゃないか」

香具師の心配顔、撮影中胃薬が手放せなかったらしい彼は自然と胃を押さえるが、白崎監督は笑って更に酒を煽《あお》る。

「ああ。むしろあのまま放っておけば、化物どころか独裁者になる事すらあり得ただろうよ。化物が化物である最大の理由は正体不明さにある。あれだけ、化物ぶりを晒《さら》してくれたんだ。その正体不明ぶりは周知され、対策され、時代の色として溶け込む事になる」

白崎監督は握り拳を作って叫ぶ。それは嘘偽りのない、かつて同じ化物だった彼の心からの叫び。

「わかるか？　俺は彼女を、時代を銀幕に封印したんだよ！！！」

伝説となった映画が封切られる前の話である。もちろん、白崎監督は日本だけでなく世界の賞を総なめにした代償に桂華グループから出禁を言い渡されたが、結局お嬢様が出る特番や映画にお嬢様からのオファーで呼ばれる事になる。その時、周囲の反対を彼女はこう言って抑えたという。

「だって、私を一番上手《うま》く撮影できるの彼しか居ないじゃない」

と。

「お嬢様が入ります！」

その声と共に会議室の扉が開けられ、企画会議をしていたプロデューサーとディレクター一同が桂華院瑠奈に向かって頭を下げる。プロデューサーの前で頭を下げる背広の人は編成局長である。

「ようこそいらっしゃいました。お嬢様。こんな深夜番組に来ていただいて感激です！」

「お気になさらず。映画『帝都護衛官』のタイアップ出演ですから」

彼女が今来ている番組は『帝都護衛官』を放送している局の番組である。深夜あるあるの芸能人が気楽に面白い事を好き勝手やる感じの番組で、桂華院瑠奈の言葉の通り映画の宣伝として出る事になったという訳だ。

「今回の企画は、夕方からのロケでのんびりと船上パーティーをという感じで考えています」

企画は夜の東京湾クルーズ。彼女が抱えていたクルーズ船を使っての企画で、もちろん安全を考慮した企画である。

「桂華ホテルグループが所有するクルーズ船『アガート』での東京湾クルーズとなります。

こちらの番組出演者がそれを楽しみつつ解説し、夕食は名人の料理に出演された新宿桂華ホテル総料理長の和辻高道《わつじたかみち》氏のディナー。ナイトショーにバイオリニストの渡部茂真《わたべしげま》氏のソロを。

お嬢様には飛び入りで一曲歌っていただけたらと……」

もちろんこのあたりの説明は桂華が用意したものなので、双方異存などあるはずが無い。

「ありがとうございます。小学生の私のためにここまでお膳立てをしていただいて。

その道のプロである皆様に全てお任せします」

会議終了前、桂華院瑠奈は頭をペコリと下げて、あくまでゲストの立場を崩すつもりは無かった。

会議が終わって廊下を出た時、ずっと黙っていた編成局長が動く。

「お嬢様。少しお時間をいただきたいのですが？」

彼女とこの編成局長とはここ最近ずっとバトルをしている仲である。わざわざ彼女がこちらに来たこのチャンスを彼は逃しはしないだろう。

「手短にどうぞ。どうせあの事でしょうから」

「分かっているならば、話は早い。『帝都護衛官』をゴールデンタイムに移動させてください」

編成局というのは、毎日その局で流れる番組を決めている部署で、テレビ局の中枢の一つである。要するに、どの番組をどの時間に流すのかを決めているのがこの編成局である。そんな彼らが『帝都護衛官』をゴールデンタイムに移したいと言ってきた訳だ。

「お断りします。何度も断ったじゃないですか」

『帝都護衛官』シリーズは今やこの局の深夜の帝王と化し、平均視聴率は深夜なのに10％以上、夕方の再放送が20％近くを叩き出す化物番組となっていた。これをお断りできるのは、予算と主要出演俳優を桂華側で押さえており、強引にゴールデンに移せば番組が成り立たなくなる危険があったからである。米国はそのあたり結構シビアで、視聴率がなくなるまで番組そのものを引っ張るから、サブキャストだけでなくメインキャストの変更とかも容赦なくやったりする。そのため、物語の整合性がなくなるなんて事がとてもよくある。

「ゴールデンにこれを持ってくれば、25％は固いと思っています。今度の番組改編の核にしたいのです！」

「けど、移したら一社提供は無理でしょう？　ドラマの制作も変化が出ますし」

ゴールデンに移るデメリットの最たるものがしがらみの急増である。まず、ゴールデンタイムのCM枠を押さえている大手広告代理店が必然的に介入してくる。今までは深夜という事で、桂華が全額を出して桂華グループのCMを適当に流していた。だが、ゴールデンに移ればそこから縛りが入ってくる。たとえば、慣例として裏番組の俳優は使わないとか、その時間の企業CMに配慮するとか。

「局長。局長のご提案で一番私が嫌っている事をお教えしましょうか？」

桂華院瑠奈の抑揚のない声に編成局長が固まり、彼女はにっこりと微笑《ほほえ》んで続けた。

「あなた方が本当に欲しいのは、『帝都護衛官』だけではなくて私なんでしょう？」

この『帝都護衛官』は桂華院瑠奈がメインゲストで時々登場する数少ない番組であり、そこから彼女をテレビ業界に引っ張り込もうというテレビ局と広告代理店の企《たくら》みが丸見えになっていた。今、まさに我が世の春のテレビ業界。逆らえるものなら逆らってみろという勢いがある。

「これでも一応小学生です。学生の本分は学ぶ事ではないでしょうか？」

「おっしゃる通りで……」

固まったままの編成局長を見てここでそのまま終わらせるのも悪いだろうと、桂華院瑠奈は編成局長へのお土産を渡してやる事にする。

「あ。そうそう」

ここでは実にわざとらしい声で小学生をアピールしつつ小学生ができない話を口にする。

「桂華グループの数社が、深夜番組のスポンサーになっても良いと聞いた事が。子供が聞いた事ですので、そのまま空振りになるかもしれませんが、確認してみるのもいいかもしれませんよ」

深夜番組は基本新人発掘のために、多くの番組は赤字で作られている。それを広告を出すという形で金を出すと言っているのだ。編成局長は何も言わずにただ頭を下げる事で謝意を示し、彼女は彼を見ずにテレビ局を後にした。


テレビ局で一番偉い人は誰か？　社長ではない。視聴率を持っている人間である。

「またあのお嬢様に断られたのか？　ご苦労なこって」

「広告代理店の意向でもあるからな。言わざるを得ないよ」

番組改変会議の席で編成局長に茶々を入れたのは制作局長。制作局はその名の通り番組の制作をする部局だが、制作を制作会社という下請けに出してそれを管理する部署でもある。『帝都護衛官』は桂華グループの制作会社が制作しているので、制作局長でも手を出しにくい。

日本において広告代理店が巨大な力を持つようになったのは、番組ＣＭ枠を一括購入するようになった事がきっかけである。広告代理店が番組ＣＭ枠を一括で購入し、それを己の取り分を上乗せする形で他企業に売る事で、テレビ局は安定収入を、企業側は当たり外れの大きい番組へのリスクヘッジをしている訳だ。

だからこそ桂華グループが自前で抱え込んだ『帝都護衛官』については、テレビ局の自由配信の言質をもらった夕方再放送枠のCMしか扱えない。ゴールデン枠移動はテレビ局だけでなく、高値の付くCM枠を求める広告代理店側の希望でもあった。

「今のままでも儲《もう》けは出ているのだから、触らぬお嬢様になんとやらだよ。変に尻尾を踏んで向こうの怒りを買ってみろ」

何か言おうとした編成局長に営業局長が水を差す。民放テレビ局はCMを挟む事で視聴者は基本無料で番組を視聴できる。営業局は、その番組CMを企業や広告代理店に売るために存在している。基本赤字の深夜放送のCM枠を、桂華グループがまとめて買ってくれるのだから、営業局的には万々歳。夕方再放送のCMは自由配信の言質をもらっているので、こちらにも買い手が付く。営業的には手の掛からないお客様だ。そのため、制作局と営業局は基本桂華グループ側の味方である。

「つまらないねぇ。僕はあのお嬢様の仮面の向こう側を見たいんだけどなぁ」

その一言で三人の局長が黙る。番組改変の目玉の一つ。夜のニュースのニュースキャスターが実にいい加減な口調でそれを口にした。政治というコンテンツがテレビの目玉として取り上げられようとしつつあるこの時期、その政治家相手に切った張ったができる彼らこそがこの電波の塔の支配者だった。

「視聴者は見たいだろうに！　あのお嬢様と恋住《こいずみ》総理の確執と対決を‼　それは、今世紀に残るドラマになるよ！　間違いなく！」

「分かってはいるが、その仮面を剝ぐのにどれだけの苦労があると思っているんだ？」

報道局長がつっこむ。ニュースキャスターは局の看板ではあるが、局の鎖に繋《つな》がれている訳ではない。番組そのものは報道局下請けの制作会社が作り、ニュースキャスターは中立性を期すためにフリーランスというのが建前である。実際は、局に繋がれると稼げないという裏事情もあるのだが。

報道局長とニュースキャスターは元々同じアナウンサーなのだが、出世コースの果てがこのニュースキャスターと局長である。そしてこの頃から第三の出世コースが注目され始める。彼らにはテレビの看板があり、言葉の魔術師でもあるから、それで翻弄した議員先生の本拠に乗り込んで行く事が増えたのだ。つまり、国会議員という道が。

小選挙区という基本一人しか勝ち上がれないこの選挙システムでは、彼らをどれだけ抱え込めるかが地盤のない野党側の勝負を決定付ける要因になろうとしていた。

「僕を誰だと思っているんだい？　この局のアンカーたるニュースキャスター様なんだよ。立憲政友党内部が総理派と反総理派に分かれている現状、反総理派が資金を頼めるのがあのお嬢様という訳だ。総理はやるよ。彼から仕掛けた喧嘩《けんか》なのだからね」

ニュースキャスターの調子のいい声に報道局長は黙る。基本、日本の民放テレビ局は親会社として新聞社を抱えている。そこから上がる莫大《ばくだい》な情報をニュースというショービジネスとして茶の間に届けて世論を誘導する。そうやって、作りだされたのが恋住劇場と呼ばれる一連の政治劇である。

「紙の方は必死に煽っているのに桂華はまったく見向きもしなかったじゃないか。彼らの命綱である華族特権すら恋住総理は潰そうとしているのにどうしてなんだ？」

紙の方、つまり新聞紙上ではこの時期起こるだろうイラク戦争に向けて『何も考えずに米国有志連合に参加していいのか？』という論調が目立つようになっていた。欧州が及び腰で米国が一人進む中、英国が追随しそれに日本も続こうとしている。この追随に批判の声を上げたのが立憲政友党内部の反恋住勢力で、数の上では恋住総理も無視できない勢力だった。

「それはこのイラクがあるからだよ。米国がお嬢様と総理の対決を緩和させようとしているんだ。だからこそ、今騒いでいる反恋住の連中は騒いでいるだけだ」

結局、米国に物申す事ができるのはこの国においてはお嬢様と恋住総理の二人しかおらず、その二人が米国の邪魔をしない点で一致している限り、イラクについては揺るがない。

「紙の連中もまだ時代錯誤に気づかないのかね？　事実や真実よりも面白い方に大衆が行くという事を。人様の戦争なんて最大の娯楽だろうに。総理とお嬢様の対決はその後だな」

このまま行けばこの国の自衛隊も湾岸に派遣されるのだが、それを『人様の戦争』とニュースキャスターは言い切る。

今、政局をテレビで煽らないのはイラク戦争という大きな娯楽とバッティングするからというのはこの場に居る人間の共通認識だった。彼らメディアはまさに我が世の春を謳歌《おうか》していた。

「とはいえ、あのお嬢様、一向に殴り返してこなかったじゃないか？」

編成局長がやんわりと話をそらそうとする。それにニュースキャスターは乗らない。

「お嬢様はまだ小学生だからな。周りの大人が守っているんだろう？　それを剝ぎ取って、お嬢様の真の姿を茶の間に届けたいんだよ！　真実を伝える者として」

嘘である。というのは正しくはないが、かと言って本当でもないのがこの人種達である。こういうべきだろう。ニュースキャスターにとって、それは茶の間の視聴者と同じく他人事《ひとごと》なのだと。

「それに、みんな大好きだろう？　イカロスは？」

蠟《ろう》の翼で天空を高く飛んだイカロスは、太陽の熱で蠟の翼が溶け落ちて死んだ。権力は魅力であり魔力だ。魅力ある人物を頂点に押し上げると同時に、転ぶと再起不能のダメージを受ける。それを密室の料亭からテレビに引きずり出したのが彼らだ。

ニュースキャスターの顔にまるで蟻《あり》の観察でもするかのような表情が浮かぶが、誰もそれを咎《とが》めない。今のテレビの時代は茶の間とテレビの向こう側が繋がった大いなる身内の時代でもある。自分達の意思は茶の間の意思であり民意である。

この場の人間は当たり前のようにそう思っているからこそ、その続きの言葉を否定しない。

「最高のショーじゃないか！　片や一国の総理、片や莫大な富と権勢を誇る華族のお嬢様!!　この二者が争い、その片方が転がり落ちるように没落する姿を茶の間に届ける事ができるのならば！！！　この二人の火種を燃え上がらせ、最後は両方とも地に落ちてくれるならばなお良いんだけどね」

何よりも救いのない所は、彼の時間では彼の望みすら、所詮年間イベントでしかないという所だろうか。ニュースは常に新しいものが求められる。総理もお嬢様もそろそろニュースとして使い潰す時期に来ていると彼は心から思っていた。だからこそ、彼は、いや、メディアは驚く事になる。

恋住劇場のロンググラン公演に。その悪役として、叩かれながらも付き合い続けたお嬢様の抵抗に。

映画批評　『帝都護衛官劇場版　おてんばお嬢様の即興劇！』

「お嬢様が頑張っているのに、俺達が後ろで隠れるのは駄目だろうが！」

――世界よ刮目《かつもく》せよ！　これが最強お嬢様だ！！！――


２００３年春にドラマ『帝都護衛官』の映画版、『おてんばお嬢様の即興劇！』が公開された。

この映画版はドラマ版の地味さと打って変わって銃弾が乱れ飛ぶ派手なガンアクションの大興奮エンターテイメント映画に仕上がっている。あらすじは、お嬢様が世直しと称して悪を叩いている事に気付いた、彼女を護衛する主人公の帝都護衛官達がその行動を阻止しようとあがく前半部から、お嬢様が大規模テロ組織の標的にされた事を機に、対立していたお嬢様と主人公達が共闘する後半部へ続くというストーリー。

何よりも見所なのが、そのお嬢様役である桂華院瑠奈公爵令嬢の華麗なガンアクションにある。特別出演のため、彼女の学校が休みとなった時のみでの撮影だったが、ミス一つ無く全て完璧に仕上げた事で映画関係者の度肝を抜く。圧巻なのが、お嬢様の９ミリがことごとく敵弾を撃って弾く所で、この圧倒的な射撃芸が見どころになっている。このお嬢様の射撃シーンには特別な音楽が用意され、まさに無敵時間の如《ごと》く敵を倒す倒す倒す。かと思えば、防弾布を張られた護身用傘を剣に見立てた剣術も見せて、護衛官に護衛の必要性を考えさせるぐらいこのお嬢様は隙がない。それだけではなく、米国で撮られたラストのビル爆破からの脱出はスタント無しでやってのけ、その圧倒的な運動量と華麗なアクションが観客を魅了する。

忘れてはいけないが、話の軸は帝都護衛官（岩沢《いわさわ》プロトップ俳優）と桂華院家の女性護衛（桂華歌劇団トップスター）と北海道出身の俳優の掛け合いだが、これも楽しく面白く、そしてスリリングに魅せてくれている。

「何でそれだけ銃撃戦くぐってきたのに、そんなに平然としているんだよ？」

「これぐらいできないと、お嬢様の護衛なんて務まりませんわ」

一方でこのドラマは社会風刺としての一面を強く見せつけているのも見逃せない。不逮捕特権と二級市民犯罪だ。お嬢様がヒーローよろしく悪を討つ事は本来ならば犯罪行為である。だが、当のお嬢様は不逮捕特権に守られており、その罪を帝都護衛官は問う事ができない。この不逮捕特権は昭和中期から今日にかけての大規模不祥事に必ず絡み、最後に巨悪を取り逃がす元凶として多くのドラマや映画で話題になってきた事である。それを、ダークヒーローの主柱として逆用した事が、今回の映画の真骨頂である。

「教えてください。私のしている事は悪だとしましょう。では、私が裁いた悪に気付かなかった、見逃していたあなた達は善なのですか？」

二級市民問題は北日本人民共和国の併合から始まった彼ら元北日本政府国民の蔑称で、同じ権利を与えられているはずなのだが、経済的差別や弱者として犯罪の温床になりまだ問題がくすぶっている。その彼らを中心とした犯罪組織を叩くという事で、今の日本の影をまざまざと見せつけているのがこの映画のすごいところである。

「あんた達はいいさ！　俺達には何もない!!　金も！　国も!!　誇りすらもだ！！！

だから奪ってやるんだ！　この国から全てを！！！」

今回の悪役に抜擢されたロシア系の青年俳優の叫び声に彼らは共感しただろう。それこそが、この映画が単純な娯楽作品でないという事を証明している。この青年俳優と桂華院瑠奈公爵令嬢との一対一のガンアクションは終盤の山場の一つであり、そこで危機に陥った彼女を助けに帝都護衛官が登場する時、お約束通りに助かるだろうと分かっていた人でも思わず手に汗握ってしまう緊迫感がある。

「――――♪」

もちろん桂華院瑠奈公爵令嬢の有名な持ち歌である、『ミカエラのアリア』は彼女の生歌として一番の見所で使われている。娯楽性があり、社会性があり、芸術性があるこの映画は、撮らせてくれと頼み込んだ監督の新たなる世界を魅せてくれる。

「あのお嬢様、本当にお嬢様なのか？」

周りも主役達を引き立てる。特に、銃撃戦はドラマ版と同じく本物のＰＭＣを起用。桂華院瑠奈公爵令嬢は今回のアクションにおいて米国政府の計らいで銃を取得し、同盟国としてお嬢様を助けるという形で在日米軍が協力している。また、電話越しの声の出演だけだが、米国大統領が彼女と話しているというスケールの大きさに、既に米国でも話題が沸騰しているらしい。

米国ではあまりに華麗でかっこいいお嬢様に子ども達が真似《まね》をしたら困るとレーティングが無駄

に上がったという伝説まで作ってしまった。この二時間欲張りセットの娯楽映画は見なければ話題に置いていかれる事は必至である。

世界よ。もはや、お嬢様の進撃は止められない！！！


（国内メディアでのインタビュー時にて）

『桂華院瑠奈さん。「帝都護衛官劇場版　おてんばお嬢様の即興劇！」のアカデミー助演女優賞ノミネートおめでとうございます！　まずは感想を一言』

『ありがとうございます。米国の伝統ある賞に私がノミネートされるなんて信じられないというのが嘘偽りない感想ですね』

『「帝都護衛官」シリーズは深夜番組なのにその視聴率は10％を超え、夕方再放送が20％を超える人気ドラマの一つです。ゴールデンに移るのではという意見も聞こえてくるのですが、そのあたりは何かお聞きになっているのでしょうか？』

『桂華グループとしては、深夜のほうが気楽だという事で。ゴールデンだと色々大変なんですよ』

『桂華院瑠奈さんは、ゲストとして時々ドラマに参加していましたが、今回はがっつりとメインに絡んできましたね。この配役について思う所がありましたらお聞かせください』

『刑事ドラマって好きなんですよ。熱くてかっこよくて、そんなドラマにご縁があって絡む事ができた。嬉《うれ》しかったですね』

『公開後から満員御礼で、桂華院瑠奈さんの所に日米の映画関係者から大量のオファーが来たというのは本当なのでしょうか？』

『本当ですが、全てお断りしました。だって、全部受けたら、撮影だけで中学卒業してしまうのですよ！　まだ中等部入学前というのに……』

（周囲と共に笑う）

『それは残念ですね。ですが、このまま女優デビューというのは考えていないのですか？』

『まだ小学生ですから、とりあえずは中学生になってからと答えておきますわ』

『ガンアクションを始めとしてかなりきついロケだったと思うのですが、スタントなどは使わなかったのですか？』

『周りは使えって言ったのですけど、子役でスタントマンを探すのって結構大変なんですよ。ビル爆破からのジャンプとか、仕方ないからやるかと。撮影中北海道の俳優さんが「何で死なないんだ？　あの人」なんてぼやいていたんですよ。ひどいでしょ？　後で監督が思いっきり責められたらしいですけど』

（皆の笑い声がしばらく続く）

『どの撮影が一番大変でしたか？』

『ガンアクションとかビル爆破からのジャンプとかは実はそれほど大変じゃなかったんですよ。むしろ撮影スケジュールがキツキツで。ハリウッドで撮影したから時差が大変だったのが一番堪《こた》えましたね。ビジネスジェットをチャーターしていなかったらやられていましたよ』

『声だけとは言え米国大統領が電話に出たり、米軍の協力もあったという事ですが、そのあたりについて一言』

『米国大統領とは少しご縁がありまして、こうして出ていただけた事に本当に感謝しています。米軍の特殊部隊の協力だけでなく、向こうの撮影ではシークレット・サービスまで協力していただきました。この場を借りまして心からの感謝を』

『桂華院瑠奈さんと言えば、クラシック界では「二十一世紀のサラ・ベルナール」なんて言われているとお聞きしますが、クラシックの本場である欧州への留学等は考えていないのですか？』

『進路的に勧められているというのは事実です。ですが、まだ自分の進路についてどうこう考えるなんてとてもとても。せめて中等部に進学して高等部に進む時ぐらいまでに結論が出せたらと』

『撮影時の俳優の方達とのエピソードを何かお願いします』

『……そうですね。タイアップ出演企画で、北海道出身俳優の皆様による日本縦断深夜バスの旅というのが企画されたのですが、ディレクターさんが提示した時ガチ泣きで土下座して勘弁してもらえた事でしょうか。でもカメラさんがそのシーンをしっかり撮っていて、映さないでと秘書が交渉している所まで全部放映するんですよ。ひどいでしょ？』

（また笑いの輪が広がる）

『撮影時に心ときめいた俳優などがいらっしゃいましたか？』

『それはもちろん秘密という事でおねがいします』

『最後に、視聴者の皆様に一言お願いします』

『はい。帝都東京の要人を守る人達の熱さとカッコ良さをギュッと詰め込んだ刑事ドラマ「帝都護衛官」。その映画ですが、アクションありドラマありと盛りだくさんです。恋愛も私ではないですがありますので、そっちも期待していいですよ。そんな「帝都護衛官劇場版　おてんばお嬢様の即興劇！」を是非見てください』

『今日はありがとうございました』


（海外メディア相手の英語でのインタビューにて）

『公爵令嬢。アカデミー助演女優賞ノミネートおめでとうございます』

『ありがとうございます』

『失礼ですが、欧米では貴方《あなた》はロマノフ家の血を引くロシア皇位継承者の一人として見られています。それについて一言お願いします』

『と言われましても、私は桂華院瑠奈という名前の日本人ですとしかお答えできませんが』

『未《いま》だロシアに影響力がある上に、ロシアの経済危機を救った公爵令嬢にはロシア国内から待望論があるという事はご存知でしょうか？』

『初めて知りましたわ。先程の話と繰り返しになりますが、私は日本人で故郷も日本です』

『ロシアの経済危機を救ったムーンライトファンドはロマノフ家の隠し財産であるという噂があるのですが、それについて一言お願いします』

『たしかに、ムーンライトファンドの口座の一つがスイスのプライベート・バンクにあるのは否定しませんが、それがロマノフ家の隠し財産であるという事は否定させていただきます』

『現在の欧州はEUの拡大に合わせて青い血の需要が増しています。先の未来になりますが、貴方に流れる青い血について注目を集めている事について一言お願いします』

『さすがに仮定のお話についてはノーコメントでおねがいします』

『米国大統領と関係が深いそうですね。フロリダの接戦に絡んだだけでなく、同時多発テロにおいて広告塔を果たしたと聞きましたがどうなのでしょうか？』

『ただの日本の小学生が国政、それも米国の国政を左右できるなんて映画でも無理ですよ』

『その映画で、派手なアクションを自らやられたそうですが、それはそういう事が起こりうるという事を想定していたという事でしょうか？』

『はい。最低限の身を護《まも》れる程度の術を身に付けているのは事実です』

『対テロ戦争に日本国は米国の同盟国として協力をしていますが、その政策に公爵令嬢はどの程度関与しているのでしょうか？』

『繰り返しになりますが、ただの子供に国政に関与できる影響力は無いですよ』

『ですが、アフガン戦やワシントンD.C.で話題になっているイラクでは貴方が持つ会社が物流拠点を構築し、多大な利益を計上しているはずですが？』

『日本は資源小国であり、総合商社は資源を日本に運ぶために作られました。そういう意味では、中央アジアの資源や中東の資源は加工貿易国日本にとって必要であり、物流拠点の構築は必然であると言わせていただきます』

『桂華グループは貴方が支配しているという噂を聞きましたが本当なのでしょうか?』

『桂華院公爵が桂華院家の当主であり、桂華グループは桂華院家の財産です』

『財閥当主として不良債権処理を主導し、フィクサーとして数代の首相に影響力を行使したなんて話がありますが本当なのでしょうか?』

『首相まで務める大の大人が、子供の戯言《たわごと》をまともに聞くなんて事がありますか?』

『不良債権処理とイラク関与で、恋住政権と確執があると聞きますが?』

『桂華グループが政商なんて陰口を叩かれているのは聞いています。ですが、そのあたりは桂華グループの広報にお尋ねになった方がいいと思いますよ』

『映画の背景にある旧北日本政府国民の貧困問題について何か一言』

『現在の日本政府は不良債権処理の終了に向けて動いており、その過程で多くの失業者を出している現状を憂慮しています。縁がある北海道経済のためにも、この問題の解決を桂華グループとして政府に働きかけていけたらと思っています』

『公爵令嬢は日本有数のコロラトゥーラ・ソプラノの一人ですが、将来はその道を進むのでしょうか? それとも、この映画を起点としてハリウッド・セレブとしてデビューするのでしょうか?』

『あはは。繰り返しになりますが、私は日本人である事を幸せに思っています。今の所は、日本から離れるつもりはありません』

『記者会見はここまででお願いします』

（お付きの者が記者達を離して、取材は終わる）

「多分君は、映画に出る出ないにかかわらず、女優として生きてゆくのだろうな」

テレビの取材で白崎監督はそんな事を楽屋の桂華院瑠奈に言ってのける。

「それが悪いって訳じゃない。女は生まれながらにして女優とはよく言ったもんだ。だが、お嬢様は何にでも成り果ててしまう。周りの連中がハラハラしていたのを知っていたかい？」

「煽り続けた監督がそれを言うのですか？」

桂華院瑠奈がジト目で抗議するが白崎監督はまったく堪えない。撮影からの付き合いで彼女は写真家石川信光先生と同類と察していた。

「そりゃそうだ。俺は映画監督だからな。作品のために、女優に最高の、それ以上の演技を求めて何が悪い！」

堂々と胸を張るものだから、桂華院瑠奈も怒るどころか苦笑する始末。控えていた彼女つきメイドのエヴァのジト目すら気にしていないのだから、本当に凄い。

「せっかくだから聞いておくか。お嬢様。君は何に成り果てるつもりだ？」

「成り『果てる』とは言い方に棘《とげ》がありますね」

桂華院瑠奈の抗議を白崎監督はまったく気にする様子もない。彼女の秘書のアンジェラあたりだったらヒステリーを起こして追い払っているのかもしれないが、そのアンジェラは桂華金融ホールディングス傘下の桂華証券の取締役に就任するので、彼女の秘書から外れる準備中だ。後を継ぐのはこのエヴァであり、一条《いちじょう》絵梨花《えりか》であり、中等部から一緒に学校に通う事になる橘《たちばな》由香《ゆか》だったりする。彼女達は、この傍若無人の映画監督を追い払うより、桂華院瑠奈の身内枠の中に入れる事を選んだらしい。

「そう言いたくもなるさ。お嬢様。世の人間の多くは、きっと何者にも成れない。それを大人といってごまかしているのだからな。だが、君は、君の未来は、何かになってきっと名を残す事になるだろう」

こういう言い方をするこの白崎監督の顔は今までで一番真剣だった。後で、この人のドキュメンタリー番組を桂華院瑠奈は見たが、こんな顔をしている時の監督は俳優に演技指導をしている時の顔と気づくのだが、今の彼女は監督の真剣さに呑《の》まれる。

「一つの事を極めれば偉人と称される。二つの事を極めれば天が与えた天才と讃《たた》えられる。三つ以上の事を極めると人はどう思うか知っているか？」

そこで白崎監督は言葉を区切り、ゆっくりと諭すようにその続きを口にした。

「悪魔に魂を売ったと恐れられるんだ」

成り上がりとは言え華族、桂華院公爵家の令嬢でロシア皇族ロマノフ家の血を引く華麗なる一族に連なり。政商桂華グループの実質的な支配者として日々日本経済と世界経済に影響を与え、日米両政府に太いパイプを持ち、ロシアでは未だ待望論が出る人気を誇る。文武両道かつ容姿端麗で、コロラトゥーラ・ソプラノの歌手としては日本でもトップクラス。そして今回の女優デビュー。たしかに、悪魔に魂を売ったと言われても仕方ないと桂華院瑠奈も苦笑するしかない。

「今更ここで普通の人になれるかと言えばそれも難しい。お嬢様。君は覚悟していたかもしれないが、これからも君は人々に恐れられ祀《まつ》られる。だからこそ、映画出演の礼として言っておく。終わりを考えておきな」

白崎監督は一旦視線を桂華院瑠奈からそらす。テレビの待合室に掛けられている磨かれた鏡に映る彼女を見て彼はぼやくように呟《つぶや》く。

「映画の定番だが、化物の末路って大体決まっている。一つは人に倒される、一つは人を倒す。最後は少し特殊だが、化物から人に戻る。そのギミックは『愛』なんだよ。お嬢様。多分君の末路は、それほど多くはない。王として君臨するか、独裁者として民衆に倒されるか……」

そこで白崎監督は楽しそうに笑う。多分ジョークのつもりなのだろう。

「結婚して、化物から女に戻るか」

「セクハラですよ。それ」

「生物学的に男は子供を産めないからな。女性の特権を君は持っている事を忘れないように」

話は終わりなのだろう。白崎監督は砕けた口調になって、椅子にもたれ掛かる。

「しかし、何でこんなつまらないインタビューなんてするんだ？　満員御礼が出続けたからって、公開前にやっただろうに」

「これも仕事ですよ。私と共演できるのですから喜んでくださいよ」

「俺はお嬢様を撮りたいのであって、一緒に出たい訳じゃない！

正直、下手くそが君を撮るぐらいなら、カメラを寄越《よこ》せと言いたくなる」

そんな白崎監督がまた映画の話に戻る。この人はきっと偉人なのだろうと桂華院瑠奈はそんな事を思った。

「役者桂華院瑠奈の寿命は長いようで短いのだから。時代が選んだ役者を撮る事ができる。それは、映画監督なんて名乗っている連中の最高の瞬間なのだから」

「あら。私はオードリー・ヘップバーンですか？」

「君相手ならば、『ローマの休日』もきっと映えるだろうよ」

テレビインタビューの内容は当たり障りのない芸能ニュースとして消費されたが、この待合室の会話はずっと後になって思い出す事になる。そして、最後の選択肢を示唆してくれた白崎監督に桂華院瑠奈は長く感謝をする事になるのだが、彼は映像や映画については妥協しないから、さんざん彼女を振り回して困らせる付き合いとなる事を今の彼女は知らない。


『それでは、コメンテーターの神戸《かんべ》教授に、恋住政権の戦略と今後を語ってもらいたいと思います』

『よろしくおねがいします。恋住政権は、近く外交的に大きな問題を処理する必要に迫られます。米国が進めているイラク侵攻に対して、我が国は英国と共に参加を宣言しました。その派遣責任を国会で求められる事になるでしょう』

『この派遣については、野党が反発し反対を宣言していますね？』

『ええ。ですが、衆参合わせて過半数を維持している恋住政権はこれを可能にするため、秋の臨時国会にて特別法を通過させました。樺太《からふと》問題を協議する日露首脳会談などきらびやかなニュースの陰に隠れていますが、この自衛隊派遣を通した事は恋住政権に於《お》いて大きな外交的勝利と言っていいでしょう』

『神戸教授が触れられた樺太問題を協議する日露首脳会談ですが、継続協議となり何も決まらなかったという意見もありますが、それはどうなのでしょう？』

『今となっては、日露首脳会談はイラク問題のために行われたと考えても良いのかもしれませんね。このイラク問題について、米国に付いた日本及び英国と、ＥＵを中心とした欧州との齟齬《そご》が露呈しています。そのため、日本が米国とロシアの仲介を行ったという側面はあったと考えるべきです。日本の安全保障に米国が絡んでいる以上、米国に貸しを作り、それを利用してロシアとの交渉に臨む。そういう見方もできるという事を覚えておいてください』

『外交と言えば、外務省および枢密院で華族をはじめとした汚職問題が発覚し、元幹事長や与党議員の辞職に繋がった訳ですが、どうしてこのような外交的勝利が得られたのでしょうか？』

『一つは、泉川《いずみかわ》副総理の存在です。元総理の上に、危機管理担当大臣という職を利用して、あのテロ前から米国の安全保障担当者と面識があったのが大きいです。そして、外務省が機能不全に陥った中、泉川副総理に外交と安全保障を丸投げした恋住総理の決断も見逃せません。恋住政権の特色として、基本政策については担当大臣に完全に任せてしまい、重要政策のみを官邸が主導するという良い意味での分業が徹底している事でしょう。外交・安全保障が泉川副総理ならば、内政・経済担当は武永《たけなが》大臣がその司令塔ですね』

『武永大臣の名前が出たので、今度は経済政策についてお話を伺いたいと思います。米国ITバブルの崩壊に巻き込まれて現在の株価は15000円台まで下がり、銀行は未だ不良債権処理に追われています。時価会計の導入と財閥解体が本格化した事で今後どうなるのでしょうか？』

『武永大臣は金融機関に対する公的資金の注入を口にしており、それを名目に不良債権処理を一気に終わらせるつもりなのでしょう。90年後半からの金融機関再編に伴って、巨大メガバンクが誕生しましたが、そのうちの幾つかは未だ不良債権処理が終わっていません。その状況で時価会計に移行すると巨額の貸し倒れ引当金を計上する事になり、破綻に追い込まれかねない財閥がやっと重たい腰を上げげたと見るべきでしょう。国有化されるにしてもさらなる再編が不可避なのは間違いがありません』

『武永大臣が主張していた桂華金融ホールディングスの上場問題についてはどうなるのでしょうか？』

『桂華金融ホールディングスは、90年台後半の不良債権処理で派生した破綻寸前の、銀行・証券・保険をまとめて再建させた一種の元国策銀行でした。その経営はここ数年で規模を急拡大させた新興財閥である桂華グループに売却しましたが、内部は政府や財務省や金融庁と繋がっている者も多く、不良債権処理においてこの金融機関が再び注目されるのは間違いないでしょう。この金融機関の上場問題は、破綻寸前だった金融機関を上場させる事で不良債権処理の出口のモデルケースとして政府が考えているという事と、時価会計導入後に待ったなしになる不良債権処理で追い込まれるだろう他の金融機関に対して桂華金融ホールディングスにさらなる協力を要請するという二つの側面があると思っています。株式上場するならば不良債権処理が終了したと称賛し、上場しないならば時価会計導入後の不良債権処理に付き合ってもらう。武永大臣も恋住総理と似たような思考なのですが、一つの政策にいくつかのプランを用意して、それを提示するのがものすごく上手い。

株価の下落傾向が懸念要因ではありますが、不良債権処理は着実に進むだろうと見られています』

『内外ともに実績を強調する恋住政権ですが、野党側にも動きがありますね』

『はい。元々90年代の野党連立政権が大合併に失敗し、政権を与党立憲政友党に奪還された教訓と、その時に変わった小選挙区比例代表制によって、二大政党でないと戦えないというのが野党側にも周知されてきたというのが大きいでしょう。野党側は合併政党である友愛民主連合こと友民連を結成し、「政権交代可能な政党ができた」とアピールしています。現在のこの国の政党は与党連立政権と友民連を中心にした野党、そして旧北日本政府が議席を保有し閣外協力の形を取っている樺太社会民主党の三極体制となっています』

『神戸さん。今後の政局はどうなるのでしょうか？』

『永田町では野党友民連の結党に伴って体制がまだ整っていないうちに解散をという空気が流れています。もし解散が発生するのならば、イラク派遣問題が争点に上がるのは避けられないでしょう。また、未だ高い失業率を抱えている樺太道はその責任を閣外協力している樺太社会民主党に求めて、野党側に追い風が吹いており、樺太選挙区で野党側がどれだけの議席を奪取できるかというのがポイントになるでしょう』

『参議院についてはどうでしょうか？』

『参議院も過半数を保持しているので、90年後半のように参議院で国会が停滞し内閣が総辞職に追い込まれるという可能性は低いと思います。２００４年に行われる参議院選挙までこの構図は変わらない訳で、もし政権交代した場合、現野党側が少数与党となる参議院でどのように国会を運営できるかがポイントになると思います』

『枢密院についてはどうなのでしょうか？』

『定数五十人の華族の牙城で、現在国民の風当たりが強いのですが、枢密院議長を副総理とする法律ができた事で内閣の影響力が増しました。元々戦後貴族院だった参議院を開放する代わりに、定数を増やした枢密院は90年台の政権交代などでその隠れた影響力を発揮していたのですが、恋住政権による華族特権の剝奪政策に激しく抵抗しています。とはいえ、その影響力は外務省のスキャンダルによって失墜しており、内閣の影響力が増している現状では防戦に回るのが精一杯でしょう。国会の代行機関ではありますが、国会の優越は規定されているので国会が混乱しないと出番がない。そこを恋住内閣はよく理解して政権を運営しています』

『ありがとうございました。

ＣＭの後は新宿ジオフロントシティーで起こったテロ未遂事件の公判についてです』

【用語解説】

・外国指導者分析部長……CIAの部署の一つの長。仕事は役職の通り。

・ゴールデン枠と深夜枠……19：00－21：00がゴールデン枠。正式にはプライムタイムと言う。深夜枠は23：00－05：00が基本だが、桂華が押さえている深夜番組は通販枠でもある02：00あたり。

・タイアップ企画日本縦断深夜バスの旅……元ネタは『水曜どうでしょう』の三夜連続深夜バスだけの旅。

・きっと何者にも成れない……元ネタは『輪《まわ》るピングドラム』。

お嬢様の傍観

It's a little hard to be a villainess of a
otome game in modern society

「そういえば、お義父様（とうさま）の会社の合併ってどうなっているの？」

会社の偉い人を集めての食事会。私の体調が悪かったのでしばらくできなかったが、復調アピールを兼ねて久々に開く事に。最初は一条（いちじょう）と橘（たちばな）のみのささやかな食事会が、今や九段下（くだんした）桂華（けいか）ホテルのホールを借りての大パーティーに。中核事業五社（桂華金融ホールディングス・赤松商事・桂華電機連合・桂華鉄道・桂華岩崎（いわさき）製薬）の下、数十の子会社とその役員連中がやって来て食事をする様子はささやかとは言い切れないものがある。

今回の参加者の話題は、私の体調回復の他に、現在事業再編作業中の赤松商事改め桂華商会と桂華鉄道の再編進捗と、国会の動向を見ながら上場スケジュールを考えている桂華金融ホールディングスと、私が口に出した桂華岩崎製薬であり、とりあえず合併が一段落した桂華電機連合以外の桂華グループが新しい時代に適応しようともがいていた最中だったのである。そんな最中の実質的オーナーである私の体調不良はかなり影響を与えていたらしい。反省。

「畑辺製薬との経営統合は近く覚書を交わすそうですよ。桂華岩崎畑辺製薬となるそうです」

私の隣で食事をせずに控えていたアンジェラが即座に報告してくれる。彼女も来年には桂華金融ホールディングスの桂華証券役員として出向し、いずれは桂華金融ホールディングスのCEOとなる事が内定している。それが寂しくもあり、アンジェラなら間違いはないだろうと安堵（あんど）したり。

「ただ、ちょっと気になる噂《うわさ》がありまして」

そんな事を考えていたら、アンジェラの呟《つぶや》きに不穏な空気が乗る。さすがに食事の後に一度確認を取っておかないといけないなと思いながら、その呟きを耳に入れた。

「メガファーマの某社が、この合併会社全体を買収するという話があるみたいなのです」

メガファーマ。正式には『メガ・ファーマシー』で巨大製薬企業と訳す。90年後半から近年にかけて欧米の製薬企業は、高騰する新薬開発費用の捻出のために買収と合併を繰り返して規模を拡大させていった。そんな世界的巨大製薬企業が、バブル崩壊の後遺症で苦しんでいるとは言え世界二位の経済規模を誇る日本市場を見逃す訳もなく、参入の機会を虎視《こし》眈々《たんたん》と狙っていたという訳だ。

食事会の後、控室でプリンを食べながら私はアンジェラに詳しい話を聞く。

「お義父様の会社が買われる理由ってあるの?」

「分かりやすいのは、丸ごと買って日本での販売網を一気に押さえる事ですね」

日本参入の障壁となる言葉の壁や文化の壁。特に製薬事業は必然的にこの国の象牙の塔こと医学界とお付き合いをしないといけないから、新参者はとにかく苦労する。買収で規模がでかくなったメガファーマにとって、いちいち新規参入するぐらいなら日本の製薬企業を買った方が時間と手間を省けるという訳だ。

「それだったら、他の会社でもいいんじゃない?」

「桂華岩崎製薬は在日米軍や自衛隊に薬を納入しています。自衛隊および米軍は、密《ひそ》かにですが幾つかの薬品の備蓄を進めています」

少しだけ気分が悪くなったが、目を閉じてそれを抑え込む。つまり、自衛隊と米軍が開戦準備に入っているという事実は何処《どこ》を攻めるかという事に繋《つな》がる訳で。それはイラクしか考えられない。

「その幾つかの薬って対化学兵器予防の薬？」

「ご想像におまかせします」

控えていたメイドの橘由香《ゆか》が気分を落ち着かせるハーブティーを差し出し、私はその香りを楽しみながら心を落ち着ける。日本の国策に寄り添って財閥を成していた岩崎財閥企業の一つである岩崎製薬と、その事業発展に軍の関与が見え隠れする桂華製薬は、そういう意味でこの手の秘密依頼をこなしやすい企業でもあった。それは、戦中戦後に渡って、長期安定的に利益を出せる事を意味する。狙われるポイントに上げられても無理はない。

「私が思うに、狙われた一番の理由は、お嬢様の存在が大きいかと」

「私？」

きょとんとする私に、アンジェラは米国の経営思想でその理由を告げた。実に分かりやすい資本の論理というやつだ。

「桂華グループの創業企業で中核企業に入れていますが、明らかに格が落ちるんです。ここだけ岩崎財閥と重なっていますからね。おまけに、お嬢様が遠慮なされた結果、お嬢様を頂点とする桂華グループから外れている。外からこれを見たら、桂華岩崎製薬はスピンオフ対象だとウォール街なら思いますよ」

「あー」

なんとも間抜けな声を上げる私。こちらの家の論理とか理解出来ないし、しようともしない訳だ。あげくに会社の規模が一回りどころか二回りぐらい違うから何かあったら札束でぶん殴ればいいと。それだけならこちらが防衛すればどうにでもなるか、と考えていた時に、ドアが開いて仲麻呂《なかまろ》お義兄様《にいさま》が入ってきた。

「ちょうど良かった。食事の席で瑠奈《るな》がうちの事を気にしていたみたいだからと耳に入れてくれた社員が居てね。顔を見るついでにやって来たという訳だ。だいぶ元気になってきたみたいだね」

「色々とご心配をおかけしました。桜子《さくらこ》さんは？」

「相変わらずだよ。今度時間を作って、食事でもしよう。桜子も楽しみにしているそうだ」

「その時は、薫《かおる》さんと一緒に参りますわ」

家族としての挨拶の後、仲麻呂お義兄様は桂華岩崎製薬執行役員の顔で私に資料を手渡す。

さすがの私も何が書かれているのか分からない。

「去年ニューヨークに行く予定だったのは覚えているかい？　あれは新薬の見本市の視察を兼ねていたのだが、あの後幾つかのベンチャー企業と契約を交わす事ができた。その内の一つが、成果を上げたみたいでね。米国で話題になっている」

「おめでとうございます。良かったじゃないですか。開発製造の費用でしたら喜んで提供しますよ」

今や新薬開発は数百億円と十年の時間を掛けないといけない巨大プロジェクトに成り果てた。その費用と時間を捻出するために合併と買収を繰り返した成れの果てが、先程まで話題に上がっていたメガファーマである。

「いや。上手《うま》く行き過ぎたんだ。あまりに有望だったから、会社ごと、つまり桂華岩崎畑辺製薬ごと買い取ろうと動いているみたいなんだよ」

なるほど。こうやって繋がるのか。

敵対的買収を避けるにはどうすればいいか？　一番簡単なのは、そもそも上場しない事である。当たり前なのだが、株式会社で全部の株式を自分で握ってしまえば経営に文句を付けられないのだ。

じゃあ、何で株式を上場するのかというと、資金調達が楽になったり、知名度向上にともなう社員の士気上昇、ワンマン経営からの脱却などがあげられる。あと、株式持ち分を売却して創業者利益を得るというのも大きいだろう。じゃあ、デメリットはというと、公器として意思決定が制約される点と、敵対的買収をされてしまう可能性があるという事なのだろう。

「株式の比率はどうなっているの？」

私の質問にアンジェラが答える。スクリーンに円グラフが出て、桂華の持ち分が半分を切っているのが確認できた。

「畑辺製薬との合併の覚書だと、桂華：岩崎：畑辺で4：3：3ですね」

桂華が主導権を握りながら、残り二つを無下に扱わないという遠慮がこの状況を招いた。つまり、相手のメガファーマが札束でぶん殴った場合、岩崎と畑辺の持ち分を持っていかれて買収が成立するという危険があったのである。

「で、買収を仕掛けてきそうなメガファーマはどちら？」

アンジェラは無言でモニターを操作して、そのメガファーマのロゴを画面に映す。そのロゴは二つあった。

「チャールズ&エアハルト社とアーツノヴァ社ですね。エフラ社が日本の外内製薬と戦略的提携を発表した事で、危機感を煽《あお》ったみたいですね。私に言わせると、この戦略的提携って買収にしか見えませんけど」

メガファーマの一角であるエフラ社と外内製薬の戦略的提携だが、エフラ社が外内製薬の株式の50・1%を握って子会社化するが、経営の独立だけでなく、社名変更や代表者の変更なし、東証での株式上場維持まで明言する外内製薬側にとって実に都合の良い提携で業界が驚いたという経緯がある。それを知って動いたのがアーツノヴァ社。岩崎製薬とライセンス契約を結んでいた縁で、それとなく探りを入れていたらしい。その線でこちらの内情を知ったアーツノヴァ社は、エフラ社と同じ戦略的提携ならば線があると見て桂華側や畑辺側にも接触しようとした矢先、チャールズ&エアハルト社が一気に仕掛けてきた。国内大手証券会社をアドバイザーに立てて、三社まとめて買収をと内々に言ってきたのである。

買収金額はおよそ一兆三千億円。ただ、これは現金ではなく、現在国会で審議が進んでいる時価会計と株式交換制度を使うためにあくまで内々という話な訳だ。現時点での三社の時価総額の合計はおよそ一兆円。三割のプレミアム付きで、決して悪くはない提案である。同時に、敵対的買収で岩崎と畑辺の株式を取りに来た場合、六千億円から八千億円で過半数を握れる計算になる。国内証券会社をアドバイザーに立てたメガファーマにとって、出せない金額ではない。何よりも、時価会計と株式交換制度解禁の格好のモデルケースとして政府が飛び付きかねない。そうなったら、話が政治まで行ってろくでもない事になる。

「お義兄様。桂華側の方針としてはどのようになさるつもりでしょうか？　敵対的買収阻止に動くのならば、ムーンライトファンドから資金を出しても構いませんが？」

私の確認に仲麻呂お義兄様はため息をついて苦笑した。それは、彼が次期後継者として見せた苦労なのだろう。

「実はね。瑠奈。この提案に乗り気なのは、私なんだ」

と。びっくりする私に仲麻呂お義兄様はいたずらっぽく内情をばらしてくれた。出てくるのはどこにでもあるお家争いである。

「岩崎製薬と畑辺製薬の源流は元々同じでね。桂華は歴史が浅い。その上、幾つかの国内製薬会社と合併をしていた岩崎製薬の方が規模が大きいのに、経営の主導権は桂華が握っている現状を岩崎製薬側はあまり快くは思っていないらしい。畑辺製薬との合併はそのあたりの事情もあってね。岩崎側の巻き返しという側面もあるのだよ」

　上が財閥同士で仲がよいとはいえ、下まではいそうですかとは納得しないしできないのが人という生き物である。財閥としては新興の桂華と、日本有数の大財閥の岩崎との結婚は、当然下の方で派手な軋轢《あつれき》が発生していたのである。

「まぁ、そんな事が言えるのもエフラ社と外内製薬の戦略的提携のおかげなのだけどね。あれのおかげで、外資を入れても大丈夫かもしれないという選択肢ができた。そして、敵が居るなら組織というのはまとまるものさ」

けど、それはいいのだろうか？　岩崎製薬や畑辺製薬との合併の上に外資まで入れるとなると、桂華グループ内で完全に浮く。そんな私の思考を先回りして、仲麻呂お義兄様は笑った。

「真面目な話として、この未来は瑠奈の未来でもあるんだ。桂華金融ホールディングスや、桂華鉄道、桂華商事なども社会の公器として株式公開してゆかないといけないと思っている。瑠奈が全てを一人で背負うには桂華グループは大きすぎる。かといって、世界を相手に戦うならば、これらの企業ですらまだ小さい。政府はいずれ財閥解体に動く。うちも岩崎も他の財閥も、それを見越して生き残りを模索している」

バブル崩壊の不良債権処理と時価会計の導入で、この国の財閥は致命傷に等しい打撃を受けるだろう。そんな中で、旧来の財閥を維持しようとすれば、必然的に潰される。新しい皮がどうしても必要だった。お義兄様はそこまで見越していた。この人が居れば桂華グループは安泰だろう。

「ねぇ。お兄様。真面目に、私の代理として、桂華グループ全体を舵《かじ》取りしてみませんか？」

「瑠奈。私は足りているから、まだ足りない瑠奈といずれぶつかるよ。少なくとも桂華院《けいかいん》家はこれで瑠奈や、桜子さんのお腹《なか》にいる子供の代ぐらいまでは持つだけの資金は確保できるから、安心して遊ぶといい。私は、それを邪魔しないよ。危ない事をしない限りはね」

さらりと飛び出す爆弾発言に私は驚き、おめでとうを言うと仲麻呂お義兄様は本当に嬉《うれ》しそうに笑った。物語では生きていない人が、新しい命を生み出してくれる。それは、私のやってきた事を肯定してくれるようで、本当に嬉しかった。

後日、桂華岩崎畑辺製薬とアーツノヴァ社は会見を開き、戦略的提携を発表。アーツノヴァ社が桂華岩崎畑辺製薬株式の50・1%を取得し子会社化するが、経営の独立だけでなく、社名変更や代表者の変更は無し、桂華グループ及び岩崎財閥への参加の維持まで明言する提携に、日本の医薬品業界にも再編の風が吹き出したとビッグニュースとなってメディアを賑《にぎ》わせた。

なお、その過程でアーツノヴァ社に持ち株の半分を売却する事で桂華院家が手にした二千億円程度の現金は、某お嬢様が桂華金融ホールディングス上場によって得る兆単位の富の陰に隠れて見落とされていたりするのだが、当のお嬢様は生まれる前の甥《おい》っ子《こ》に色々な物を用意するという姉バカを炸裂《さくれつ》させていたという。

経営統合で莫大《ばくだい》な取引先を抱える事になる桂華商会。そのネットワークの整理統廃合だが、当たり前に難航した。数百に上る子会社に、万を超える取引先の整理統廃合が一朝一夕でできる訳もないのは当然である。

「……で、整理のためにビルを一棟買う事にしました」

我ながら、何いってんだこの小学生という気分だが、私の発言を大の大人達《たち》は誰も遮らない。

九段下桂華タワーの大会議室に集められた赤松商事・帝商石井・帝綿商事・鐘ヶ鳴紡績の幹部連中およそ百数十人はじっと私の顔に視線を向けている。あまりに巨大になり過ぎた桂華グループは、それゆえに私の決定をどうしても欲する場面が増えていた。同時に、たとえ小学生とはいえ、誰がボスかを見せ付ける必要があったのである。

「この手の片付けのコツは、使っていない部屋に一度物を詰め込んで部屋を空にする所から始めるのがコツだそうです。という訳で、ちょっとお手頃のビルが見付かったので、そこに一度まとめてしまおうと考えています」

私の後ろのスクリーンに映るビルを見て、関西出身者が『ああ』という顔をしたのを確認して私はそのビルの名前を告げた。

「関空臨海タワービル。ここに事業再編本部を置き、事業の整理を進めていただけると助かります。周辺地区も購入して、桂華グループの西日本の物流拠点の中核を担ってもらえたらと考えています」

ここの地区開発には官民合わせて六千億円もの巨費を投じられたのだが、バブル崩壊と共に巨額の不良債権となって、関係者を苦しめていた。なお、この地区の象徴となったこのビルのお値段は六百三十億円なり。私の横に控えていた執行役員である岡崎祐一《おかざきゆういち》が私の後を引き継ぐ。

赤松商事社長である藤堂長吉《とうどうながよし》曰《いわ》く、

「あれにお嬢様の補佐をさせるのは、『十年後の社長はこいつだから』という顔見世《かおみせ》でもあるのですよ。それで奴《やつ》の山気が抜けてくれたらこちらも助かるのですけどね」

なんて遠大な計画の一環だったりする。おかげで、この会議は岡崎とその部下のムーンライトファンド出向組が仕切っていたりする。さらりと一条絵梨花《えりか》が隣にいたりするが、お休みから再始動する私を気遣う橘由香と同じ理由だろう。一条絵梨花の補佐をしているというか、彼女のフォローをしているように見えるが気のせいだろう。一条絵梨花と橘由香の二人はメイド姿なのがまたスーツオンリーのこの会議室では浮くこと浮くこと。一番浮いているのは私なのはひとまず置いておく。

「さて、お嬢様の挨拶にもありましたが、商社は関西にルーツを持つ所が多く、事業再編において整理統廃合の中心になるのがこの関西エリアである事はここの皆様には言うまでもない事だと思います。お嬢様は一極集中の愚を避けるため、東京と大阪の二重本社体制にしたい意向で、今回購入する関空臨海タワービルは、関西の副拠点として今後も使うという形になると思われます。

桂華グループである桂華鉄道がなにわ筋線の建設を表明しており、関空から新大阪まで特急で一時間以内のアクセスを……」

会議が進み、関西組から次々に意見が出てくる。少なくとも、桂華というか私が関西を疎《おろそ》かにしないという事は理解してくれたらしい。

「東京と大阪の二重本社体制についてはいい。それで、その両方の本社は何処になる予定なのか？」

「東京及び大阪も、桂華金融ホールディングスが抱えている土地建物を購入し再開発する予定で、現在もその候補地を探しております」

「物流拠点として見るならば、現在建設中の神戸空港のほうが良いのでは？」

「神戸空港およびポートアイランドも候補に入っていたのは事実です。神戸港の港湾施設は日本有数の貨物取扱量を誇っており、ポートアイランド第二期工事に合わせて開発に参加すれば、西日本の拠点として相応《ふさわ》しいものができるだろうとは思っていますが、二十四時間空港でない事、その開発終了まで少し時間が掛かるのが問題になりました。加えて、関西圏の不良債権処理の足かせの一つである関空問題に間接的に関与する事で、桂華グループの関西の取引先が抱えている不安を払拭する事が今回の決定に至った理由の一つでもあります」

「桂華は関空にまで絡むんかいな!?」

思わず素が出ただろう関西圏の幹部の言葉に私は苦笑する。後に関西不良債権の伏魔殿と恐れられた関西国際空港こと関空ネタは本当に闇が深いのだ。不良債権を整理回収機構に回してそれを回避した桂華金融ホールディングスをそこに突っ込ませる馬鹿な事は私でもしたくない。

とはいえ、関西圏の取引先企業に不良債権を抱えている会社は中小企業を中心に多く、桂華商会の取引先整理統廃合作業は取引先の不良債権処理とも間接的に絡むから、藤堂と桂華金融ホールディングスCEOの一条が私の前で互いに協力する事を確認し覚書を交わしていた。

こういう時に、巨大な権限と責任を行使できる財閥のトップというのが便利だと思い知らされる。

その便利さに慣れて、独裁と疑心暗鬼に走らなければだが。

「いえ、関空二期工事にまで絡むつもりはありません。関空はＡＩＲＨＯの西日本拠点空港として活用しておりますが、選ばれた経緯は航空貨物取扱の都合から二十四時間空港である事が望ましい、という理由によるものです。今回のビル購入は空港の経営に関わるものではなく、あくまで不良債権処理の間接支援である事を強調させていただきます」

岡崎が無難に答えた後、次に飛んできた質問に会議場が凍った。あの席は、帝商石井の役員か。

たしか名前は天満橋満《てんまんはしみつ》と私が持っていた座席リストには書かれていた。

「赤松商事の資源管理部はこの九段下から本社に移さないのか？」

今回の経営統合が赤松商事による救済合併であり、その資金を稼ぎ出したのがムーンライトファンドこと資源管理部なのだから。つまり、それを東京なり大阪なりの本社に移管しろと言っているに等しい。岡崎が毅然《きぜん》とその質問を拒絶する。

「はい。資源管理部は九段下から動く事はありません」

「ガバナンスを考えると、資源管理部も一度きちんと定義をしておいたほうが良い気がするが、了解した。進めてくれ」

私の直轄事業であるムーンライトファンドに手を出すとも取れる彼の発言に皆の視線が集まるが、私はここで笑顔の仮面を被《かぶ》り続ける。これぐらいの軽口と挑発で幹部をクビにするならば待っているのは独裁者である。会議終了後の藤堂の感想がそれを物語っていた。

「お嬢様。お喜びください。私の次になる野心ある人物は居たみたいですぞ」

と。野心のある幹部は能力も高い。そして、そういう人間がやり繰りしないと巨大総合商社桂華商会は機能しない事は私でも理解せざるを得なかった。


「お嬢様。サブプライムローンというのはご存知ですか？」

アンジェラのその一言は、まるで悪魔のささやきのように私の耳に届いた。桂華証券北米事業統括取締役として彼女が何によって利益を出そうとするのか、その席での発言である。

「サブプライム、プライムじゃなくて、『サブ』プライムって事？」

何も知らないフリをして確認する。これが破滅の罠《わな》なのは私しか知らない。アンジェラはそれを知らないからこそ、堂々と私に説明する。

「はい。プライム、つまり優良客より下位の客層をメインにしたローンですね。現在のウォール街ではこれが盛り上がろうとしています」

発端は９・11から始まった米政府の危機対処政策に伴う大量の金余りだ。同時多発テロからＩＴバブル崩壊に始まるだろうイラク戦争と、米国は戦時政策として政策金利を大幅に下げ、市場は金余りからのバブルに向かおうとしていた。その過程で注目されたのがサブプライムローンである。

「米国において社会階層のステータスとして二つのものがあり、それに対するローンは信用に応じて供給されています。一つは車。米国は車社会で、車が有る無いでその人の信用の有る無しまで測られます。二つ目が家。ここまで来るとそこそこの成功者として米国社会では見られるようになります。この二つのローンですが、プライム層こと優良顧客はあらかた他の金融機関が独占していますが、危ないサブプライム層についてはまだ手を出している連中が少ないのです。桂華金融ホールディングス北米部門は、これに手を出したいと考えているのですがいかがでしょうか？」

戦時という信じられない低金利下でバブルが発生したために、米国の景気は決して良くはないのに地価が高騰しだしていた。80年後半から90年初頭にかけての日本と似たような状況が米国において発生しようとしている。その行き着く先を私も一条も知っているし体験している。

同時に私と一条ＣＥＯは視線を交わす。これはやばいと互いに確認を取った。サブプライムローンの金利を指差しながら、まずは一条CEOが懸念を表明する。かつてのバブルの金利ですらありえない金利がそこに書かれていたからだ。

「住宅ローンが頭金無しで年利8％!?　無茶だ!!」

金利というのは貸し借りに関する利子であるのだが、金融関係者にとってもう一つの見方がある。それは、貸し倒れ率、つまり金利が高ければ高いほどそのお金は返ってこない可能性が上がるという事だ。年8％という金利は、『一千万円貸して、八十万円の利子が入りますよ』という意味と『8％の確率でこの一千万円は返ってきませんよ』という意味を持つわけだ。十三人に貸すと、一人は返さないという確率は大金を貸すだけに無視できるものではない。

「ですので、最初四年の支払いは低く抑えて、元本を膨らませた上で五年後から一気に高くする形にします。その間に地価が上がってくれれば、ローンの借換えで返済できますよ♪」

その言葉、バブルの日本で散々聞いたぞ。というか、私はその頃赤ん坊だったんだけどな。アンジェラの説明には淀《よど》みがない。サブプライムローンというのは当時の金融工学の最先端技術を用いた芸術的作品だった。だからこそ、誰もその実態が分からずに破滅に突き進んだのだが。アンジェラはそんなウォール街の金融工学に精通していた。

「一条CEOの懸念はご尤《もっと》もです。ですから、この金利を下げる方法を用います。プライム債権とサブプライム債権をくっ付けて、リスクを軽減するのです」

年利8％一千万円の債権に年利1％一千万円の債権をくっ付けると、年利4・5％の二千万円の債権となる。これを、年利4・5％の一千万円の債権二つとして売るという訳だ。バブルの後始末の現場に居た一条ＣＥＯがこの問題点を指摘する。

「日本では地価の下落が全ての資産価値を劣化させていった。これでは、一杯のワインに一杯の泥水をぶち込んで、結局二杯とも飲めなくなるのがオチだ」

一条ＣＥＯの指摘にアンジェラは動じない。ここからが、このサブプライムローンの悪辣極まりない所である。

「その可能性は否定しません。だから、このローンの販売に徹して、手数料だけいただきましょう♪」

啞然《あぜん》とする私と一条ＣＥＯを気にする事なく、アンジェラはその悪辣な仕掛けをウォール街の論理で楽しそうに語る。アンジェラとはそこそこ長い付き合いだが、こういう所で価値観の違いが出る。

「まず、サブプライムローン専用のファンドを設立し、ここで大量のサブプライムローンを作り出します。このファンドの資金供給は桂華金融ホールディングスにお願いしようと思ったのですけど、お二人の顔色を見たら止めた方が良さそうですね。ファンドの資金は日本市場から低金利で借りちゃいましょう」

何を言っているかと言うと、最初の金の貸し出しについてだ。現在低金利のせいで市場にはお金がだぶついていた。日本なんてのは０金利政策があったぐらいで、この時期０・２５％で資金が借りられたのだ。為替によるリスクヘッジは必要だが、先の話ならこうやって日本で０・２５％で借りた資金二千万円を米国で４・５％で貸す。濡《ぬ》れ手《て》に粟《あわ》の大儲《おおもう》けの出来上がりである。そして、アンジェラの話は更にエグくなる。

「そうやって得たサブプライムローンに、国債等をはじめとした優良債権を混ぜて、これを『証券』として売るんです。債権はそのまま投資家の所に入り、我々は手数料を頂いてこの証券は手元に残らない。金利徴収と支払いの代行もお二方の顔色からしたくないみたいなので、その権利も別の金融機関に売ってしまいましょう。ほら。我々の所には、手数料だけでリスクなんて何処にもありません」

「いいの!?　それ!?」

私がたまらず声を上げる。実質的な売り逃げの上、売った後のフォローすら自己責任という徹底した弱肉強食の論理がそこにはあった。そして、私の懸念をアンジェラはまだ理解できていないからこんな事を言う。

「お嬢様はお優しいですから、リスクを押し付ける事に嫌悪感があるのかもしれません。ですが、双方納得した取引ならば、詐欺同然でも取引なのです」

「というか、イカサマ込みのギャンブルだろう。これは」

たまらず一条CEOが突っ込むが、アンジェラは動じない。ウォール街の天才達が、無数の馬鹿どもを食い物にするために作られたシステムなだけに、聞いている限りでは隙がない。

「正確には、イカサマである事を最初から提示する事で、公平性を演出するのです。そのために第三者の目が必要になります。格付け会社にお願いして、この証券の格付けをＡＡＡにすれば、世界中から買い手が付くでしょうね」

ここであの格付け会社が登場する。ＩＴバブル崩壊でも、その前のロシア通貨危機でも彼らの格付けは何の役にも立たなかったのに、高度な金融技術ゆえに理解できない連中がこの格付けを盲信しているのは今でも変わらない。なお、日本の金融機関は日本国債を基準に不良債権額で格付けされ、桂華金融ホールディングスは日本国債と同等の格付けを保持している。つまり、日本国債と同等の信用を持つ金融機関が第三者のお墨付きを得た上で詐欺同然の証券を売り出すという訳で、ちゃんとリスク説明した上で買わせる辺りむしろ詐欺師よりも悪辣である。

「もちろん、お嬢様の信用に傷を付けるような事はしませんとも。万一の損失に備えて、販売する全ての証券には保険会社から保険も掛けておきますから」

つまり、最初からデフォルト、つまり債務不履行の可能性込みでこれを売るという訳だ。私の険しい視線にすらアンジェラは動じない。

「お嬢様。保険というのは人生最大のギャンブルでございます。たとえ、分の悪い賭けでもリターンが大きいならば、必ずプレイヤーはこれを買います。少なくとも、今の大統領の間はこの金融政策は続くでしょうから、最低でも来年、大統領が再選したら２００８年までこのローンは売れ続けます」

分かっている。そもそも金融工学そのものがギャンブルみたいなものなのだ。保険なんてその最たるもので、損失が予定期日まで発生しなかったらこっちの勝ち、その前に発生したらこっちの負けというギャンブルであると言っていいだろう。

「で、幾ら作ってどれだけ売り出すのですか？」

淡々とした声で一条ＣＥＯが確認を取る。彼からすればそれが全て不良債権に成りかねないと付き合いの長い私はその声ではっきりと理解した。まだ桂華鉄道の融資の方が日本国内で片付くだけ可愛《かわい》いものである。それに気付かないアンジェラは、小鳥がさえずるような声で私達の信じられない金額を言い放つ。

「そうですね。お二人の顔色から見て、あまり良く思われていないみたいなので、安全マージンを取って一千億ドルぐらいにしましょうか？　手数料１％ほど抜けば、十億ドルが我々の利益になるはずです。私の桂華金融ホールディングスＣＥＯ就任に誰も文句は言えなくなるでしょうね」

そう。この話は、既定路線としてアンジェラが一条の次の桂華金融ホールディングスＣＥＯに就くための道程でもあった。寄せ集めの桂華金融ホールディングス内でムーンライトファンドを管理する信頼できる上位者がアンジェラしかおらず、彼女を数年後に桂華金融ホールディングスＣＥＯに押し上げるには周囲が納得するだけの功績が必要だったのである。

その最適解としてアンジェラはよりにもよってこの地雷を踏み抜こうとしていた。

「少し気になる所がある」

一条ＣＥＯが目を閉じて、思考をまとめながら呟く。それは、ある意味日本企業らしい横並びの弊害だった。

「多分、君の規模だと、他の金融機関にバレる。おそらくは、ロシア国債の引受時と同じ形で他の金融機関も食い付くだろう。他の金融機関は君みたいに慎みはないが、それについてどう考えているのか？」

現実でサブプライム問題に日本金融機関が絡めなかったのは、その時の日本が不良債権処理に手一杯で絡めなかったのと、一条みたいに土地で痛い目を見た連中が金融機関のトップに立っていたからである。だが、私の居るこの現実では、桂華金融ホールディングスを始めとしたいくつかの金融機関が不良債権処理を終わらせており、さらなる地獄に足を突っ込みかねない懸念を一条は表明したのだ。アンジェラは、とても綺麗《きれい》かつ冷酷な笑みで一言。

「もちろん歓迎しますわ♪そうして、致命傷を受けた金融機関を今までのように桂華金融ホールディングスが食べればいいじゃないですか。一条CEOがかつて目指していた、世界と戦えるメガバンクが出来上がります」

発想が違う。サブプライムローンだけでも吐き気を催す邪悪さがあるが、その徹底した合理主義と貪欲な資本の論理に私と一条は返す言葉がない。アンジェラはこのサブプライムローンが爆弾である事を理解した上で、他の金融機関が食い付いて爆発する事を狙っている。

そして、破綻寸前のその金融機関を『傷が浅い』桂華金融ホールディングスが食べると。一条を見ると彼は天井を見上げて嘆息している。多分、地銀出身のドサ回りとウォール街のエリートとの差をはっきりとここで感じているのだろう。

「近く桂華金融ホールディングスは東証に上場する予定ですが、そうなると必然的に株主への配慮と株価維持の経営が求められるでしょう。

同時に、日本金融機関再生の象徴として振る舞う事を市場と政府は求めるでしょう。日本のメガバンクから世界のメガバンクへ。そのためには、今の規模ではだめでしょう。だったら、食べるしかないじゃないですか」

なんとなく思い出す。バブル時の日本金融機関は米国にというかウォール街にハメられたという陰謀論を。それを今は笑えない。その陰謀論ではなく、徹底した利己主義、合理主義から来る冷酷かつ非情な決断を躊躇《ためら》う事なく行使できる精神、そんな連中が摩天楼から世界を操るウォール街という魔都の怖さを。アンジェラが私を見る。笑顔なのに、その視線から顔をそらしてしまった私が言う。

「ねぇ。アンジェラ。聞かせて。このプラン、米国政府のオーダーなの？　それともアンジェラ自身の野心なの？」

「そうですね。米国政府のオーダーも入っている事は入っています。世界規模のメガバンクになれば、その資本構成はこの国だけで賄えないでしょうし、この国の金融システムにウォール街の論理を教えてやれというのが私へのオーダーですから」

上場する桂華金融ホールディングスは、その売却益を代償に桂華グループの株主比率は下げられる予定である。そこに外資が付け込むチャンスが生まれるのだ。

「時価会計の導入で不良債権処理は最終章に入りました。うち以外は再度評価損を出すでしょうが、帝都岩崎銀行や二木淀屋橋《よどやばし》銀行は大丈夫でしょう。ですが、穂波銀行と五和尾三銀行は耐えきれないと見ています。どちらか、もしくは両方共が桂華金融ホールディングスに駆け込むと思います」

この世界の日本の不良債権処理は、桂華ルールによってついに護送船団が崩れなかった。だが、この桂華ルールにも一つ欠点があり、合併時にかなりの資金を新銀行に注入しなければならないのだ。それを私は非常時を盾にムーンライトファンドを使って桂華金融ホールディングスに注ぎ続けたのだが、株式公開された新生桂華金融ホールディングスがその手法を使えるかどうかは難しい所だ。というか、恋住《こいずみ》政権というか武永《たけなが》金融担当大臣がそれを許すとは思えない。

なぜならば、一つ隠れた優良金融機関の存在があるからだ。郵便貯金。この頃から、郵政民営化は不良債権処理とリンクし、政治の駒として登場する。それは偶然か意図されたものかは私には分からない。

「なるほど。そこで外資から第三者割当増資をという訳ですか」

「その通りです。桂華金融ホールディングスを使って、外資に門戸を開く。中々いいシナリオでしょう？」

一条の納得の声に、アンジェラが嬉しそうに手を叩《たた》く。あれ？　おかしいぞ？

「ちょっと待って。サブプライムローンは、２００８年までは大丈夫とアンジェラ自身は言っていたわよね。この爆弾が炸裂するのは、米国政府のオーダーじゃないの？」

キョトンとするアンジェラ。というか、キョトンとしたいのはこっちである。文化的背景がこうも違うから、同じ言葉を言っているはずなのに、こうも伝わらない。

「炸裂した爆弾にウォール街が吹っ飛ばされるのはウォール街の自業自得じゃないですか。というか、お嬢様らしくないですね。どうしました？」

いや、首をかしげないで。本気で理解できないから。

「私は、サブプライムローンが爆発するのは２００９年と判断しています。まぁ、少し早いですけど、お嬢様なら成年として振る舞えるでしょう」

だから何を言っているという顔で私と一条が見ているので、アンジェラが信じられないような顔でやっと確認を取った。

「え？　しないんですか？　空売り？」

「アンジェラ。あんた私を何だと思っているのよ……」

私が激怒しているのにアンジェラはそれを冗談だと捉えて、その一言で私の怒りを吹き飛ばす。

なるほど。アンジェラのこの仕掛けは、全部私へのパスだったと。アンジェラの忠誠と信頼はちゃんと築けていたらしい。方向が壮絶にずれているのだけど。

「ミダス王の生まれ変わり」

「アンジェラ。悪いけど、そのプランは没にして頂戴」

私ははっきりとサブプライムローンについて拒絶する。アンジェラは私の拒絶に否定も肯定もせずに一言。

「なるほど。お嬢様の最後の一線はここですか」

「そりゃ私もここまで来た以上、それ相応に悪辣な手段でお金を稼いできたわよ。その過程で金が命の連中を地獄に叩き落としてきた自覚はあるつもり」

綺麗事《きれいごと》は言わない。私の手は血では汚れていないが、アンジェラの言うミダス王よろしく黄金色に汚れている。

「それでも、これはあまりにも被害が大きすぎる。その最初の引き金を私は引くつもりはないわ」

「ウォール街の投資銀行は既にこれに乗りかかっていますよ。特に、お嬢様の火遊びで大火傷《おおやけど》を負ったファンドは、のめり込んでいます。お嬢様がどう決断しようと、この引き金は引かれます」

淡々と言ったアンジェラの言葉が逆に救いの無さを際立たせる。アンジェラの言う通りどうにもならないし、この流れを押し止められない。私の火遊び、つまり米国ＩＴバブルにとどめを刺した大暴落で大損失を出したハゲタカファンド等は、その穴埋めとしてこのサブプライムローンに目を付けていた。事実、このローンの高利回りは崩壊前まではものすごく美味《おい》しいのだ。

「それでもお嬢様はこの船に乗らないと選択した。それを私は肯定しますよ」

一条がＣＥＯとしてピシャリと言い放つ。実質的オーナーである私の拒絶と、組織のトップである一条の決定にアンジェラは両手を上げて降参した。

「わかりました。これには、お付き合い程度しか乗りません」

「それでもお付き合いはするのね」

ジト目で私がぼやくが、ある種の必要経費みたいなものだ。伝説の仕手戦を成功させた私というかムーンライトファンドはアンジェラの所属しているＣＩＡを始めとした政府や各種ファンドの注目を集めているからだ。サブプライムローンによる人工バブルの発生はイラク戦争とその後始末に奔走するだろう米国の方針であるから、最低限とはいえその船に乗る必要があった。

「五百億円を目処《めど》に住宅ローンには手を出さず、カーローンにだけ手を出します」

「コンソーシアムを組んで一千億円で、うちからの持ち出しは三百億円に抑えてください。そして、カーローンは日系自動車企業のものだけに絞る事。まとまったら外務省と経済産業省に話を通して、米国支援として発表します」

一条ＣＥＯはアンジェラの妥協案にさらに注釈を入れる。テイア自動車や鮎河《あゆかわ》自動車等の日系自動車は性能が良く高額なために、サブプライム層でも上位の客が好んで買う事が多かった。

コンソーシアム、つまり、他の金融機関と共同購入する事で貸し倒れの損失負担を減らすだけでなく、日系企業の米国内自動車販売をカーローンで支援する。

そして、一千億円もの金が動くので、日本の金融機関への取りまとめは販売側の自動車産業を管轄する経済産業省に話を通し、『米国サブプライム層が車を持てる』事を米国政府の得点とさせるために外務省経由で話を持っていく。

立場が人を作るのか、一条は今やここまで言う事ができるようになった。

「いいのですか？　私が一条さんの席に座る時に持っている功績がこれぐらいだと、私は追い落とされるんじゃありませんか？」

「ウォール街で火傷をしないならば、必然的にその功績には誰も文句は言いませんよ」

桂華金融ホールディングスは米国の決済専門のネットバンクにおける市場先行者として五割近いシェアを握っており、その決済手数料が良い感じで軌道に乗り出していたからである。

シリコンバレーのハイテク企業にコネがあり、その実務部隊として桂華電機連合が成立した事で、米国部門のハイテク投資は再加速していた。

決済専用銀行としてシェアが圧倒的なために、ネット通販等の支払い指定でうちを無視する事はできない。そして、サブプライムローンバブルに踊る米国消費市場のネット通販が花開くのも、もう間もなくである。

「本音を言えば、寝てても私の椅子に座れるように既に出来ているんですよ。お嬢様のおかげで」

一条の言い方に棘《とげ》があるので、私も少しむくれる感じで言い返す。

「私、何もやっていないわよ」

「ええ。今は、何もしていませんね。今は」

そう言って一条は壁のモニターの電源を入れる。あるチャートを見せられ私は何も言えなくなる。

「これから始まるだろうイラク戦争開戦予想で一時的に上がったＷＩＴは40ドル近くまで跳ね上がっていますが、何処かのファンドは先物オプションによって20ドルぐらいの価格で、ロシアから格安で買い続けていますね」

なお、そのファンドの名前はムーンライトファンドという。今やムーンライトファンドは日本に運ばれる原油を始めとした資源関連の主要プレイヤーであり、特に原油は20％、ロシア産原油については60％がムーンライトファンドが絡んでいると言われていた。日本海を往来する赤松商事改め桂華商会の保有するタンカーのファンネルマークに描かれた桂華グループの紋章『三日月に桜』は、桂華グループ繁栄の象徴であった。

「そりゃあ、あそこの国債のオプションでちょっとお安く買い叩いたけどぉ……」

「そういう仕組みを開戦の遥《はる》か前に作り上げているから、恋住総理から敵視されるんですよ」

私の言い訳に一条はにべもない。ドル建てロシア国債の最大引受先であるムーンライトファンドは、その返済オプションとして原油による現物返済という手段を選択していた。ロシア政府は返済にドルを用意する必要がなく、こっちはその分格安で原油を確保する。ここからが更に汚な……げふんげふん。狡猾《こうかつ》な所なのだが、そうやって入手した原油を全部イラク開戦前に売却していた。

売却先は日本ではなく、ロシア産原油の主要消費地でパイプラインが繋がっている欧州各国へ。

その売却益は第1四半期だけで五十億ドルに及ぶ。

「桂華金融ホールディングス北米部門は、元々このドルを円に替えるだけのお仕事だったのですから、それ以上もそれ以下もしなくて十分ですよ」

ムーンライトファンドのメインになった資源交易の柱がニューヨークなのは、取引通貨がドルだという理由が挙げられる。ロシア国債のドル建て購入、資源、特に原油は欧州ではユーロが広がりつつあるとはいえドル決済が未《いま》だ主流だ。これに少し前は米国IT関連企業の儲けも入ってきていた。

「焦る事はないんです。貴方《あなた》はムーンライトファンドにアクセスでき、その全貌を把握できる数少ない人間です。それゆえに中の有象無象が何を言っても、私が、お嬢様がそれを信じませんよ」

アンジェラは少しの沈黙の後、表情を消して一条にこう言った。

「OK。ボス。貴方のレールに乗ります」

「ねぇ。一条。アンジェラって焦っていたの？」

会談終了後。去ろうとする一条を引き留めて私が質問すると、一条は苦笑する。

「知らなかったのですか？　あの人、出世というよりある人物にライバル心むき出しだったので」

私が意味が分からずに首をひねってみせると一条が苦笑してその人物の名前を告げた。

「岡崎さんですよ。お嬢様をそそのかして、あれだけの大仕掛けをやってのけたディーラーなんです。嫉妬しない方がおかしいでしょう?」

つまり、あのサブプライムの仕掛けって、『私は岡崎以上のリターンを出してみせますわ!』って事で……なんと言っていいか言葉を失った私に、一条は苦笑したまま部屋を出ていった。

桂華グループの財団法人鳥風会が帝都学習館学園に本を寄贈するという。

財団の社会貢献活動の一環で、その寄贈本は文学書から大衆本、さらには研究資料に至るまで多岐にわたる。

帝都学習館学園はこの寄贈に感謝の意を伝えるために、寄贈本が収納された中央図書館の棚に鳥風会、つまり桂華グループの『三日月に桜』のエンブレムが刻まれる事になる。

私は式典を抜け出して、その棚のあるエリアを探索する。

人の居ない本棚の群れというのはそれだけでまるで異世界に来たかのような空気を醸し出す。

そんな空気を破ったのは、扉を開けた岩沢《いわさわ》都知事の言葉だった。

「『僕達は、みんな虫だ。しかし、僕だけは……蛍だと思うんだ』誰の言葉だと思うかい?」

この式典にかこつけて話をしたいと言ったのは岩沢都知事の方である。だからこそこうして抜け出してきたのだが、いきなりの問題に私は戸惑うばかりで岩沢都知事がドアを閉めつつその答えを口にした。

「英国の名宰相チャーチルが少年の頃に語った言葉らしい。彼が名宰相に成りえたのはこの自負があったからだと私は思っているよ」

言われてみるとチャーチルらしいなと思う言葉であると同時に、政治家なのにノーベル文学賞を取っただけあるなという言葉遣いに納得するしかない。

それは、作家と政治家を兼ねている岩沢都知事にも通じるものがあるのだろう。

「来てもらったのは、懺悔《ざんげ》というか悔恨かな。私一人の胸に秘めるにはあまりに悔しかったから、君にだけ話す事にしたんだよ」

そう言いながら岩沢都知事は手にしていた一冊の本を開く。そこにあったのは彼の親友が書いた文学作品で、作者独特の美意識で政治と金と女を書くという名作、いや迷作だろうか。この本裁判沙汰になったし。

「白状すると、君を担いで恋住総理に一矢報いる動きがあった。君の橘さんに釘《くぎ》を刺されたが、もし君が男子だったならば今からでも決起をと君に迫っていだろう。それぐらい、今回の米国の動きは醜すぎた」

イラク戦争は間もなく始まるだろう。9・11の復讐《ふくしゅう》、湾岸戦争のやり残し、ITバブル崩壊の需要を戦争で作りだす動きや中東問題の最終的解決とそこには大義は無くただ覇権国家米国の都合しかない戦争にすぎない。そこに日本も参加を表明していた。

「君の力があれば、今回の戦争を回避できたかもしれない。それを阻止できなかった事については本当に申し訳なく思うよ」

岩沢都知事の視線に、私は首を横に振る。

「私の力などたかが知れています。それに……今回の件は仕方のない事でした」

運命なんて言葉で片づけるには重すぎるし、大人のやさしさと見るならばあまりにも残酷だ。それでも、あの時の事を思い出せば、私はそう答えるしかなかった。岩沢都知事を含めた大人達は、子供だからという理由で私がイラクで血まみれになる事を防いだのだから。

「折角だから聞いてみたいと思った事があってね。これは予感……というか確信なんだが、もし私と恋住総理のどちらかに賭けるとしたら君は恋住総理の方に賭けるだろう？　私になくて総理にあるものは何だったのか？　それがあったなら、私は都知事ではなく総理の……」

岩沢都知事の顔に映るのは嫉妬なのだろうか。笑顔でそれを消そうとしても目の奥の怒りを消す事はできない。正直に言えばその問いに対する答えは決まっている。けれど、ここでそれを口にするのはあまりにも無粋だ。私はただ微笑《ほほえ》んでみせ、それを見て岩沢都知事が苦笑する。

「すまなかった。友の本を持った事で友の怒りに乗っ取られかけていたらしい。忘れてくれ」

「何か言いました？」

私は笑ってごまかし、本を戻しながら岩沢都知事は肩をすくめる。

こんこんと扉がノックされて開かれると、この図書館の館長である高宮晴香《たかみやはるか》館長だった。

「内緒話は終わったかしら？　お二人さん？」

「君は相変わらずだな。今の内緒話聞いていたのだろう？」

「だったら、私の城でしない事をお勧めしますわ。都知事さん」

後で知ったがどうも旧知の仲だったらしい。文壇で活躍していた岩沢都知事とその文壇の中で物語を読み漁《あさ》っていたのが高宮館長だったらしく、お互いにお互いがどんな人物かよく知っている関係とか。

人には歴史があるんだなぁと思いながら、二人の雑談を邪魔しないように私はその場を後にした。

3月20日

It's a little hard to be a villainess of a otome game in modern society

九段下桂華《けいか》タワー。ムーンライトファンドの中枢の金庫室はその地下にある。総資産十兆円以上のこのファンドの金庫室は、万一に備えてかなりの資金を保管していた。具体的に言うと、有価証券に金や銀のインゴット、一億単位で梱包《こんぽう》されている現金とか。また、贈答品として送られた宝石や美術品とかもこの金庫に収められている。この金庫に溜《た》め込まれている資産は五百億円は優に超えるだろう。そんな金庫室の最初の部屋にぽつんと置かれている一億円の現金。

かつて、私が飛躍するきっかけとなった不良債権処理時にあの屋敷で眺めていた一億円である。あの頃を忘れないようにという事で、この金庫に収めている。

「ここに居たのですか。お嬢様」

声がしたけれど振り向く事無く、私はなんとなくその一億円を眺める。

私のその素振りを気にせず、岡崎祐一《おかざきゆういち》は淡々と言わなければならない事を私に告げた。

「始まりましたよ。イラク」

「いいわ。決まっている勝負ですから」

世界のメディアがイラク戦争の開戦に耳目を集める中、既にその先を読んでいる連中は『戦後』に向けて走り出していた。その動きに私は絡めない。

「ベトナムにならなきゃいいんですけどねぇ」

「ねぇ。なんで米国はベトナムで負けたと思う？」

相変わらず岡崎ではなく目の前の一億円を眺めたまま私はそんな事を尋ね、岡崎は朗らかな口調でそれをあっさりと口にした。

「簡単な話ですよ。あの戦争で、彼の国は手段と目的を間違えた」

「手段と目的？」

振り向いた私に岡崎の笑顔が見える。岡崎はこの場にふさわしく、命を俯瞰《ふかん》化して言い放つ。

「後知恵ですが、共産主義のドミノ化を恐れるのならば、南ベトナムの防戦ではなく北ベトナムの滅亡にこそ力を注ぐべきでした。そのあたり、東側の書記長の方が明らかにしっかりしていましたね。満州戦争で容赦なく核を味方ごと撃って、こちらの足をきっちり止めましたからね。かの書記長の晩年はまぁ、あれなのですが、国家指導者としては合格点でしょうよ。数千万の人命を代償にしても、あの国は第二次大戦に勝った。それは厳然たる事実です」

かつての勝利が永続しないのも歴史あるあるである。血まみれの書記長が守ろうとしたかの国は今はもうない。それをどう考えるのか、今の私には答えが出せない。

「その選択肢、今の米国では取れないでしょうね」

ぽつりと私が漏らす。その言葉に岡崎が乗って、私が秘めていた未来を言い切る。

「ええ。それを主張しようとしたお嬢様は正しすぎたが故に、こうして動きを封じられた」

「……いつから気付いていたの？」

私の確認に岡崎は笑みを崩さずに言い放つ。もちろん、この場には私と岡崎しか居ない。

「怪しいなと思ったのがお嬢様が体調を崩された時ですね。湾岸に物流拠点を整備する事を名目として米国に基地を提供する先読みをやらかしてくれたお嬢様だ。先読みと合理的選択を考えた上で、アフガンの、実質的にはインドとパキスタンの代理戦争と化して数十万の犠牲者とその数倍の難民を生み出している現状から、その手を思い付いたお嬢様はやっぱり化物ですよ」

おどけて岡崎が言うが、気分は探偵に詰め寄られた犯人のごとし。きっと容疑は殺人である。

「で、お嬢様のあの壊れっぷりだ。人はそれが所詮他人事《ひとごと》ならば、あんなに追い込まれないんですよ。あれはおぞましくて壊れただけじゃない。そのおぞましい事をお嬢様はできると自覚したから壊れた」

はっきりと私の正体を見抜いた上で岡崎は尋ねる。ベトナムでの敗北、アフガンの惨状から、私はそれを予測し、岡崎はそれを口にした。

「で、お嬢様。米国が核を落とすとしたら何処《どこ》です？」

繰り返すが、つまる所、この戦争の本質は宗教問題でも経済問題でもない。人命という物のレートの問題なのだ。もっと古い言葉で言うのならば、冷戦華やかなりし時に言われた相互確証破壊戦略の亜種でしかない。テロ組織を相手とした非対称戦争という状況だからこそ泥沼の対処に陥った訳で、その時点で敵の舞台に上がってしまっている。だったら話は簡単で、敵の舞台である非対称戦争を因習的な戦争まで引きずり落としてしまえばいい。この世界では、それが可能だった。

ゲリラ殲滅《せんめつ》を前提にその地域の住民をゲリラと共に殲滅する『ナガシマドクトリン』が成立しており、ジェノサイドと泥沼に陥ったアフガンでは民兵を派遣していた隣国パキスタンが正義の激昂《げきこう》の裏側でそのコストの重さに喘《あえ》いでいた。彼らの正義と隣国インドとの戦争の恐怖が均衡しているからで、米国は万一インドとパキスタンが戦端を開いた場合、パキスタンの味方には付かない事を外交筋に提示しているという。生物化学兵器まで使った上にインド傭兵《ようへい》を投入したアフガニスタンの殲滅戦は、はっきりと無関係の正義ではなく関係者の恐怖として機能しだしていたのだ。米国の、少なくとも私がネオコン側に政治力を発揮して主張しようとした事は簡単だった。

米国に対するテロの報復を世界に見せ付ける。

核及び核に類するものによる攻撃に対しては、同様の報復を、その地域を標的に行う。9・11同時多発テロの報復としてアフガン及びイラク人民数百万人をジェノサイドする。数人のテロリストのために数百万人が死ぬというレートが確定すれば、その恐怖が機能している間は馬鹿の暴発は確実に抑制できる。マキャベリ曰《いわ》く『君主は愛されるより恐れられよ』。つまり、これはそんな話でしかない。シンプルかつ残酷な主張。

だからこそ、数百万の犠牲者によって未来のイラクの泥沼は回避できると踏んでいたのだ。そして私は壊れかかった。ワシントンでの動きを報告してくれたレポートは、私が考えていた事が実現可能であるという現実を私に見せ付けてくれたのだ。つまり、私が望むのならば、数百万人のコラテラル・ダメージで米国はもう少しましな未来へ行ける。それは米国の同盟国であり経済的に依存していたこの国も、もう少しましな未来に導けるターニング・ポイント。

「私とこの国のより良い未来のために、私と関係の無い数百万人の人達《たち》は死んでください」

そう言っているのに等しかったのだから。それに気付いて私は壊れかかり、子供の暴走に気付いた恋住《こいずみ》総理は私を叱り付けてこの件から手を引かせた。つまる所、これはそんな話である。

「イラクはクルド・スンニ派・シーア派の三派による連邦国家の体を成しているけど、その実態はスンニ派の独裁よ。戦後を考えたら、バクダッドには落とせない。けど、核の政治的衝撃は見せ付けないといけない。だったら、落とす所は一つでしょう？　スンニトライアングルの中心都市。ファルージャよ」

そこまで読み、そこまで考えて、動こうとした所を封じられた。それが良い事なのか悪い事なのか私には分からない。

「少なくとも、核は無いでしょうね」

「だからこそ、イラクはベトナム化しかねない。人というのは愚かですな」

その口調に何かを感じた私は岡崎の顔を睨《にら》む。彼は、9・11の時もこうして私の前に居た。

「ねぇ。この未来の選択、貴方《あなた》は満足した？」

私の声に少しの怯《おび》えの色がこもる。世界の指導者達はこんな重さを背負って決断している。そして、何を選んでもその先に己の国民とそれ以外の民の死が待っている。

岡崎は私を元気付けるように笑った。

「ええ。お嬢様の選んだ未来を特等席で見させてもらっていますからね。お嬢様が全知全能の神様ではないというのも分かりましたし」

この戦争は歴史に残り、その決断はきっと後の歴史に裁かれるだろう。だが、私は子供故に大人達から遠ざけられ、その裁きから逃れた。それに感謝しよう。そして、その大人達の愚行を一人嘆こう。

世界は、こんなにも愚かで、優しい。

「もう少し私はここに居ます。何かあったら呼んで頂戴」

イラク戦争は案の定わずか一月で終わり、そこから長い長い戦後が始まろうとしていた。

その戦争に私が絡もうとしたという事実は存在しなかった。


【用語解説】
・チャールズ&エアハルト社……ED治療薬をつくったメガファーマ。
・アーツノヴァ社……欧州のメガファーマで、業界トップの一角。
・米国のステータス……車を持ち、家を買ったら、それを守るために、もしくは奪うために銃をというのがよくあった出世物語。
・プライム債権……その最たるものが国債。
・格付け機関……ムーディーズやS&Pなどが有名。
・保険……正式名称はCDS（クレジット・デフォルト・スワップ）。日本の保険会社は不良債権を抱える銀行の保有株の劣化で地獄に落ちたが、サブプライム危機で国有化されたAIGは、このサブプライムローンの保証、つまりデフォルトが発生した事による保険料支払いによって国有化に追い込まれた。
何しろ全部マゼマゼだから、サブプライムローン全部の保証支払額の資金を要求されたのである。

・安全マージンをとって一千億ドル……なお、サブプライムローンの総額はリーマン破綻時には二兆ドル近くにまで達した上、その16％ぐらいが不良債権化していたという。
・2009年破綻……GMことゼネラル・モーターズ破綻。つまり、アンジェラはサブプライム層のカーローン破綻が先に来て、その後に住宅ローンが破綻すると読んでいた。現実は、住宅ローンが破綻し、その大火事が炎上する形でGMが力尽きる。
・ミダス王……触ったものを黄金に変える手を持つ王様。『王様の耳はロバの耳』のモデルでもある。
・コンソーシアム……共同事業体。

いくつかの記事抜粋

『国内企業のリストラが加速している。バブル崩壊と円高と銀行の不良債権処理に伴う貸し剥がしで各企業が売上より現金確保に走ったからである。失業率は4％近くを推移している現状、特に国内電機企業のリストラが著しく、失業率が政治課題に上がるのもそう遠くないだろう。

松幸電機産業が早期退職制度を導入して六千人規模の削減を発表し、芝浦電機は国内工場の統廃合と一万人のリストラを発表。ソメーが一万人の雇用削減を打ち出しているのに対して、この秋に発足した桂華《けいか》電機連合は人員削減を伴うリストラを一時保留する決定を行い、注目を集めている。

旧古川通信時に経営不振に伴い八千人の人員削減を発表しており、いずれは人員削減に追い込まれると……』

『国内企業リストラの進捗と共に、樺太《からふと》に工場を移す企業が増えてきた。95年に一ドル＝80円台を付けた急激な円高に国内企業は耐えきれずに国内から国外に工場を移す動きが加速したが、樺太を得た事で本土より二割安いコストで働く国内労働者を得る事になり、現在では樺太に工場建設ラッシュが続いている。とはいえ、樺太経済は社会主義経済からの脱却で失業率は未《いま》だ20％を超えており、本土への出稼ぎと二級市民問題の解決の目処《めど》が立っていない……』

『今国会で時価会計の導入に伴う法改正の目処が立った事を政府関係者が明らかにした。

時価会計は不良債権処理が進む銀行にとってさらなる不良債権の追加になると反対が出ていたが、不良債権処理がある程度進んだ事と、発展著しいＩＴ業界からの要望に応じる形になり新たな経済成長の核として期待しているのが明らかになった。一方で、金融機関の不良債権処理については、金融再生大臣が『公的資金注入を含め、この内閣で片付ける』と宣言しており……』


『政府が断固とした不良債権処理を進めるなかで、財閥解体が加速している。政府の時価会計導入と公的資金注入を避けたい財閥系企業が不良債権処理を加速させると同時に、その原資として系列企業株の譲渡及び売却を決定したからだ。その口火を切ったのは大財閥同士の合併となった二木淀《よど》屋橋《やばし》銀行で、不良債権処理は終えているが双方が持つ株式が独占禁止法に抵触するケースが頻発した事と、政府公的資金注入を避ける目的で自己資本比率の増強を目的にそれぞれの本社が保有している株式の売却を決定。複数財閥の金融機関が経営統合した穂波銀行は不良債権処理が未だ終わっていない上に、今年春のシステムトラブルによって信用が失墜。各財閥の本社や資産管理会社が保有株を売却して穂波銀行の増資を目指し国有化を回避しようとあがいている。

国内財閥がこのような状況である以上、岩崎《いわざき》財閥も本社を維持するには世論の批判を浴びかねないと本社の解散を決定しており、それぞれの財閥本社が持つ保有株の売却によって日経平均株価は1５００円台まで下がっている。しかし、財閥が無くなったとは言え、各財閥企業は緩く繋《つな》がる企業グループ形式は維持したいとコメントしており……』

『北樺太問題を話し合うための日露首脳会談が第三国であるスイスのジュネーブで行われた。日露両首脳はこの問題の実務者レベルでの継続協議を行う事を決定しており、共同宣言ではシベリアから輸入される石油及び天然ガスの拡大が発表された。また、この会談には米国国務長官が参加しており、日露首脳は米国国務長官と対テロ戦争に向けての話し合いをしたと思われるが、この会談の内容については日米露の関係者は口を閉ざしている。そもそもこのジュネーブの会談は、近く行われるであろうイラクへの攻撃に伴う国際世論形成の一環として行われており、慎重派のEU諸国に対して日英露の三ヶ国が米国と組んで欧州各国に説得を……』

『米国議会が揺れている。大統領がイラクに対する攻撃の準備のために議会の承認を求めたのだが、その承認に『大量破壊兵器の使用』という項目が入っている事で、イラク攻撃案に核兵器を始めとした大量破壊兵器の使用というプランが発覚したからだ。これは同時多発テロが米国に対する実質的な大量破壊兵器の使用未遂であるという事が調査報告書で分かったためで、『実行犯であるアフガンは片付けた。主犯であるイラクに対してはその報いを受けさせる』というホワイトハウス関係者のコメントが本当ならば、米国の核兵器使用は避けられないと判断せざるを得ない。

２００１年の同時多発テロは米国及びその同盟国と友好国に対する同時多発的なテロ攻撃であり、ハイジャックによるニューヨークとワシントンの攻撃及び炭疽菌《たんそきん》テロとインド国会議事堂での銃乱射事件は陽動作戦で本命はデンバーのトレインジャックの際に積まれていた核廃棄物、その起爆装置を東京の秋葉原にて作ろうとしていた事まで判明している。

彼らテロ勢力に資金的な便宜を図っていたのがイラクであり、彼の国が旧ソ連から核ミサイルを非合法に入手しようとしていた事も分かった事で、賛否両論あるが賛成やむなしの方向に行くのではないかと専門家は分析している。

国防総省に詳しいジャーナリストによると、この問題の本質はイラクの大量破壊兵器の『保有』では無く『意思』であると話しており、彼がインタビューした将軍の一人は匿名を条件に「この問題は要するに合衆国市民を攻撃した事による報復であり、次が出ないための見せしめでなければならない。大量破壊兵器を持つ意思がある以上、その延長線上に９・11があるのならば、我々はその意思を大義名分に先制予防攻撃をかけるべきであり、非対称戦争であるからこそ、しっぺ返し戦略は９・11よろしく劇的なものにせねば報復の教訓を彼らは受けないだろう。そういう意味ではイラクは非対称の戦争における象徴でなければならず……』

『イラクにおける戦闘はほぼ終結し、現在ではイラクという国家の解体に向けて各国の思惑が錯綜《さくそう》している。バクダッドが陥落しイラク政府首脳部が逃亡した結果、無政府状態となったイラクは三勢力に分割された。一つはバクダッドをはじめとしたイラク中央部のスンニ派地区で、現在多国籍軍の占領下にある。その統治は決して良好ではなく、治安悪化に伴う住民感情の悪化もあり、米国が考えていた早期の戦力撤収は夢物語になりつつある。

もう一つは北部クルド人自治区で、ここはイラクからの独立を宣言。隣国トルコのクルド人がこれに呼応した事で、トルコ国内は未だ戒厳令下にある。米国は独立を宣言したクルド人自治区にイラクに帰参するように外交的交渉を続けているが、過去イラクに弾圧されたクルド人自治政府はこれを拒否。この地域には原油が眠っている上に、チグリス川の上流域に当たるため水資源も絡み、米国国務省は頭を抱えている。

最後の一つが南部シーア派住民の地域で、こちらは隣国イランが住民保護のために介入し、その地域を占拠している状況で、イラク崩壊後にイラン軍が撤兵するかどうか、米国国防総省は頭を悩ませている。

そもそも、米国にとって今回の戦争の目的はイラクの現体制を崩壊させる事であり、イラク国家そのものを崩壊させるつもりはまったくなかった。ましてイランが介入した結果、イラクの地で米軍とイラン軍が対峙《たいじ》する想定は国務省も国防総省もしておらず、ワシントンではやくも責任者を更迭する事で……』

『桂華グループのカードの更新が始まり、利用者が次々と新規ＩＣカードを受け取る姿が見られるようになった。桂華グループＩＣカード、略してケーカは、桂華金融ホールディングスと帝西百貨店のカード事業の統合であるだけでなく、東日本帝国鉄道のＩＣカード規格に合わせた上で、桂華グループの社員証や東京都及び北海道・千島県・樺太道の身分証としても機能する。

これによって、東京都に出稼ぎに来ていた樺太道の身元不明の労働者に銀行口座と身分証というセーフティネットを掛ける事ができ、正確な統計を前提に経済対策を行えると関係者は話している。

一方で個人情報を好き勝手に使われるのではという懸念の声も上がっており……』

『新宿ジオフロントテロ未遂事件の捜査が大詰めを迎えている。この事件は9・11同時多発テロの後に計画されたテロの中でも大規模なもので、ロンドンやスペインのテロと違い未然に防げはしたが、実行されていたら未曽有《みぞう》の大惨事となりえたという事もあり、警察の捜査意欲も並々ならぬものがあった。

そこで浮かび上がってきたのはテロネットワークと言われるアンダーグラウンド組織の連携であり、このテロ未遂には外国の宗教過激派だけでなく、国内の反社会勢力も主体的な関与をしていた事に関係者は衝撃を受けている。

主な関与組織に限っても極左暴力集団や環境保護団体、宗教過激派に犯罪組織と多岐にわたる上、実行部隊には第二次2・26事件の関与者や旧北日本軍人等も含まれているとみられ、警視庁は慎重に裏付けを進めている。

このテロ未遂事件は、現在工事が進められている新宿新幹線を核として新宿新都心部に大規模大深度地下街を建設する新宿ジオフロントが標的とされ、爆薬による破壊テロ計画を進めていたところで内部の密告によって発覚、関係者の逮捕に繋がった。

イギリスやスペインのテロと違い未然に防げたのは幸いだが、この国がテロの対象になった事の衝撃は大きく、国会は安全保障問題だけでなく国内治安問題という課題が……』


『国内消費が久しぶりに上向いている。それを牽引《けんいん》しているのがデジタル家電であり、新たな三種の神器と呼ばれるのはDVDプレイヤー・デジタルカメラ・携帯電話である。新年度が始まるこの春はこのデジタル家電を求めて家電店は盛況になり、国内では製造が追い付かず国内家電メーカーはうれしい悲鳴を上げている。

国内家電メーカーは円高と近年の不良債権処理に伴う不景気でリストラに踏み切り、海外に工場を移していたのだが、樺太併合に伴い樺太に次々と工場を建ててこれらの製品を製造している。その結果、経済格差から低賃金労働者の多い樺太では失業率が低下する一方で、本州の家電工場がリストラ対象として閉鎖されて失業率が上がるという皮肉な事態も起こっている。デジタル家電の国内消費分を国内工場で賄いきれず、海外工場製造分を輸入して販売する企業も見られるなど、せっかくの需要を国内で賄い切れていないと一部のアナリストは懸念を表明している。

その一方で、大規模投資をした企業では業績好調で、例えば小型液晶に集中投資していた桂華電機連合の旧四洋電機側は更なる投資を決定し、他社との差別化を図ろうとしている。

また、桂華電機連合も樺太に大規模工場建設を計画し……』


『国会は与野党の対立が続く中、今年度予算案が成立した。恋住《こいずみ》政権は今国会の大きな山場を越えた事になり、あとはいつ解散するかで永田町の話題は持ち切りになっている。

イラクが米国の想定外の方向に進みつつある中、自衛隊の派遣を決めた恋住政権の責任を問う声は野党から強く出ており、与党もそれを受けて立つ構えを崩していない。野党は政権交代可能な二大政党が出来たとアピールしており、恋住政権との違いを訴える方向だ。野党は「イラクからの自衛隊撤退」を掲げて与党を攻撃しており、与党側からも「自衛隊に多大な犠牲が出たら政権が吹っ飛ぶ」といった懸念の声が……』


『政府は不良債権処理の最終的な解決を目指し、全メガバンクに公的資金を注入する事を閣議決定した。それに伴い、金融庁が全メガバンクを査察し、その審査結果に伴い公的資金を強制注入する。

この春ついに時価会計が導入され、今まで塩漬けにされていた不良債権が明るみに出た事を受けたもので、公的資金注入後も経営が安定しない銀行については国有化も視野に入れる。

不良債権処理の過程で国内の都市銀行は幾つかのメガバンクにまとまったが、終わらない不良債権処理に業を煮やした政府がついに重い腰を上げたと業界は戦々恐々としている。

この公的資金注入は繰り上げ返済が可能で、桂華金融ホールディングスや帝都岩崎銀行、二木白水銀行などは注入後即座に返済する事を発表している。

だが、その他のメガバンクにとって即時返済は難しく、経営に国の圧力が掛かるだけでなく国有化という形で更なる再編を……』


『月刊経済誌財閥　特集「逆境の財閥！　第三弾!!　水膨《みずぶく》れの桂華グループ!!」

現在不良債権処理と構造改革によって逆風に晒《さら》されている財閥。その今を追うこのシリーズ『樺太に賭ける岩崎の執念』『結婚と解体を是とする二木淀屋橋』に続く今回は、急激に膨張した政商桂華グループ、その水膨れの実態に迫りたい。

桂華岩崎畑辺製薬　『本家』なのに外資身売りで得た安堵《あんど》
桂華グループの『本家』である桂華製薬こと桂華岩崎畑辺製薬は大手外資系メガファーマのアーツノヴァ社と戦略的提携を結び、経営権は保持しているものの実質的に外資に身売りされる事になった。この背景には、近年の新薬開発費用が巨額になっており世界では大手製薬会社の合併が繰り広げられている事から、いつか来る黒船と関係者は覚悟していた節がある。

元々桂華グループは90年台のバブル崩壊時の不良債権処理を岩崎財閥とくっ付く事で乗り切る方針だった。それが、系列企業であった極東銀行が大蔵省の不良債権処理のモデルケースに選ばれた事で急激に規模を膨らませ、不良債権企業の救済によって回復した新規獲得企業との序列で軋轢《あつれき》が発生していた。桂華化学工業や桂華商船、桂華倉庫等は岩崎財閥系企業と合併を果たし、唯一残った桂華製薬も主導権は保持したとはいえ岩崎製薬と合併を決断。それでも桂華グループ本家として丁重に扱われていたが、桂華グループの中核が桂華金融ホールディングス、赤松商事改め桂華商会、桂華鉄道や桂華電機連合等に移った現状、経営規模の小さい桂華岩崎畑辺製薬は肩身が狭かったと関係者は語っている。

華族桂華院《けいかいん》公爵家の実業であった桂華製薬が身売りした事で、桂華院家の中では新興会社に人員を派遣するべきという意見もあるが、桂華院家内部の微妙な関係からそれを躊躇《ためら》う動き……

桂華金融ホールディングス　後継者は外資系外国人!?　身内から後継者を出せなかった一条《いちじょう》CEOの後悔と執念

桂華グループ躍進の中心となった桂華金融ホールディングス。政府の不良債権処理のモデルケースとして破綻寸前の金融機関の寄せ集めとして作られたはずが、ムーンライトファンドという化物収入源を得た事で日本最初のメガバンクに躍り出た奇跡。その立役者である一条ＣＥＯの後継者問題が囁《ささや》かれている。ホールディングス傘下の各金融機関だけでなく、大蔵省の天下りやヘッドハンティングした人材を競わせて後継者レースを行っていたが、お眼鏡に適《かな》う人材は未だ出てきていないようだ。

そんな中、仰天する情報が飛び込んできた。ホールディングス傘下の桂華証券の取締役に、桂華院家公爵令嬢秘書だったアンジェラ・サリバン女史が就く事が発表されたのだ。アンジェラ・サリバン公爵令嬢秘書の前職はパシフィック・グローバル・インベストメント・ファンドのファンドマネージャーであり、米国大手証券会社のシルバー・ウーマン証券のファンドマネージャーに決まっていた所を桂華院家がヘッドハンティングしたという切り札的人材だ。いずれ、桂華証券社長を経て桂華金融ホールディングスＣＥＯになると関係者は噂《うわさ》している。不良債権処理が終わり、ムーンライトファンドという超優良収入源を有する桂華金融ホールディングスにも欠点がある。

破綻救済のために抱え込んだ複数の金融機関の重複店舗の処理と過剰人員のリストラが未だ終わらぬ中、桂華グループの機関銀行に近い桂華金融ホールディングスは政府から上場を求められており、桂華グループ以外の収益源確保に迫られているのだ。桂華金融ホールディングスの上場は近年中に行われる事が既に決まっているが、政府の不良債権処理の強硬姿勢から全メガバンクに公的資金を入れる話も出ており……

桂華鉄道　桂華グループの爆弾？　抱え込んだ土地という不良債権は本当に処理されていたのか？

現在、桂華グループが多大な投資を行って急速に規模を拡大させている桂華鉄道だが、これこそが桂華グループのアキレス腱《けん》だと判断している関係者は多い。元々は大量の不良債権となった土地を抱えていた帝西百貨店や総合百貨店等の物流部門に、地方リゾート開発というやはり不良債権の塊であるホテル部門等が集まってできたグループである。桂華鉄道広報によると、事業再編時に不良債権処理は適切に実行しているらしいが、事業再編時の時価処理である以上、更に地価が下がれば追加の不良債権処理が発生しかねない。にも拘《かか》わらず、新常磐鉄道や新宿新幹線やなにわ筋鉄道等、桂華鉄道は都市部に大規模投資を強行しており、現在の投資額は既に三兆円を超えると言われている。これらの投資が不良債権化すると資金を供出していた桂華金融ホールディングスの経営を直撃すると見られ、政府が桂華金融ホールディングスを上場させるようにと主張する根拠となっている。

桂華鉄道社長である橘《たちばな》隆二《りゆうじ》氏は今は亡きフィクサーの一人だった桂華院彦麻呂《ひこまろ》公爵の右腕としてその筋では知られており、土地開発に付き物の闇の紳士達《たち》をあしらう事ができる唯一の人材と見られている。その彼を東京地検特捜部が狙い撃ちにした背景もこの巨額投資の不良債権化を恐れる政府の指示と言われており、不良債権処理と財閥解体及び華族特権剝奪を政策として掲げている恋住政権の槍玉《やりだま》に挙げられたという声は少なくない。

桂華鉄道は今年中に事業再編を終わらせる予定で、それに伴って橘社長は退任する方向である。

だが、橘社長の後継者は未だ発表されておらず、買収した鉄道会社のトップから抜擢《ばってき》するか、国土交通省から天下りを受け入れるか、四国新幹線絡みで西日本帝国鉄道の役員をヘッドハンティングするかと……

桂華商会　大量買収による大混乱に出てくる『ムーンライトファンド』と『商会』の文字

赤松商事、帝商石井、帝綿商事、鐘ヶ鳴紡績と四社の経営統合に阿鼻叫喚《あびきょうかん》の悲鳴を上げているのがこの桂華商会。実は下位総合商社は隠れ不良債権の本丸と噂されていた所で、経営不振に喘《あえ》ぐ鐘ヶ鳴紡績まで入れた実質的な救済合併というのは紛れもない事実である。この事業再編に絡んで出てくるのが『ムーンライトファンド』であり、桂華グループ肥大のきっかけとなった桂華金融ホールディングスの稼ぎ頭である。ＩＴ投資で成した財をその後のＩＴバブルが弾《はじ》ける前に資源ビジネスに移しており、その資源ビジネスを統括していたのが赤松商事の資源管理部という訳だ。

この資源管理部について統合会社の直轄にするべきだという声が出て、桂華金融ホールディングスとの間に緊張が走ったという証言を関係者から聞く事ができた。

これについては、桂華金融ホールディングスの一条ＣＥＯと赤松商事の藤堂《とうどう》社長（統合後の桂華商事社長に内定している）がそれぞれ覚書を交わして、現状のままにする事を確認している。

だが、政府が上場を求め機関銀行からの脱却を求められている桂華金融ホールディングスにとって、その中核であるムーンライトファンドは生死を分けかねない問題であり、その実務部門である赤松商事資源管理部の処遇はこれから先も出てくる事になるだろう。

この動きに藤堂社長は桂華商会の名前を持ち出して求心力の強化に躍起になっている。桂華金融ホールディングスが上場して機関銀行からの脱却を求められた時、桂華グループの全体を見る事ができるのはうちしかないという理由からだ。さらに関係者の話によると、「桂華金融ホールディングスの上場が予定される中で、本来桂華グループを引っ張る段取りの桂華鉄道の橘社長が東京地検によって狙い撃ちされた。今、膨れきった桂華グループを引っ張れるのは桂華院家の覚えめでたい藤堂さんしか居ない」という声が……

桂華電機連合　負け犬連合脱却の鍵は　小型液晶とリストラ

華々しい日米コンピューター企業の経営統合という形で誕生した桂華電機連合だが、その中心である古川通信とポータコンは経営不振からの脱却を迫られている。四洋電機の小型液晶という超大当たり商品があるとはいえ、日米をまたぐ巨大企業再編の道のりは長く険しい。

今回の合併に伴ってカリン・ビオラCEOは三年間リストラしない事を明言したが、裏を返せば三年後には大リストラが確定している訳でもあるのだ。関係者は、「元々古川通信が八千人規模、ポータコンで八千五百人規模のリストラを考えていたらしく、そのコストは重しとして経営にのし掛かるだろう」と語っている。それでも、旧四洋電機が集中投資していた小型液晶の大当たりでさらなる投資と配置転換を行い、このリストラを乗り切れたらと期待する一方、やはり外資系経営者のドライな考えに関係者が戦々恐々としているのは間違いがないだろう。

現在の古川通信およびポータコンのパソコン販売では規模のメリットを追求しきれず、業界ではさらなる買収に出なければならないと考える向きも多いが、その資金を機関銀行である桂華金融ホールディングスが出せるのかに視線が集まっている。また、家電店販売の見直しと直販システムの導入に舵《かじ》を切るだけでなく、北米事業におけるパソコン製造部門のアウトソーシング先として、人件費が安い樺太に工場を建てる構想が……


ムーンライトファンド　桂華グループの奥の院？　その鵺《ぬえ》の正体は？

九段下桂華タワーに置かれている赤松商事資源管理部。ここここそがムーンライトファンドの中枢である。赤松商事と桂華金融ホールディングスから出向した数十人によって運営されているこのファンドが、総資産数百億ドルとも千億ドルを超えるとも言われる巨額の資金を運用しており、実質的な桂華グループの司令塔として機能している。

だが、このファンドの所持者である桂華院瑠奈《るな》公爵令嬢は幼く、その資金源は桂華グループや日本政府が否定しているにも拘わらず、未だロシアロマノフ家の隠し財産であるという噂がはびこっている。

このファンドを巡っては、海外のロマノフ家関係者がその資金の返還や支援要請などについて何度も発言するため、ロシア政府も警戒感を募らせており、外交問題の一つにまで発展している。

米国大統領選挙に関与し、米国大統領に強力なパイプを持っているとか、与党立憲政友党の泉川《いずみかわ》派の資金源になっているとか、『政商』桂華と言われる所以《ゆえん》の活動は全てここが取り仕切っているのだが、このファンドは組織としては鵺よろしく実体がない。口座管理は桂華金融ホールディングスが行っているが、その口座の本体はスイスのプライベート・バンクで行方が分からず、人員も赤松商事や桂華金融ホールディングスからの出向として処理されているので表向きにはムーンライトファンドとは無関係というのが桂華グループ広報の正式回答である。

しかも、このファンドについてはセキュリティーが恐ろしく高く、その全容と資産総額を把握していると言われているのが、一条進《すすむ》桂華金融ホールディングスCEO、橘隆二桂華鉄道社長、藤堂長吉《ながよし》桂華商事社長、アンジェラ・サリバン桂華院家公爵令嬢秘書ぐらいしか居ないと噂される桂華グループの奥の院であり、現桂華グループの立役者達がまだ幼い桂華院瑠奈公爵令嬢を傀儡《かいらい》として立てて、桂華院家の支配から脱却したという噂は、桂華院家筋から盛んに流されている。

恋住政権が桂華グループを目の敵にしているのはこのムーンライトファンドの存在があるからだという噂もあり、桂華金融ホールディングスの上場に伴って、この鵺がどうなるのか予断を許さず

……

【用語解説】

・議会承認……『戦争を始めるのは誰か―湾岸戦争とアメリカ議会』（会田《あいだ》弘継《ひろつぐ》　講談社現代新書）より。そんな裏でナイラ証言なんてやらかしているのでこの話闇が深い。吉崎達彦《よしざきたつひこ》『アメリカの

論理』(新潮社　2003年)と共にこの話の参考にさせてもらっている。

・ロンドンとスペインのテロ……ロンドンは現実では2005年、スペインは2004年に発生している。

この世界、イラク戦がこんな感じなので、結構テロによる報復が激しく、それがまた大量破壊兵器使用論に繋がっていたりする。

・新宿ジオフロントテロ未遂……隣のテロの流れで起こり、なんとか阻止された。

・デジタル家電……この時作られていたのが中国や東南アジアの工場だったので、国内雇用にあまり役に立たなかった。

米国大使館会議室。

「企業買収によって事業を急拡大させてきた桂華《けいか》グループはその内部が固まっておりません。そのため、中にどんな人間が居るのか？　さらに、どういう人間が潜り込んでいるのかが分からない状態になっております。これに対して、桂華グループを実際に差配している橘《たちばな》隆二《りゅうじ》桂華鉄道社長は、米露の監視を受け入れる事で内部を固める……というよりも彼のお嬢様である桂華院《けいかいん》瑠奈《るな》を守ろうとしています」

窓のない会議室に居るのは五人。米国大使に、今回の工作の立案者である米国から来た東アジア部長。作戦の説明をする情報分析官とエヴァ・シャロンとユーリヤ・モロトヴァで、もちろんスーツ姿だ。情報分析官の言葉に、米国大使が確認の質問をする。

「という事は、橘氏にとって事業よりもお嬢様の身の安全が優先されるという事か？」

「その通りです。少なくとも、桂華院家内部においては、桂華グループと桂華院瑠奈のどちらかを取れと言うならば、間違いなく桂華院瑠奈の方を取るでしょう」

情報分析官の言葉にエヴァ・シャロンが乗る。アンジェラが桂華金融ホールディングスという表の顔に異動した事で、彼女がこんな所に来る羽目になっているのだが、上役を相手に嫌そうな顔をできる訳もなく。

「問題なのは、その公爵令嬢たる桂華院瑠奈様ご自身がその事に気付いていない、いえ、気付いていないふりをし続けているという事です。あのお嬢様は今や、米露にとって監視対象であると同時に護衛対象に成り果てました。それは、彼女が率いる巨大コンツェルンである桂華グループ内部に我々のような連中を受け入れる事を意味します」

東アジア部長がため息をつく。そこからは東西冷戦から続く伝統芸みたいなものだからだ。

「そして待っているのはお仲間作りと相手の足の引っ張り合いか……」

米国は桂華院瑠奈の秘書にアンジェラ・サリバンを送り込むという大成功を収めたのだが、それでも古川通信を巡るお嬢様の逆襲を阻止できなかった。監視体制の強化もしなければならないのだが、今度は肥大化した組織に人間が追い付かず、桂華金融ホールディングスにアンジェラを栄転させるという人事にCIAは歓迎しつつも頭を抱えたのである。

「元々中堅財閥だった桂華院公爵家は、その側近や忠臣を桂華院家当主である桂華院仲麻呂《なかまろ》に集中させていました。彼の奥方である桂華院桜子《さくらこ》は、この国最大の財閥であり樺太《からふと》統治に経済面で多大な関与をしている岩崎《いわざき》財閥の縁者で、桂華院家は岩崎財閥と繋《つな》がっている者を多く受け入れています。その縁もあってか、桂華院瑠奈の側近団形成においては樺太出身者が多く登用されました。

旧北日本政府諜報《ちょうほう》機関やそこから繋がった旧KGBが桂華グループ内部で一定の派閥勢力を誇っているのはこうした背景があります」

エヴァ・シャロンの報告は桂華グループの内情を暴露したものであるが、その暴露とて当のお嬢様と執事からすれば『フルオープンしかないでしょう』でしかない情報である。

なお、企業絡みの諜報活動は、これを仕入れるのに相応の時間と金が掛かるのは言うまでもない。

「おそらくは、というか間違いなくロシアの連中も我々と同じ事をしているでしょう。桂華グループ内部への浸透。そして、相手への妨害は、桂華院家及び桂華院瑠奈公爵令嬢が嫌な顔をしない程度で継続しなければなりません」

こうして、この場に居るユーリヤ・モロトヴァに作戦が伝えられる。彼女は作戦を聞いて、さして興味もない口調で感想を述べた。

「ハニトラですか。使い古された手ですが、確実ではありますね」

テーブルの上には、桂華院瑠奈を頂点とする桂華グループを差配する幾人かの写真付きレポートが置かれていた。橘隆二桂華鉄道社長、一条《いちじょう》進《すすむ》桂華金融ホールディングスCEO、藤堂長吉《とうどうながよし》赤松商事社長の三人は妻子持ちである上に、下手にハニトラを仕掛ければお嬢様の逆鱗《げきりん》に触れかねない事を危惧して対象から外された。新しく桂華グループ傘下に入る桂華電機連合についてはカリン・ビオラCEOが米国でヘッドハントを行っており、それに合わせて協力者を桂華電機連合に送り込む事が決まっていた。となると、対象は一人しかいない。

「岡崎祐一《おかざきゆういち》赤松商事執行役員。ムーンライトファンドの実質的なボスである彼は、お嬢様を唆して我が国に多大な損害を与えた人物であると同時に、この国のアフガン戦及びイラク戦に向けて外す事の出来ないキーパーソンの一人でもある。あのお嬢様の暴走がイラク戦に向けての資金集めであったのが分かった以上、彼は絶対に取り込まなければならない」

東アジア部長が断固とした声で告げる。それに米国大使が付け加えた。

「同じ事をロシアの連中も考えているだろうな」

それ以上は言わなくても分かるだろうという顔で大使は口を閉じる。諜報は密接に政治が絡むからこそ、上に行けば行くほど政治的人間にならざるを得ない。『妨害』や『排除』というダーティーな言葉を米国大使が言わなかったという事は、それも含めて作戦を遂行しろと言っているようなものである。情報分析官が作戦の概要を説明する。

「この国の協力者に現在対象の交友関係を洗わせています。データが揃《そろ》った時点で作戦を遂行してください。また、調査段階でロシアの関与が認められた場合、その妨害と排除については作戦遂行者の判断に任せます」

エヴァ・シャロンとユーリヤ・モロトヴァは立ち上がって敬礼する事で、その命令を受諾した。

岡崎祐一の行動調査には、当たり前だがＣＩＡの東アジア部門が動く。それは、他の同業者の存在を確認すると共に、彼らにもＣＩＡが動く事を教える事になった。

「岡崎が横浜で中華を食べに行く店のあの娘のデータは？」

米国大使館のＣＩＡ用オフィスにてエヴァ・シャロンが情報を求める。そこに書かれていた事をユーリヤ・モロトヴァが読み上げた。

「劉鈴音《りゅうすずね》。樺太華僑《かきょう》の大物の娘ですね。元々、岡崎が行っている店は香港《ホンコン》華僑のネットワークの一つで、彼女もそのネットワークの系列です。付き合いはそこそこあるみたいで、年の離れた兄と妹みたいだと従業員が漏らしているのを盗聴できました」

この辺り、米国は覇権国家であるがゆえに情報の入手は容易だが、情報解釈には劣るという点をさらけ出していた。華僑の大物の娘がどうして接触しているか？　それ以前に、岡崎はどうして華僑のネットワークと繋がっているのかが見えていないからだ。

「で、同業者の情報は？」

「イリーナ・ベロソヴァ。留学生として来日し、現在は岡崎祐一が横浜に行く際に使うコンビニの店員として働いているという設定です。彼女は月に一度ロシア大使館に顔を出し、コンビニにも在籍していますが、出勤日数は週一あるかないかという所ですね」

「で、その出勤日は彼が横浜に行く時でしょう？」

エヴァの確認にユーリヤは薄く笑って肯定する。人は自然と行動をルーチン化する。そういう無意識のルーチンこそ一番狙われやすいのだ。

「あと、我々を探っている探偵を確認しました。どうも桂華グループの依頼で、お嬢様の関係者に悪い虫が付いていないかチェックしているみたいで」

「我々が悪い虫に見えたか。向こうも一応警戒はしているみたいね」

状況は整理できた。ここからはどうやって、岡崎に近付くかである。もちろん、相手の足を引っ張りながら。

「横須賀米軍の関係者の娘ってのが一番楽な設定ですね」

動くユーリヤは口に出しながらストーリーを紡ぐ。そこからはよくあるお決まりのパターンに沿わせる。

「誰かに襲われて、たまたま居た岡崎に助けを求めて……定番ですが、そこから先は会話と体でどうとでもなります。同業者への妨害ですが、外国系マフィアの抗争にかこつけて、意地悪をする程度で」

政商と呼ばれるほど日本政府にがっつり食い込んでいる桂華グループの場合、あまり悪さをすると日本政府からの抗議という必殺技を食らう羽目になる。というか、お嬢様の耳に届いてお嬢様が報復を決意した場合何をやられるか怖いというのが本音だった。少なくとも二人は、お嬢様こと桂華院瑠奈と岡崎が組んで米国市場を大暴落させた挙句に数百億ドルの荒稼ぎをした事を忘れてはいなかった。

「『我々が手を付けたから引け』程度の意地悪ね」

「この国のことわざではないけど、『藪《やぶ》をつついて蛇を出す』のはやめようと」

で、そんな彼らにとって自制したストーリーがこれである。

「横浜で中華系マフィアとロシア系マフィアの抗争が勃発して、たまたま中華街のお店が襲われる。その報復でロシア系への嫌がらせが発生し、コンビニ前で私が嫌がらせにあった所を岡崎に助けてもらうと」

「その途中でちゃんとコンビニにダメージを与えておくのも忘れないでね。あと、申請用の作戦名だけどどうする？」

エヴァの付け足しにユーリヤは頷《うなず》いたが、言葉は出ない。作戦名というのは全部ばれるようなものだといろいろ不都合があるのだ。かといって、まったく関係ないものから付けると今度は作戦関係者が覚えないという本末転倒が待っている。無言のままユーリヤが両手を上げて任せたと言ったので、エヴァはそういえばお嬢様がこの間見ててげらげら笑っていた映画の人形の名前を付ける事にした。

「じゃあ、作戦名は『ボーパルバニー』で」

こうして、ハニトラ作戦は実行に移され、作戦名『ボーパルバニー』は大失敗に終わる。神奈川県警から連絡が入ったエヴァとアニーシャ・エゴロワが頭を抱えながら加賀町警察署に向かうと、会議室では関係者の空気は最悪に近かった。視線を合わせようとしないユーリヤとイリーナ・ベロソヴァ。自分は第三者ですとばかりに澄ましている劉鈴音。笑みを隠そうとしない岡崎と眺めていたら、エヴァの前に今回の警察側の責任者が現れる。

「外事課の前藤《まえふじ》と申します。別名をどこぞのお嬢様係ともいうのですが。それ以上の説明はいります？」

「結構です。一応お嬢様のお側《そば》に仕えているので。説明していただけますよね？」

「こちらもです。面倒ごとはまとめて片付けましょう」

なお、やってきたエヴァとアニーシャも視線を合わせようともしない。ユーリヤとイリーナのように。

「話は簡単なものでして。どこかの組織が相手組織の邪魔をする程度にアンダーグラウンドの組織に金を流した。で、その組織筋が悪かったんでしょうな。代金の二重取りを企《たくら》んだ」

前藤の言葉に仲良く頭を抱えるエヴァとアニーシャ。この手の物事は計画通りにうまく行く事の方が少なく、大体は関係者の右斜め下の行動から失敗につながる事が多い。これはそんな話。

劉鈴音は声を上げずに腹を抱えて笑っているのだが、だれも止めようとしない。

「で、それが中華街の連中にばれて、馬鹿がコンビニに逃げ込んで騒ぎを起こし、それが組織の事前行動と合致したためにユーリヤさんとイリーナさんが巻き込まれ、やってきたのが白馬の騎士ならぬ白黒のパトカーだったと。これ以上の説明いります？」

「……」

「……」

沈黙を確認した前藤は淡々と手続きを進める。もちろん手を動かしながらチクチク嫌味を言うのも忘れない。

「どうせこの一件、外交案件かお嬢様案件としてもみ消されるのでしょうけど、神奈川県警はカンカンで、私は横浜くんだりまで呼び出された訳でして。動くなとは業界的に言えませんけど、もう少し隠す努力はやってくれませんかねぇ……」

という訳で、内心オコな公安前藤を前にして洗いざらい吐かされたエヴァとアニーシャの二人。しょげ返るユーリヤとイリーナ、大爆笑する劉鈴音と岡崎。という訳で、もう一人の当事者である岡崎が裁定をする事になった。

「仕方ないですね。こんな話、お嬢様の耳に入ったらどうしようもないので貸しにします」

エヴァとアニーシャの額に汗が浮かんだが、この場を丸く収められるのは岡崎しかいなかったのも事実である。

「俺へのハニトラを名目に、お嬢様の側近団のテストをしていた。そういう事にしておきましょう。

こうなった事で、ユーリヤちゃんとイリーナちゃんだっけ？　裏切れないでしょう」

笑顔で言ってのけた岡崎の凄《すご》みに、その二人がびくりと震える。

エヴァとアニーシャはそれを耐えて見せたのだが、ＮＯといえる訳もなかった。

「岡崎にハニトラですってぇ！　あははははははははは……馬っ鹿じゃないの！」

その夜、そうやってカバーされた物語を岡崎・エヴァ・アニーシャが報告し、案の定桂華院瑠奈は大爆笑してそれ以上つっこんでは来なかったのである。

「劉さん。聞きたかった事があるのだけど？」

「私も」

「もっと気楽にしていいですよ。今日から同じお嬢様の側近団の仲間じゃないですか」

桂華院瑠奈と側近団の初顔合わせの席。ユーリヤとイリーナの二人は苦々しい顔で劉鈴音に尋ねる。

「なんであの一件、あんたは無関係なのにここに入ったんだ？」

「簡単な事ですわ。岡崎さんは香港で名を売ってから、取り込めって指示を受けていたんですよ。２０００年に」

香港で売った名前が香港華僑に聞こえ、取り込むならば同国内扱いである樺太華僑が動く訳で。華僑の国を超えるというか、国を信用できない血縁・縁故社会を米露諜報機関は見誤っていた。で、はるか前から罠《わな》を張っていた華僑達《たち》の前に、米露が見事に網にかかった訳で。岡崎は取引とばかりに劉鈴音をお嬢様側近団に投げ捨て……もとい送り込んだ。

「まさか……」

「ああやって岡崎さんを定期的に店に招いたのは……」

「彼がマカオで美味《うま》いって言った鶏料理、しっかり習得していますのよ。私」


貧困が恐ろしい理由の一つとして選択肢が見えなくなるというのがある。選択肢を狭めるのは当然として、あるはずの他の選択肢さえ浮かばなくなるというのもある。今、テレビに出ているコメンテーターの大学教授の言葉を借りるならば、

「貧困というのは二つの考え方があります。まず貧困に落ちようとしている人達をどの時点で助けるか？　完全に貧困に落ちる前に助ける方がコストは安いのですが、多くの国民は納得しないでしょう。なぜならば、助ける線引きが難しいからです。この段階で助けると『助けてくれる』というモラルハザードが発生しかねず、自力で助かろうという大多数の国民の『なんであいつだけ』という嫉妬を呼び起こしかねないからです。逆に、元々が貧困でそこから這《は》い上がる場合はもっと厄介で、まず貧困から抜け出すという『発想』そのものがありません。先のケースは『貧困から脱出する』という方向性はあるのですが、このケースは最悪自分が貧困であるという自覚すらないのが問題なのです」

となる。

野心と向上心と才能がある貧困者というのは全体の少数派であり、彼らはそれ故に貧困から出て

行ってしまう。もちろん、その代償を自覚した上で支払えるから彼らは貧困から抜け出せるのだ。

北海道夕張市。炭鉱の閉山と共に莫大《ばくだい》な債務を背負っていた町だが、その債務を肩代わりした企業が二つある。一つは北海道開拓銀行を買収して北海道を地盤としつつある桂華グループ。もう一つは、この地で炭鉱を経営していた岩崎財閥である。

「ここ、いいかしら？」

「どうぞ」

昼下がりの新夕張駅に停車していたキハ40系の車内のクロスシートに座っていた少女に、少女が話し掛ける。座っていた少女の名前は久春《くしゅん》内七海《ないななみ》、話し掛けて来た少女の名前は遠淵《えんぶち》結菜《ゆな》という。

「緑ね」

「緑ね」

二人が着ていた学生服はこのあたりの学校ではなく、東京にある帝都学習館学園のもの。華族や財閥子弟が通うエリート校なのだが、窓の景色は山があり木が葉がおい茂る。つまり緑。

「冬になると白くなるらしいけど」

「まぁ、北海道だしね」

寒くなれば雪も降る。だから白。そんな続かない会話を気にするように隣の席から声が掛かった。

「もう少し、会話をする努力をしましょうよ。どうせ、私達知り合いになるのでしょうし」

そんな声と共に同じ制服を着た眼鏡っ娘《こ》が座席向こうから顔を出して自己紹介をする。

「久春内七海」

「遠淵結菜」

「野月美咲《のづきみさき》。よろしく」

そして黙り込む三人。会話がしたくない訳ではない。会話のネタがないのだ。

「私達が行く夕張は、樺太からの移住者の受け入れを進めているみたいね」

「樺太ではなくて北海道に移住できたのは嬉《うれ》しいとは思うけど」

「ここは樺太の成功者が住む町を作っていますからね」

夕張は、旧北日本政府の特権階級で財産を持って本土に逃げた連中及び、傭兵《ようへい》として血を代償に金を稼いだ旧北日本軍兵士の新たなる故郷として、桂華グループが主体となって整備されつつあった。

そんな、桂華グループにこの地を紹介したのが、岩崎財閥である。

「岩崎石炭鉱業の元々のおひざ元ですからね。夕張は。樺太の炭鉱経営は合理化を進めていますが、本土研修施設として夕張の炭鉱を再開させるとかなんとか」

昨今の夕張事情を知識として仕入れていた野月美咲が何となしに話を振る。

樺太の炭鉱は日本人では考えられない格安の賃金によって採掘されており、その設備も安全性も著しく怪しかったのだが、その研修場所として北海道が選ばれたのは、ある種の必然でもあるのだろう。同時に、樺太からの出稼ぎ人が閉山した炭鉱を買い取って、格安の人件費を用いて闇採掘をするという事件も頻発しており、これら寂れた炭鉱の町も問題になっていた所である。

「野月さんだっけ？　なんで桂華が私達を買い取ったのよ？」

「正確には、私達を入れた従業員と家族三千人ばかりですね。北樺《きたかば》警備保障の研修施設がここに造られ、そこで訓練をするという名目です。遠淵さん」

「結菜でいいわ。名目ねぇ……」

　彼女達の買い取り先である北樺警備保障は、桂華グループの赤松商事の子会社として主に警備業務を担当する事になっていた。日本の総合商社は世界各地に出向いており、彼ら社員を守るためにもある程度の武力は必要だった事もある。特に、赤松商事はロシア産原油を中心とした資源ビジネスに注力しており、政情不安なロシアでのビジネスを安定的に行うためにも現地に対抗できる武力をもつ事は必要条件ともいえた。

「まぁ、私達がちゃんと働けば、孤児院のみんなもおいしい食事が食べられるんだから」

「ですね。久春内さん。その孤児院も夕張に持ってくるみたいですよ」

「ありがとう。野月さん。夕張が私達の故郷になるのね」

　北日本崩壊時、かなりの北日本市民が北海道に逃れ、そこから本州に渡っていった。そんな彼らは実質的な難民として本土では問題化しつつあるが、こうして夕張にやって来る人間達は桂華が夕張市と交渉して戸籍等の身分を確保するという破格の待遇だった。元軍関係者は桂華グループの警備を請け負いつつ、岩崎石炭鉱業の警備を請け負って樺太での営業を拡大。また、市財政貢献のお礼として帝西百貨店グループの独占販売となった夕張メロンの生産や、炭鉱から出るメタンガスを利用した発電と大規模ごみ焼却施設を建設し、人口が急増している札幌《さっぽろ》都市圏のごみを受け入れるためにごみ運搬列車を走らせる計画を立て、さらに夕張川総合開発事業によって建設される大規模ダム建設と、雇用を賄える事業まで用意して見せたのである。

「あ。特急が止まった」

「結構降りるのね。こっちに乗ってきてる」

「まぁ、樺太から来た人達にとって鉄道はありがたいわよね」

免許を取るためには身分保障が必要で、その身分保障のためには住所が必要となる。列車の良い所はお金さえ払えば誰でも乗れる事で、そんな彼らの移動手段としてこの地の鉄道は機能していた。

「ここから夕張かー。どんな人達がいるんだろうね？」

「さあね。向こうに着けばわかるじゃない」

そんな声と共に三人と同い年ぐらいの少女二人が三人と同じ制服を着て夕張行きの列車に乗り込む。三人と目が合い、二人が名乗る。

「はじめまして。私の名前は留高美羽《るだかみう》よ」

「秋辺莉子《あきべりこ》です。よろしく」

似たような境遇の五人が集まれば、さすがに会話の種にもなる訳で、おまけに、集められた理由が彼女達の主となる桂華院瑠奈の側近としてである。必然的にそういう会話で盛り上がる。

「多分私がリーダーになると思う」

「会ったばかりなのに、さっそく格付けとは早くないか？　久春内？」

そんな事を言う久春内七海に遠淵結菜が食ってかかる。遠淵結菜は同年代の護衛としてここにいるのでスレンダーだがスポーティーな雰囲気を漂わせていた。

「私が選ばれた理由。候補の中で一番背格好が似ているからなのよ」

「ああ。じゃあ、彼女がリーダーですね」

久春内七海の言葉に野月美咲が賛同する。眼鏡っ娘な彼女は遠淵結菜と違い文科系の雰囲気を隠そうともせず、自分がこの集団で参謀の役割を与えられている事を自覚していた。

「いざとなったら、お嬢様として振舞わないといけない訳か。了解した。あんたがボスをやれ」

身代わりとして振舞う可能性がある以上、そのカースト内で下位だといざ身代わりとなった際に下に置かれる可能性があるのだ。そういう習慣をさけるためにも、身代わりには必然的にカーストの上位が求められる。もちろんその上位に君臨するために体力・学力・美貌に教養はしっかりと叩《たた》き込まれている訳で、護衛役と参謀役が納得した以上、少なくとも残り二人が反対する理由はない。

「ならばこれからよろしく。私はメイドとしてここに来たから」

「私も同じく。メイドというか雑用係というか」

留高美羽と秋辺莉子が意義もなく自分の役割を告げる。桂華院瑠奈の同年代のメイドとしては橘由香《ゆか》が居るのだが、彼女一人でお嬢様に付きっきりでいる事が出来る訳もなく、北海道や樺太の孤児を引き取る形で側近団を作ったのは、彼女が桂華院公爵本家養女になったとはいえ、自派の人間が居ない事の裏返しでもあり、側近団編成を決意した橘隆二と藤堂長吉の苦悩は深い。

列車は夕張駅に着く。炭鉱閉山で賑《にぎ》わいを無くしつつあった夕張の町は、多くの人間を受け入れる設備があった事もあり、樺太からの移民受け入れによってまた活気が蘇《よみがえ》りつつあった。

「たしか、迎えが来るって言っていたけど……」

「あれじゃない？　手を振っているし」

「明らかに日本人じゃない人がこれから通うだろう東京の学校の制服を着てたら分かりますよね」

五人を出迎えたのは、わざわざ東京から出迎えたイリーナ・ベロソヴァ、ユーリヤ・モロトヴァ、劉鈴音の三人である。イリーナとユーリヤの二人は明らかに同年代ではない空気を出しているし、劉鈴音にはこんな素性の怪しい側近団とは違う本物のお嬢様感が漂っていた。

「ようこそ。私達の第二の故郷になる夕張へ。皆様の新しい家へご案内しますわ」

朗らかな笑顔で劉鈴音が言うが、彼女達は東京にて住み込みが決定している。それでも、ここの住所で戸籍が作られ北海道出身の日本人として振舞えるのだ。ついでに言うが、夕張にはまだそんな彼女達の仮住まいとしての空き家が多く存在していた。

「ちょっと待って。一人足りないんだけど？」

「本当だ。六人のはずなのだけど？」

イリーナが人数を数えユーリヤがリストを確認するが、二人とも目を合わせようともせず、五人はこの二人の仲が悪い事を察した。

「列車にこの制服を着て乗っていたのは私達だけのはずだけど？」

「あ。駅員の人がこっちに近づいてきている……はい。電話？」

来るはずだった最後の一人のグラーシャ・マルシェヴァは、制服を着るのがもったいなくて列車に乗った挙句、乗り過ごして苫小牧《とまこまい》駅にて途方に暮れている所を駅員に発見される事になった。

これはそんな彼女達が主となる桂華院瑠奈と出会う前の物語である。

開法院蛍《かいほういんほたる》の朝は早い。朝日と共に起き、正座をして瞑想《めいそう》を行う。なお、二度寝ではないのだが、それは当人にしか分からない。彼女の東京の家は田園調布のマンションである。家族は奈良の本家にいるので、このマンションではお手伝いさんとの二人暮らしである。幼稚園の頃はそもそも存在を感じてもらえなかったのだが、それも最近は認知されるようになり、食事の時に挨拶と雑談をする仲になっている。

「おはよう♪　蛍ちゃん」

校門前で明日香《あすか》と合流。挨拶と雑談をしながら教室に入る。基本、雑談は明日香が一方的に喋《しゃべ》るだけなのだが、首を縦に振る、横に振るで意思疎通は出来ているらしい。授業は基本的に受ける。成績は良くもなく悪くもない。

昼食。クラス女子の中心である桂華院瑠奈や明日香やその友人達と共に昼食を取る。基本的に好き嫌いはない。昼休みの後の掃除時間も真面目に掃除をする。この掃除時間、最初は側近達に任せろ、とか金払って業者にさせたら、という声が出たのだが、それらの声を粉砕したのがこの学園の生き字引であり学園中央図書館館長でもある高宮晴香《たかみやはるか》だった。

「整理整頓は教育の一環です。校内のルールや規律を維持し、クラスの一員として協力する事を学ばせる大事な時間です。この子達から貴重な教育の機会を取り上げる事に私は反対します！」

めんどくさそうに掃除をする生徒達だが、今年度入学組の掃除の真剣さは職員室で評判だったりする。理由は、その掃除を率先してやっているのが桂華院瑠奈であり、春日乃《かすがの》明日香であるからだったりする。明日香の場合、政治家子女として人気取りの大事さをしっかりと叩き込まれたというのがあるのだが、桂華院公爵令嬢である桂華院瑠奈はそういう背景なんてないのに率先して掃除をするので側近もクラスメイトも真面目に掃除をする事に。

「あら？　自分でできる事は自分でしないと。きれいなのはいい事でしょう？」

なんてクラスメイトにうそぶき側近達にはもう少しらしい話を吹く桂華院瑠奈の苦笑を、蛍は明日香の隣で聞いていた。

「うちのグループ企業の一条CEOは、今でも重役室のトイレ掃除を自分でしているそうよ。それぐらい出来ないとそういう所に立てないって私は学んだわけ」

この件、階級社会が形成されている欧米社会出身のアンジェラ・サリバンとカリン・ビオラが雇用の侵害と捉えてしまい、一条CEOに『お嬢様の教育によろしくない』と掃除をやめるように進言して一悶着《ひともんちゃく》あったとか。文化の違いはこんな所にも出る。

今日の掃除で蛍はゴミ箱のゴミをゴミ捨て場に捨てる係で、一人でゴミ箱を持ってゆく。

「っ!?」

まだ気を抜くとゴミ箱が独りでに浮いていると見られて、驚く生徒が居るので注意が必要である。

午後の授業は参加する。眠たくなる事があるが、そういう時は己の体質をフルに使っている。その結果、彼女は未《いま》だ授業中に当てられた事はない。

部活動はオカルト研究会に所属。参加不参加も自由で部員も数人の少数クラブで彼女がこのクラブに入ったのは彼女を勧誘した先輩が居たからである。つまり、その先輩は彼女が『視《み》えた』訳で。蛍が本気で隠れた時に見付けられるのは、この先輩と友人の明日香、先日の桂華院瑠奈のお茶会に来ていた神奈《かんな》水樹《みずき》、図書館限定にはなるが高宮晴香の四人しか居ないだろう。という訳で、ここ最近の彼女の放課後は図書館で本を借りて、オカルト研の部室で本を読むという感じになっている。

「おまたせ。一緒に帰りましょう♪」

部活の終わった明日香と一緒に帰る。この時、のんびりと途中の喫茶店でお茶を楽しみながら女子会をする事もある。相変わらず一方的に明日香が喋るだけなのだが、本人達はそれでも楽しんでいる。家に帰り、復習をして、夕食を取り、お風呂に入って、寝る前に瞑想をする。

蛍は、『座敷童子《ざしきわらし》になるはずだった』少女である。その最後の最後で彼女は明日香が持っていたありがたいみかんによって救われ、彼女は自分の運命を自ら探す羽目に陥った。

(私は、何になるのでしょう……?)

毎日それを考える。座敷童子としての力が年々落ちているのは自覚している。彼女が自分の周囲に与える幸福が減っているのだ。明日香の父親の選挙の苦戦も、桂華院瑠奈の政治的窮地も、本物の座敷童子ならばそもそも起きなかったのだろう。

まだ彼女は幼い。己の力は理解していても、それすら押し流す『時代』という激流を理解できない。だからこそ、迷う。惑う。

(私がちゃんと座敷童子になっていれば……そうなるとみんなと一緒に学校に通えなくなる……)

怖いのだ。特別だった自分から、ただの人になるという事が彼女にとっては恐怖だったのだ。けど、そのただの人の生活が楽しいという事も知ってしまっていた。それらを蛍は理解できない。理解したくない。

一冊の本を思い出す。図書館の魔女として人々の畏怖と尊敬を集めていた高宮晴香から貸してもらった本で、読んだ後すぐに本屋に買いに行った。この時魔女は座敷童子の呪いを解いた。

「貴方《あなた》が何になるか知ってるわ。貴方は貴方にしかなれないのよ。だから、安心しなさい♪」

本を手に取り、何度も何度も読む。涙が止まらなかった。

こうして、蛍は座敷童子から人に戻る事を納得したのだ。

「おはよう♪　蛍ちゃん。あ、瑠奈ちゃん。おはよう♪」

「おはよう♪　明日香ちゃん。蛍ちゃん」

まるで幼稚園の時のように、明日香と桂華院瑠奈が微笑《ほほえ》む。その笑顔に、その友情に蛍は導かれていったのだ。だから、その声は自然と出た。

「おはよう♪　明日香ちゃん。瑠奈ちゃん」

「……え？」

「……まじ？」

唖然《あぜん》とする二人を楽しそうに見て笑う蛍。彼女の人としての生活はまだ始まったばかり。


【用語解説】
・夕張市と岩崎財閥……三菱《みつびし》南大夕張炭鉱。90年に閉山している。この時期の夕張市の人口は20

00年には一万四千人ほど。これにプラス三千人だから市政への影響力絶大である。
・夕張川総合開発事業……夕張シューパロダム。
・掃除と社会階級……階級が分かれる事でその仕事を与えていると上の人間が考えている点。掃除をしない事で、下層階級に清掃員を雇うという雇用の責任を支払っているという考え方。
・高宮晴香が蛍に貸した本……『星の王子さま』(サン・テグジュペリ)

【祝】桂華鉄道その57【越中島支線開業】

1：名無しさん：ID:???

このスレは桂華鉄道グループについて語るスレです
京勝高速鉄道や越中島支線の旅客化、香川鉄道、四国新幹線や建設途中路線などマターリ語りましょう

2：名無しさん：ID:???

２げと
四国新幹線の停車駅のパターンがこれ

　　新坂出－新茶屋町－岡山－相生－姫路－西明石－新神戸－新大阪
特急　○－－－－－－－○－－－－－－－－－－－－○－－－○
普通　○－－－○－－－○－－○－－○－－○－－－○－－－○

3：名無しさん：ID:???

現在建設中の路線がこれ
　　新宿新幹線
　　新常磐鉄道
　　大分空港連絡鉄道
　　なにわ筋鉄道
　　名古屋湾岸貨物鉄道
地下鉄　住吉－豊洲間
九州帝国大学連絡鉄道
北九州空港連絡鉄道
福岡人工島貨物ターミナル
福岡人工島新駅の設置と地下鉄と鹿児島本線及び香椎線直通
原田線冷水トンネル改良工事

4：名無しさん：ID:???

今のグループがこれ

　　京勝高速鉄道
　　越中島鉄道　この春開業
　　香川鉄道グループ
　　　香川鉄道
　　　四国新幹線
　　　新大阪駅ホーム
　　　桂華バス
　　桂華土地開発
　　九頭竜川鉄道　第二種鉄道事業　夜行列車　上野－青森間

10：名無しさん：ID:???
そういえば、春に開業した越中島支線はどうよ？
地方民だからいまいち分からない

13：名無しさん：ID:???
便利なのは便利なんだと思うよ
総武線と完全に修羅場っているのは見ない方向で

17：名無しさん：ID:???
総武線が修羅場っているのはいつもの事だし
地下鉄東西線とも繋げたのがコレガワカラナイ

19：名無しさん：ID:???
京葉線の方に列車を逃したかったんじゃないかな？
九段下の折り返し線をフル活用して、列車逃しているみたいだし

21：名無しさん：ID:???
>>19
それするならば新木場と大崎のりんかい線買っちまった方がよくね？

30：名無しさん：ID:???
>>21
桂華でも買収をためらう建設費用の負債がなぁ……
りんかい線買収は新宿新幹線が終わらないと移れないだろう

32：名無しさん：ID:lunakeikain
>>19
京葉線に逃がすというより地下鉄東西線と京葉線の連絡がメインになっちゃってなんか予想と現実は違うとか嘆いているとか
>>30
買いたいらしいけど、買収費用がネック
都からすればいい値で買う桂華に売れるのは資金回収からやりたいのだけど、いまや都の目玉政策になっちゃった新宿新幹線を中核とした新宿ジオフロントに全力を傾けざるを得ないのよね
りんかい線は既にできているし、新宿新幹線の目処の後かな

33：名無しさん：ID:???
>>32
けど、桂華鉄道は社長が交代で組織改編の真っ只中だろう？
帝西百貨店や桂華ホテルを傘下に持つ一大鉄道グループとなるとか

38：名無しさん：ID:???
これでプロ野球球団でも持てば一昔前の鉄道系財閥の完成だよな

40：名無しさん：ID:???
桂華の中核は桂華金融ホールディングスだろうし、この間できた桂華電機連合や大統合が決まった桂華商事だか商会だかもある訳で
数年前まではバブルの不良債権で苦しんで、岩崎財閥に身売りをした中規模財閥だったんだぜ。ここ

41：名無しさん：ID:???
>>40
中の人間だけど、組織が派手に広がっているので、報連相がきついのですが。まじで

42：名無しさん：ID:???
まだ桂華鉄道はましじゃね？
うちは桂華商事だか商会だかの中の人だが、こっちは報連相すらできないぞw
まず、上が誰よ状態wwwww

43：名無しさん：ID:lunakeikain
>>41 >>42
桂華鉄道については民営化された帝国鉄道の下請けみたいな感じで帝国鉄道の人間をどんどん受け入れているからもう少しマシになるはず
特に都内の接続絡みで東日本帝国鉄道とは深くつながらないといけないからかなり天下りも受け入れたとか
商事だか商会だかについては………（そっと目をそらし）

45：42：ID:???
>>43
おい
何か喋れよorz

50：名無しさん：ID:lunakeikain
>>45
まぁ潰れやしないと思うわよ
そもそも、この大合併は下位総合商社の不良債権処理の側面があるし
決算見ても黒字なのよ何処が稼いでいるか知らないけど

68：名無しさん：???
そりゃ赤松商事の資源部門だろう？
あっこがロシア産原油のメインプレイヤーってのは有名な話だからな
湾岸がきな臭くなっているんで原油相場は上昇気味だし

69：名無しさん：ID:???
>>68
ん？
桂華グループってITで財を成したんじゃないのか？

70：名無しさん：ID:???
スタートはITなんだが、今は資源の方で稼いでいるんだと
その資源担当が桂華商事だか商会だかって訳
ITもまだ株持っているとかいないとか
そのあたり色々な連中が探っているけど、分かんないんだよなぁ

71：名無しさん：ID:???
話がそれたから戻すけど、桂華鉄道のプレスリリースで成田でもなんかしてたんだって
それも、東成田駅

72：名無しさん：ID:???
>>71
東成田駅って旧成田空港駅だよな？
あの使い勝手の悪いやつ

86：名無しさん：ID:lunakeikain
使わなくなったホームを利用してVIPホームを造るみたいよ
VIP連中は入出国もVIP待遇だから飛行機降りた後そのまま車で東成田駅に持っていけるし

東成田駅は使っていない部分が多いから警備の詰め所も増やせるし、VIP トレインの置き場に困っていたのよ
線路幅が違うから接続と交差支障で大工事になるなんて後で知ったんだけどね……

87：名無しさん：ID:???
成田は最近物々しいからなぁ
新宿ジオフロントのテロ未遂事件絡みで成田の過激派が暴発しないかって警備員が大量増員されたからな
桂華の武装メイドが九段下以外で見れるのは、今の所成田だけ

88：名無しさん：ID:???
成田は桂華鉄道傘下になる AIRHO の拠点空港でもあるしな
たしか B 滑走路延長にも金を出すんだろう？
反対派の土地を避けて 3500 メートルに延ばすやつ

【画像リンク】

89：名無しさん：ID:???
これもう別ターミナル造った方がよくね？
まぁ、世界の主要空港だとこの規模の大きさと距離はあるんだけどさぁ

90：名無しさん：ID:lunakeikain
>>89
(ぽん) そ の 手 が あ っ た か ！
ちょっと話してくる！！！

91：名無しさん：ID:???
>>90

もしかして関係者が出入りしているんだろうかこのスレ

102：名無しさん：ID:???
そういえば、桂華グループのドッグエキスプレスって面白い所に鉄道を造っているんだよな

103：名無しさん：ID:???
あれだろ
博多湾の埋め立て地に造っている貨物ターミナル
海の中道を走っている香椎線から線を延ばして貨物ターミナルに繋げて福岡市が色々文句を言ったのに政治力で強行したって曰く付きの奴

105：名無しさん：ID:???
福岡市のモンロー主義はどうにかならんのか？
それでバス帝国は大牟田線すら「廃線にする」って激怒したそうじゃないか
あれ、よく手打ちができたな

110：名無しさん：ID:???
ヒント
よかトピアとソラリア

113：名無しさん：ID:???
福岡も北日本からの人口が増えて箱舟都市を造る予定じゃなかったのか？

116：名無しさん：ID:???
埋め立て地造るからと国土交通省を黙らせたらしい
今の埋め立て地に現在進められている構造改革特区法の適用が認められたら24時間稼働の貨物ターミナルになるんだとか

ドッグエキスプレスの貨物線はバーター取引とか言われているが

119：名無しさん：ID:???
福岡の土地開発は福岡空港があるから都市部に高いものが造れないんだよなぁ
高層建築の新都心は西側の百道の方に注力しているし
どこもスラムは抱え込みたくはないだろうに

121：名無しさん：ID:???
とはいえ、職が無ければスラムが解消される訳もなく
アジアの中継地点の一つとして福岡の影響力は結構大きいしな
うまく行ってくれるといいのだが

127：名無しさん：ID:???

人工島貨物ターミナルから香椎線を経由して香椎駅から鹿児島本線に入って帝国貨物鉄道の博多貨物ターミナル駅に繋がるんだろ？

帝国貨物鉄道と業務提携してドッグエキスプレスは鉄道事業者の免許を取ったらしいぞ

132：名無しさん：ID:lunakeikain
>>127
人工島貨物ターミナルから香椎線までは第一種鉄道事業者免許なのよで、ここに福岡市が噛みついたのよねー
人工島開発で中央に駅があるのとないのでは違うから
バス帝国の宮地岳線から駅を引っ張る構想があったのよね
手打ちはしたけどあれだけの仕打ちをしてバス帝国から協力を得られると考えるのがお役所仕事というか……

133：名無しさん：ID:???
>>132

うわぁ……

137：名無しさん：ID:???
人工島開発に香椎副都心再開発に九州帝国大学移転問題にも関与しているんだろう桂華は
いい加減にガチオコじゃないのか？

141：名無しさん：ID:???
だから福岡県がガチオコ
政令指定都市の福岡市はどこ吹く風なのがまた……

145：名無しさん：ID:???
人工島の貨物線に九州帝国大学連絡鉄道に北九州空港連絡鉄道だっけ？
そりゃ福岡県は桂華に足向けて寝れないじゃないか

147：名無しさん：ID:???
>>145
まだあるぞ
原田線の冷水トンネルの改良工事
あれ何に使うんだか……

154：名無しさん：ID:lunakeikain
>>147
博多を中心とした鹿児島本線周りが都市化で過密化しつつあるから貨物を逃がしたかったみたい
九州貨物の総拠点である門司貨物ターミナルで併合するとして

大分県・宮崎県の日豊本線貨物
福岡都市圏・人工島貨物ターミナルの鹿児島本線貨物

熊本県・佐賀県・長崎県・鹿児島県向けの筑豊本線貨物

に分けるんだって
鳥栖にドッグエキスプレスは貨物ターミナルを新築するそうで元が貨物しか走っていなかった原田線はそういう意味で都合が良かったとか

155：名無しさん：ID:???
ドッグエキスプレスは桂華グループに入ってから長距離トラックを極力減らしていっているな
飛行機・船・鉄道あたりで中長距離は賄ってドライバーを近距離に集中させるって何かの記事に書かれていたな

161：名無しさん：???
トラックドライバーも 3K 職場だしな
不足については前々から言われているし

167：名無しさん：???
そういえばトラックドライバーのトラブルも結構増えたよな
3K 職場だからか二級市民連中がこぞって職についているみたいだし
事故とかはともかくトラックの迷子が結構ニュースになったしな

168：名無しさん：ID:???
だから大手物流企業はカーナビをトラックに導入しているじゃないか
GPS で位置が分かるから、管理センターで把握できるし
携帯とカーナビを真っ先に導入したのもたしかドッグエキスプレスだったよな？

171：名無しさん：ID:???
そういえば、航空貨物を連絡鉄道で都市部に運ぶシステムを構築したのもドッグエキスプレスか

桂華グループ入りしてから面白いように先端技術に投資しているよな

173：名無しさん：ID:???
だから大手物流企業から買収のお誘いが来ているんだろう？
規模のメリットが働くからドッグエキスプレスのシステムを丸パクリできたらコスト削減はかなり大きくなるだろうし
何で桂華は断っているんだ？

180：名無しさん：ID:lunakeikain
>>173
帝西百貨店グループ傘下にコンビニを抱えているから、自前の足があるのとないのではコンビニの出店戦略がまったく変わるらしいわよ
都市部のデパートやスーパーがバックヤードとして機能して、そこから配送をという戦略とっているから、駅前にあるデパートやスーパーを多く抱えている帝西百貨店はその駅を利用して商品を持ってゆく方が便利なんだとか

187：名無しさん：ID:???
他のコンビニは高速のIC近くに総合物流基地を造っているのに、対抗できるんかいな？

193：名無しさん：ID:lunakeikain
>>187
潰しあいにおいて、生存率は高いみたいよ
品切れについては臨時バックヤードである百貨店やスーパーがあるし、百貨店やスーパーの買い物をコンビニで受け取れるのも好評みたい
衣服は仕立て直しがあるから、その受け取りのためにもう一度行くの面倒だったのよねー
コンビニ一店当たりの経費は高めだけどコンビニATMで公的機関の

支払い等ができるのが強みになっているし

195：名無しさん：ID:???
>>193
桂華グループ共通カード『ケーカ』か
あれは本当に強力だよなぁ
東京都に北海道に樺太道では写真付きの身分証明カードになっているから、他の自治体も導入しだしているし
多くの企業を抱えるコングロマリットの面目躍如だよな

200：名無しさん：ID:lunakeikain
>>195
けど、株式市場では評価されないのよねー

213：名無しさん：ID:???

【速報】博多湾人工島貨物鉄道に旅客新駅設置！　貝塚駅より九州帝国鉄道と福岡市営地下鉄が直通！！

新聞によると、福岡市と九州帝国鉄道と帝国貨物鉄道とドッグエキスプレスが共同で記者会見を開いて人工島新駅の設置と地下鉄と鹿児島本線及び香椎線直通を発表……

【用語解説】

・成田空港あれこれ……B滑走路の暫定開業がワールドカップのあった2002年。成田スカイアクセスができるのが2010年。

・博多湾《はかた》人工島……アイランドシティ。この開発と並行して行われたのが香椎《かしい》新都心であり『千早駅』は、某アイドルのプロデューサー達の聖地となる。

・九州帝国大学移転……糸島半島に大学が移転したのは良いが、福岡都心部から離れたので一時期受験希望者が減った。

・株式市場で評価されないコングロマリット……コングロマリットディスカウント。

多角的経営を営む巨大企業であるコングロマリットは、その多角性ゆえに企業の全体像が投資家にわかりにくく、企業価値が低く見積もられやすい。それゆえに、株価重視経営の米国企業の多くはコングロマリットを避けてメイン事業以外は撤退や売却などを行ってゆく事になる。

寒さも和らぎ、桜が咲き誇るこの季節。ついに私達《たち》は帝都学習館学園初等部を卒業する。

「卒業おめでとうございます。瑠奈《るな》お姉さま」

学校にやって来た私に花束を手渡したのは妹分の天音《あまね》澪《みお》ちゃん。その花束をもらいながら笑顔で返事をする。

「一年なんてあっという間よ。待っているわ」

「はい！」

「もてる女は辛《つら》いわね。瑠奈さん」

「そっちもね。明日香《あすか》ちゃん」

なお、花束の量は私より明日香ちゃんの方が多い。同級生だけでなく下級生にも慕われた面倒見のよい先輩の地位を明日香ちゃんは確立していた。そんな花束の香りに釣られるように蛍《ほたる》ちゃんが歩いてくるのだが、今日ばかりは姿を見せてニコニコしていたり。花束を肩に掲げて教室に入ると、私の方を見ていた栄一《えいいち》くんに一言。

「総代がんばってね」

「お前、絶対に押し付けたろ」

「実際、私は万年四位ですから♪」

偉そうに言ってのけると、万年二位と万年三位がつっこむ。

「桂華院《けいかいん》は点は取れているが最後の真剣さが足りんのだ。だからイージーミスで点をこぼす」

「桂華院さんは色々やっていたからね。試験に集中できなかった分をハンデにもらって勝たせてもらったようなものさ」

なお、この四人の成績は学園史上空前の僅差となっており、秋から少し体調を崩した私の点数が歴代の総代の点数と言えばいいだろうか。誰を総代にするかで職員室と理事会は最後まで揉《も》めていたらしい。それでも、結局は栄一くんとなった。それを私は祝福する。

「改めて言うけど、おめでとう。総代」

「勝ちは勝ちだ。誇らせてもらうが、いつになったら瑠奈を超えて行けるのやら」

花束を机に置いて私が呟《つぶや》く。本当の桂華院瑠奈はこの瞬間どうだったのだろう?

「何をもって超えるかという所ね。実際、背はみんなの方が追い越しちゃったし」

身長はここから男女逆転してゆく。これも勝利といえば勝利である。

「せっかくだから聞いてみたいわね。みんな私の何を超えたいと思うの?」

私の質問の後、しばらくして最初に口を開いたのは裕次郎《ゆうじろう》くんだった。

「僕の場合は簡単だね。桂華院さんが父と付き合っているような関係を僕とも築けたらいいと思う」

分かりやすいし、私を超えるというより裕次郎くんは私と裕次郎くんのお父さん、つまり泉川《いずみかわ》副総理を超えたいと言う訳だ。とはいえ、裕次郎くんの場合、地盤を継ぐとなるとお兄さんを追い出す形になるのではと考えているのがバレたのか、裕次郎くんはその辺りも口にした。

「兄は桂華院さんのおかげで参議院議員をやっているからね。もちろん、父の地盤をと考えてるけど、足場を作るために北海道に移住するかもって言っているんだよ」

たしかに、彼の当選の基盤は父親の地盤以外に北海道経済界の支援があった。それでも移住云々《うんぬん》の話が出るという事は、与党立憲政友党の北海道支部が荒れている事を意味する。去年からの与野党のスキャンダル合戦で、与党大物議員が議員辞職に追い込まれて揺れているからな。あそこ。

「そうなると、父の地盤が空くんだ。姉さん達の旦那さんが狙うかもしれないけど、そこで選挙に落ちたら必然的に僕に回ってくるしね。最悪のケースは考えておくべきだよ」

「何？　私と付き合うのは最悪のケースって言うわけ？」

「桂華院さんは市議や県議で付き合える格じゃないって事」

冗談で流しているけど、裕次郎くんは父親を超えるために上の姉二人の旦那さん達と戦う事も視野に入れているらしい。何か返そうとして、今度は光也《みつや》くんが宣言する。

「俺は桂華院が目的ではない。俺が超えるべきなのは帝亜《ていあ》だ」

「俺？」

自覚がなかった栄一くんに光也くんは宣戦布告する。その目が真剣だからこそ、皆息を呑《の》む。

「いずれ帝大に入り、官僚になる事が決まっている俺は、成績こそが全てだからな。超えられなかった帝亜を超えなければならん」

ある意味納得する理由に栄一くんを含めた私達三人が頷《うなず》く。そこに裕次郎くんが意地悪な質問を投げてみる。

「じゃあ、勉学の時間を増やして、今までの時間を見直すの？」

「それができればいいんだが、それで官僚として大成しないのは分かっているからな。皆と同じ時間を過ごした上で、帝亜を超える」

この四人の中で、一番将来が広がっているのが実は光也くんだ。『ＴＩＧバックアップシステム』の技術役員として最先端のＩＴ技術を吸収し続けており、シリコンバレーからもオファーが来ているのを知っていたからだ。それでも彼はまだ官僚を目指しているらしい。

「まぁ、頑張れ。裕次郎や光也には負けん！」

男三人盛り上がっている所を話を振った私が水を差す。

「ねぇねぇ。私は？」

実に楽しそうにどんな答えが出てくるのか楽しみにしていた私に、栄一くんは少し目を閉じて考えた後に、私の手を取って言った。

「現状、超えるのは無理だから、味方に付けようと思う。だから瑠奈。結婚しないか？」

さて、ちょっとこの場所を思い出してほしい。今は帝都学習館学園の卒業式という事で教室にいる訳で、今の栄一くんのお言葉を教室にいる生徒全員が聞いてしまったわけで。

名案だろってドヤ顔かましている栄一くんのために、私は一度深呼吸をしてその言葉を叩《たた》き付けた。

「栄一くんの、ばかぁぁぁぁぁぁぁぁぁぁぁ！！！」

中等部になる事で何が変わるかと言うと、クラスの数が倍になる。それまでは三クラス百人だったのだが、中等部になると倍の六クラス二百人となる。なお、高等部ではその倍の十二クラス四百人となっているのだが、その倍増してゆくクラス数のカラクリがこのゲームのきっかけとなる特待生である。もう少しこの特待生について掘り下げていきたいと思う。

この特待生、中等部と高等部の間ですら区別がある。まず前提として初等部からの進学組。これは華族および財閥や国会議員等の特権階級からなり、胸元に金色の扇紋の校章を付ける事が許される。俗に言う金バッジ組という奴《やつ》だ。で、中等部から入る連中は基本金バッジ組の側近団という形で形成され、中等部の銀バッジとどの側近団であるかを示す家紋バッジの二つを付ける事になる。だから、中等部入学組を銀バッジ組ともいう。

こうなると、物語本編の高等部が銅バッジなのは言うまでもないが、彼らもまた特待生。つまり、学力および体力または芸術等の成績優秀者によって構成されている。基本は銅バッジ一つだが、私達特権階級がスポンサーになる場合、銀バッジ組と同じく家紋バッジを渡して御恩と奉公の関係が作られる。こうやって見ると、この国の華族が大名文化の影響を強く受けていると分かると同時に、国内での権勢を誇る手段として優れた人材を抜擢《ばってき》・庇護《ひご》下に入れるというシステムが構築されていると感心するしか無い。

「お嬢様。よろしいでしょうか？」

「はい。今からそちらに行きます」

そんな中等部の譜代構成だが、現在の華族や財閥で実際に側近を送り込んでいる連中は少ない。

だが、そういう側近を送り込む権力がある華族の家は、地元の優等生を推薦する事で利益を得ていたりする。その地元の優等生が見事に大成した場合、推薦した華族に恩返しをするという訳だ。

なお、そんな家の一つだった桂華院家はこの年、他所《よそ》の華族から枠を買い取ってなんと橘《たちばな》由香《ゆか》を始めとした十人もの人間をこの中等部に送り込む事を決めた。もちろん、私の護衛と側近団形成のためだ。

「お嬢様がお入りになられます」

橘由香の声と共に座っていた同級生予定者九人が立ち上がり、私に向けて頭を下げる。彼女達が、私の手駒となるわけだ。あきらかに日本人離れした顔の女子が半分以上。たしか、樺太《からふと》の孤児院から優れた子供を買ったとか橘が言っていたな。私しか縋《すが》るものがないから、その身に代えても私を守るだろうという中々救いのない理由で。

「楽にして頂戴。桂華院瑠奈。あなた達と同じ中等部で学ぶ事になります。よろしくね」

権力という毒をこの時点から流し込む。そして、最終的に望まれるのは、私達特権階級の傀儡《かいらい》化である。日本式組織は、基本として権威と実権を分ける事で運営されている。私達特権階級は蝶《ちょう》よ花《はな》よと温室の花として飾られて、最終的には優れた実力者と結ばれてその血を次代に残す事だけを求められる訳だ。それも昭和と共に終わり、平成のこの時、私達の存在価値は惨落していた。

不良債権処理で財閥は解体の方向に向かい、青い血のみの華族も次のＩＴバブルの長者達に血を移す事に失敗していたからだ。

ＩＴ革命というのは、技術者が己の才能で世界に打って出て飛躍的に成り上がれる暴風だったからだ。世界を相手にするのならば、日本の青い血より欧米の青い血を狙った方が効率は良い訳で。私はその辺りも対応できるお買い得商品だったりするのだが、お買い得どころか激レア商品でプレミアが付きまくっているから相手については色々と困っているのだろうなあ、なんて他人事《ひとごと》のように考えていたり。話がそれた。

「一応、私と華月詩織《かづきしおり》様をいれて十一人。六クラスの組分けを考えれば、二人は配分されると考えています」

側近団の形成がこの中等部の仕事の一つではあるが、だからといって全員をまとめるほど帝都学習館学園も腐っては居ない。クラス分けにおいてはシャッフルされてバラバラに配属されるので、側近団と離れてクラスでぼっちにという事もあるあるである。それを避けるために、今回桂華院家は十二人もの側近団を送り込む事を目指して、他家華族から推薦枠を買い漁《あさ》ったのである。

……ん？

「十一人？」

私の声に橘由香は申し訳なさそうに頭を下げる。

「申し訳ございません。華月家を含めて当初十二人の枠を押さえていたのですが、先代様とのご関係からどうしても一枠を譲る事になりまして、華月家の推薦枠をそちらに渡したのでございます」

「へ？　という事は、桂華院本家の推薦枠を求めた相手を、華月家推薦枠という形にして渡したって事？　相手に文句を言われたりしてないでしょうね？」

この手の推薦嘆願は、つまり桂華院家の庇護を求める事と同義でもあるのだ。華月家推薦枠という事は、推薦で帝都学習館学園に入れても、桂華院家の家紋バッジは渡さないという事を意味している。相手側が気分を悪くする可能性は十二分にあった。

「はい。それは、相手側にも納得していただきました。向こうも帝都学習館学園に入る事を目的としているらしく、桂華院家の庇護までは求めないと念書を頂いております」

「ちなみに誰よ？　先代、つまりお祖父様《じいさま》にコネがあって、お義父様《とうさま》が断れなかった相手は？」

私の質問に橘由香は淡々とその名前を告げた。私は、その名前を前世のゲームで知っていた。

「はい。占い師一門、神奈世羅《かんなせら》様の養女。神奈水樹《みずき》様でございます」


神奈のオフィスビルは、神保町の奥まった所にある。私の住む九段下の隣じゃないかという事で、アポイントを取って神奈水樹の顔を見に行く事にした。彼女、ゲームだと月ごとに彼氏を代えるという恋愛乙女だったので、色々とお付き合いについては考えたくなるのだが、彼女自身の友好度がそのままゲームにおけるクリア指数を反映しているという裏設定があったりする。

高等部における特待生改善運動の学生世論のバロメーターが神奈水樹だったりするのだ。

このあたりはゲームに描かれていなかったが、神奈水樹は桂華院家のお抱え占い師として、桂華院瑠奈のアドバイザーを務めていたのだろう。彼女が居た三年生一学期までは、対立も決定的になる事はなかったのだ。ところが、彼女が海外留学に行く事になった三年生二学期を境に激変が起こり、一気に対立が表面化する。これも設定資料集の情報だが、神奈水樹を留学させるべく暗躍した面子《メンツ》に帝亜栄一、泉川裕次郎、後藤《ごとう》光也の三人が絡んでいるとか。そんな人物を放置できるほど私の心は大胆ではなかった。という事で、橘由香と一条《いちじょう》絵梨花《えりか》を連れてのお出かけである。

「じゃあ、車を用意しますので」

「車で行く距離じゃないでしょうに」

私の否定に露骨に不機嫌になる橘由香。メイドとして仕込まれてはいても、人間形成がまだ子供だから感情の制御に失敗しているのに多分気付いていない。そういうのが垣間見《かいまみ》えるだけに、ちょっと私は楽しくなった。なお、九段下から神保町は徒歩でも十分は掛からない距離である。

「じゃあ、散歩がてら歩いて行きましょうか」

こういう時の一条絵梨花の常識的物言いの安定感たるや。本当に彼女をスカウトしてよかったと心から思う。という訳でメイド二人を連れてお出かけ。占い師一門のビルだから占い屋でもやっているのかと期待していたのだが、普通のオフィスビルだったのでちょっとがっかりしたのは内緒だ。

「桂華院瑠奈様ですね。お待ちしておりました」

アポを入れての訪問なので、向こうの事務員らしい女性が私を待合室に通す。この時点で橘由香と一条絵梨花は別室でお留守番。八階建てのビルの一階と二階が事務所で、それより上階は神奈一門の居住エリアとなっているそうな。このクラスの占い師ともなると、向こうからオファーが来て相手の家に行くという事が前提になる。また、ここの一門は女性しか占い師にしないという特徴があり、色事系の依頼も多くあるという。神奈一門を率いる神奈世羅は占い師としての才能もあるがそっちの才もあり、祖父桂華院彦麻呂《ひこまろ》の妾《めかけ》としてここまでの隆盛を築いた訳だ。背後を調査したアンジェラが結果を一言でまとめてくれるとこうなる。

「この方、ハニトラ系のスパイですね」

納得。見ると、政財界の偉い人に連なる関係者がちらほらと。祖父と共に日本の闇に君臨し続けた神奈は、占い師というだけでなく高級娼《しょう》婦《ふ》集団として闇の情報をしっかりと握っていた訳だ。

「神奈の占いはよく当たると評判ですからね」

よく問われるのだろう。事務員の女性が営業スマイルで勝手に答えてくれる。神奈一門は基本女性しか占い師になれない。それも、頭領である神奈世羅のスカウトによって孤児から引っ張られてくるので、彼女達の事を『神奈世羅の娘達』という。だから頭領たる神奈世羅への忠誠心が高いのと同時に、この頃の桂華院家の代替わりに加え、バブルの崩壊でパトロン達が受けた打撃が神奈一門にも影響を与えており、一線を退いた神奈世羅の後釜を巡ってお家争いが勃発していた。

（おい。あれ桂華院公爵の……）

（あのクラスが直にやってくるのか）

（急遽《きゅうきょ》スケジュールが変更になったとか言っていたけど、アレが理由かよ……）

聞こえているから。言わないけど。この手の相談は人に話せない＝スキャンダルだからこそまず相談するまでが長く、紹介者の紹介が無いと占えないという形で部外者を排除している。

うちというか、桂華院家はこの神奈一門の後ろ盾になっていた経緯があるから、こういう力業が可能だったという訳で。なお、神奈の占い料は『時価』である。

「今日は占ってもらいに来た訳じゃないんだけど」

「あら？　でしたら、うちにどのようなご用事で？」

私の小声を聞き漏らさなかった事務員の女性が確認を取りに来る。後で知ったが、彼女も神奈一門ではかなり高位の占い師だったらしい。

「中等部に来る神奈水樹さん。その顔を見ておこうと思って」

「ああ。そっちの件ですか。だから師匠が全部の予定をキャンセルした訳ですね」

おい。ちょっと待て。私、そこまで聞いていないぞ。

「だって、水樹ちゃん。神奈一門の後継者なんですから」

そんな事をさもあっさりとこの事務員さんはおっしゃってくれたのでした。

「では、こちらでお待ち下さい」

通されたのは居住区用の待合室。一人、グレープジュースをぐびぐび。偉い人達との占いは基本お付きの人が外れるのがデフォである。お付きの人すら外して一対一で向き合うからこそ占い師は信頼されるのであり、そういう空間が作れるからこそ占い師は重宝されるのだ。それで男女となればそういう事が起きても不思議はない訳で。待つ事少し。

「おまたせしました。神奈水樹と申します」

おかしい。私と神奈水樹とは同い年のはずである。私も同年代に比べて発育が良いはずだが、それ以上に完成されている この体。それでいて、顔やしぐさは年相応のあどけなさを失っていない。

「桂華院瑠奈よ。楽にして頂戴。今日はただ、貴方《あなた》の顔を見に来ただけなのだから」

「ありがとうございます。では失礼して。桂華院さん。貴方何歳ですか？」

すっと心の間合いに入って、初撃でいいパンチを放ってくれる彼女を私は本物と認識した。あくまで雑談という風でそれをかわす。

「貴方と同い年のはずよ。今年から中等部。だから、うちの推薦枠を使って帝都学習館学園に行くのでしょう？」

驚いた顔をする神奈水樹。頭をかきながら、わざと視線をそらす。

「うわ。師匠本気だったのか。冗談だと思っていたのに……」

まてやこら。それでうちの枠一つを掻《か》っ攫《さら》っていったって桂華院家は何を神奈一門に握られたのやら。そんな事を考えていたのが顔に出ていたらしく、神奈水樹があっさりとそれをバラす。

「多分、第二次2・26事件で桂華院家が狙われている事を教えた件で、もぎ取ったんじゃないかな。

アレ以上の貸しは多分無いと思う。うん」

「うわ。それは義父上《ちちうえ》断れないわ」

戦後のフィクサーとして君臨していた桂華院彦麻呂は、その情報源の一つをこの神奈一門という占い師に頼った。そこから得られる情報を桂華院彦麻呂はうまく使い、私の知っている前世では起こらなかった帝都警と自衛隊のクーデターこと第二次2・26事件をうまくかわしたという訳だ。

そこから始まる神奈水樹の過去話。孤児院育ちの上に性的虐待まで受けていたのだが、それがかえって才能を開花させたらしい。そこを神奈世羅に拾われたと。

「なんつーか、壮絶な人生歩いているわね……」

「桂華院さんよりましですよ。私は私の人生だけを気にすればいい。けど、桂華院さんの肩には、桂華グループ数十万の人生が乗っているのですから」

言われると自覚せざるを得ないこの重さ。初対面にしてこの会話のはずみ具合。さすが占い師と言わざるを得ない。

「まぁ、せっかくですから、占っていきますか？」

「はい？」

急な話題転換に私の声も驚く。神奈水樹は微笑《ほほえ》んで、タロットカードをテーブルに置く。

「だって、私を見に来たのでしょう？　だったら、私の本職である占いを見せないと私って存在が分からないと思うのだけど？」

まぁ、一理ある。とはいえ、神奈の占いは時価だから困るのだ。

「と、言っても占い料が分からないから困るのよ。何よ。時価って？」

「占いと言うよりも、運命への賭金。私達はそう説明しています」

あ、神奈水樹の口調が占い師風に変わった。目も雰囲気も少し色気のある少女から、ミステリアスな女性に。この切替は男がはまりそうだなぁ。

「我々の占いは、『ありえる未来の一つ』でしかありません。その未来を選択するかどうかは、詰まる所、クライアントである桂華院さんの意思一つです。で、未来を選ぶというのは、つまる所ギャンブルです」

ここで言葉を軽く区切って、神奈水樹はタロットカードを指で軽くつつく。こういう仕草一つ一つ

つが魅力的で引き込まれる私が居た。

「ギャンブルである以上、賭金は前払いが基本でしょう？　賭金は、貴方がその相談にどれだけ本気かという指数でもあるんです」

「外れたらどうするのよ？」

「私達が恨まれるだけの事。そういう恨まれ役も我々の仕事です♪」

そんな事を言いながら、神奈水樹は二十三枚の大アルカナのカードを並べる。ん？　二十三枚？

「あれ？　真っ白のカードが交じっているけどどうして？」

私の指摘に神奈水樹は営業スマイルで答える。きっとずっと言われている事なのだろう。

「これ、元々は紛失用の予備カードなんですよ。うちのタロット占いは、この予備カードを入れた二十三枚で占います。師匠は抜くのを忘れて占ったらしいのですけど、それから精度が上がったので入れて占うようになったとか」

そう言って、神奈水樹はその白いタロットカードを持ち上げる。占い師の顔で、そのカードの意味を告げる。

「このカードは素直に『見えない』、もしくは『見たくない』って解釈します。だからこそ、このカードが出た時に、私達はこう尋ねるんです。『ここを見たいですか？　見るならば、このカードの上にもう一枚カードを置きますよ』って」

見たくない過去というのは存在する。見ないからこそ、未来というのは面白いという言い方もできる。占いに来ている以上は良い未来を求めているのだろうが、それを隠して占いたい心の奥の秘密というのは私を含めた誰にでもある。神奈の占いが評判なのはこういう所にあるのだろうとなんとなく察した。

「では、何を占いますか？」

神奈水樹の誘いに私は賭金を支払う。桂華院家の家紋が彫られた銀バッジを。

「お試しだから、私の未来を。貴方の占いと同じく、それは貴方の好きに使うといいわ」

こうして、神奈水樹の占いが始まった。

ゲームでは攻略キャラとの相性占いしかせず、しかも結果しか分からなかった神奈水樹の占い。こうやってみると、手間暇雰囲気掛かっているなぁと素直に感心してしまう。タロットカード占いとは基本的にカードの意味をクライアントの情報に寄せる事によって行われる。このあたりの技術は心理学で言う所のコールド・リーディングの一つになるのだが、占いというのは基本として占う前からクライアントが望む未来を決めている事が多い。そのため、実は占いに行く時点である程度の情報は出ていると言える。そんな事を話しながら神奈水樹はカードを交ぜる。

「占いというのは、それほど便利なものではないのですよ。どちらかといえば、呪いに近いものだと私達は考えています」

「呪い？」

私のつぶやきに神奈水樹は断言する。このあたりの会話すら、クライアントである私とのコミュニケーションの手段であり、私の情報を得ようとする占い師の技術なのだろう。

「ええ。未来を固定させる呪い。占う事によって、貴方は二つのものを失います。『未来』と『可能性』です」

結構きついワードが出てきた。少しひるむ私に、神奈水樹は微笑む。

「それほど怖がらなくていいですよ。ちゃんと説明しますから。まずは未来。AとBという道があって、Aには落とし穴があります。その上で、桂華院さん。どちらの道を行きますか？」

「まぁ、普通は落とし穴に落ちたくないから、Aには行かないわよね」

「落とし穴の先にお金が落ちているかもしれないのに？」

神奈水樹の言葉に私はぽんと手を叩く。私の納得を確認した神奈水樹は笑顔を崩さずに説明する。

「これがデメリットの一つである『未来』。知ってしまったからこそ、その未来を閉ざしてしまうんです」

占いは万能ではない。それを最初に言うのは予防線を張っているのかもしれない。となると、もう一つの方も気になってくる。

「じゃあ、『可能性』ってのは何？　私にはあまり違いが分からないのだけど？」

神奈水樹は笑みを崩さない。この慈愛に満ちたスマイルが、自然と私を占いの世界に誘ってゆく。

「今、AとBという選択肢を出したけど、実はCという選択肢があったとしたら？」

なるほど。それが『可能性』か。未来を固定する呪いとはよく言ったものだ。そんな事を思っていたら、神奈水樹はテーブルに五枚のカードを一列に置く。

「桂華院さん。貴方の方から見て左側から『遠い過去・過去・今・未来・遠い未来』とカードを置きました。過去の事があった時期と対をなすように未来が提示されると思ってください」

「たとえば、一番左のカードのイベントが半年前ならば、一番右のカードの未来は半年後という事？」

「はい。その通りです」

そしてゆっくりと一番左からカードをめくった。出てきたのは王様が逆になっている絵。

「『皇帝』の逆位置。桂華院さん。あなた何か権力を失うようなイベントありました？」

私は神奈水樹の一言に引きつる。というか、ありましたとも。つい半年ほど前ぐらいに、イラクがらみで恋住《こいずみ》総理からきつい攻撃を受けて痛い目見ましたとも。なんて言える訳もなく。

私の引きつった笑みを見た神奈水樹はそのまま二枚目のカードを開けた。今度は私でも分かる絵がちゃんと私の方に見える。もっとも、タロットカードは正位置と逆位置があり、正位置の意味が良い意味ばかりとは限らない。

「『月』の正位置。結構心にダメージを受けたみたいですね」

はい。受けましたとも。権力の重さに、人を数字として見るコラテラルな考え方に付いて行けずに病みかかりましたとも。とはいえ、まだ二枚。偶然と言い張れない事はない。

という訳で、私は現在の三枚目のカードを注視する。ごくりと喉が鳴ったその絵は反対なのだが、大きな星と裸のおねーさんの絵が描かれていた。

「『星』の逆位置。どう解釈しましょうかね。希望・理想、そういう意味が正位置にはあります。それが逆位置で出たという事は、希望や理想を失った、あるいは現実的になった。そう解釈しましょうか」

私の頬から汗が垂れるのが分かるが、それをハンカチで拭く気力すらない。

当たっているじゃない！　すごく、当たっているじゃない！！！

今、ここで怪しい壺《つぼ》でも出してきたら、多分ノータイムで買う自信がある。

私の動揺は見えているはずなのに、神奈水樹はさも当然という感じで四枚目、つまり私の未来を開けた。

「……『運命の輪』逆位置。あまり良くないイベントが近く起こりそうですね」

なるほど。そう言われると備える訳だが、同時にその未来を回避したくなる訳で。そのイベントの先に起こるであろう五枚目のカードを神奈水樹は開ける。

「『隠者』の逆位置。良い意味も悪い意味もありますけど、私はとなりのカードからこう考えますね。『悪目立ちする』と」

隠者が反対になっているから、悪目立ちすると来たか。一連のカードの流れにストンと納得した私が居た。

「という訳で五枚のカードから読み取るに、ここ最近苦境続きでおそらくもう少し苦境が続くみたいですね。その結果として、桂華院さん自身が悪目立ちする。こんな未来はいかがですか？」

神奈水樹はにっこりと笑う。時間スパンにして、半年程度。つまり半年先に悪目立ちするイベント……あったじゃないか。衆議院解散総選挙が。私は椅子にもたれ掛かって、敗北の一言を告げた。

「負けたわ。なんかこの未来は素直にしっくり来た。神奈さんの占いを本物と認めるわよ」

私の投げやりな声に神奈水樹は目を閉じて静かに頭を下げたのだった。

「あら、可愛《かわい》いお嬢様ね。ようこそ。占いの館へ」

楽しそうに微笑む女性は艶《あで》やかでミステリアスで何か壊れているような人だった。多分、うちのメイド長の桂子《けいこ》さんより少し年上あたりだろうか。テーブルの隣に座る神奈水樹も緊張しているらしい。これが一代で神奈一門という占い師一門を築き上げた女傑、神奈世羅か。

「桂華院瑠奈と申します。亡き祖父が色々とお世話になったそうで」

「神奈世羅と申します。お気になさらず。私はあの人を利用したし、あの人も私を利用した。そういう関係ですから」

私が神奈水樹に会うという事で、神奈世羅はこの日の予定を全てキャンセルして私に会う事を決めたらしい。私が神奈水樹を見てみたかったように、神奈世羅は私を見たかったのだろう。

テーブルにはハーブティーが良い香りを立てて、ケーキやクッキー等のお菓子が並ぶ。

ここのお菓子達は神奈一門の娘達の手作りらしい。

「いただきます……あ、美味《おい》しい」

「嬉《うれ》しいわね。プロの味は無理だけど、家庭の味ぐらいは出せたらって娘達にはっぱをかけて良かったわ」

「お師匠様。私も作ったんですよ。クッキー」

「あら。ここに出せるぐらいまで上達したのは凄《すご》いわね」

他愛のない雑談。それを笑顔という仮面で包み込んで内心を悟らせない神経戦。だからこそ、ふいに思考が囁《ささや》く。何で私は、彼女を、神奈水樹を手放したのだろうかと。

(留学おめでとう。水樹さん)

(ありがとう。桂華院さん。けど、良かったの?)

(良くはないけど、かといってこのままだと中が壊れるのは目に見えていたし。帝亜家と婚約が成立したから、身辺整理をと華月さんあたりがうるさかったしね)

(あはは。私の火遊びで迷惑を掛けた事については謝るわ)

ああ。これは未来だ。ゲームの私と神奈水樹との別れのシーン。ゲームで描かれなかったそのシーンを白昼夢で見ている。

(感謝するわ。貴方の伝《つて》で資金繰りはだいぶ楽になった。桂華院家はなんとか立ち直らせられるわ)

(あとは貴方が帝亜に嫁げばめでたしめでたしと。けど、いいの?)

(いいわよ。私の人生は、桂華院家の復興に賭けた。それにやっと手が届く)

(そっちもだけど、小鳥遊《たかなし》さんの事。知らないわけじゃないでしょう?)

(気にしないわよ。愛人や妾の一人や二人ぐらい。家同士の繋《つな》がりってそういうものでしょう?)

あれ? おかしい? これが、神奈水樹との別れならば、私の破滅はもうすぐそこのはずだ。彼女は二学期には海外留学という形でゲームから姿を消す。そして、その二学期に特待生改革運動が一気に激化して私の破滅に繋がってゆく。なんでこんなに穏やかに、私と神奈水樹は別れる? いや、私はここまで勝ちを確信していたのに何処《どこ》から崩された？

（じゃあ、行くわ）

（火遊びはほどほどにしなさいよ。今までありがとうね）

（貴方の人生が幸運でありますように）

（その言葉をお返しするわ。神奈水樹。あなたの人生が幸運でありますように）

「……さん！　桂華院さん!!」

我に返るとお茶会が行われていた部屋。神奈水樹が心配そうな顔をするが、神奈世羅は微笑のまま。

「あれ？　私、どうしていた？」

「どうしていたって急にぼーっとして、こっちが知りたいわよ」

ホッとする神奈水樹が椅子に深く寄り掛かると、神奈世羅は穏やかな声で一言。

「ところで、桂華院さん。そのポケットのものを出してもらっていいかしら？」

え？　まるで催眠術に掛かったかのように私はポケットの中を探り、それを見つける。もちろん、ここにそれを持ってくる事なんてなかった。それを、京都の伏見稲荷《いなり》大社でもらった宝珠を私は静かにテーブルに置いた。神奈水樹の顔色が変わる。

「うわぁ……まじ？　これ？」

「本物みたいね。大事にするといいですよ。きっと貴方を導いてくれますわ。触ってもいいかしら？」

神奈世羅は私に確認を取ってから、その宝珠を丁寧に持ち上げる。何をしているかは分からないが、多分悪い事ではないという事だけは伝わる。

「あれ、多分手に入れるとしたら、このビルを売っても無理だわ」

ぽつりと呟いた神奈水樹の言葉に私が軽口をたたく。つまり、そういうものらしい。

「いなり寿司《ずし》と交換でもらったのよ。お狐《きつね》さまから」

人によっては冗談と思われるだろうが、占い師なんてやっているのだから、ファンタジー側としてしっかりとその意味を理解した。

「あーなるほど。そりゃ本物だわ……今度貸して♪」

「だめ」

そんな私と神奈水樹のやり取りを神奈世羅は宝珠を置いて楽しそうに見ていた。なお、その宝珠の入れ物として守り袋をもらい、できるだけ身の側《そば》に置いておくようにアドバイスされて私達は神奈のビルを後にした。

「で、お嬢様。神奈水樹はどうでしたか？」

待っていた橘由香の言葉に私は曖昧に笑う。宝珠の入った守り袋を軽く揺らしながら。

「いいお友達にはなれるんじゃないかな。身内に入れるには、ちょっとアレかもだけど」

「良かったじゃないですか。長く付き合える友人は貴重ですよ」

一条絵梨花の相槌《あいづち》に適当に返しながら、私は考える。あの幻視で幾つか気になった事があったからだ。ゲームの私の家である桂華院家は、バブルの不良債権とその後の色々で実質的に崩壊していた。それでも桂華院瑠奈は学園内で権勢を誇り、あの高等部三年生二学期まではその崩壊を露呈させなかった。

（感謝するわ。貴方の伝で資金繰りはだいぶ楽になった。桂華院家はなんとか立ち直らせられるわ）

あの幻視での言葉。資金繰りまでしていたというのならば、確実に気になる事がある。こっちでの不良債権処理をしていたからこそ、桂華グループの不良債権額は大体見当が付いている。最低でも四百五十億円、その他色々を考えたら五百億円は絶対に必要なのだ。だからこそ、その疑問は私の心に引っ掛かる。

（落ち目の公爵令嬢だった私に、誰が、何の目的で、五百億円以上の資金を提供したというの？）


春。桜が咲く季節。私達は中等部に上がる。

「そんな事を言っても、あまり気分は変わらないのよね」

私のボヤキに、時任亜紀《ときとうあき》さんがつっこむ。今日は、彼女が親役である。

「そうは言っても、雰囲気が違います。グラウンドにはブランコやすべり台のような遊具は無いし、男子と女子がはっきりと分かれてゆくのもここです。大人になるための第一歩。それがこの中等部なのですよ」

私に偉そうに諭している亜紀さんだが、その大人の事情というものでの親役抜擢というのを私は知っていた。少しずつ私の周りでの代替わりが始まろうとしていたからだ。

トップである執事の橘は桂華鉄道社長を退任後にまた執事に専念する事になるが、秘書だったアンジェラが桂華証券ニューヨーク支店に取締役として移動するのでここを離れる事に。

私の秘書役の本命である橘由香は未《いま》だ幼く、一条絵梨花だとまだ経験が足りない上に本人の結婚退職希望が遅れかねず、残っているエヴァ・シャロンを任命すると二代続けて外様《とざま》という事に。かくして、今回の親役である亜紀さんが秘書になり、その下にエヴァや一条絵梨花を付けるという形に。メイド側も亜紀さんが秘書に飛んだ事で、メイド長斉藤《さいとう》桂子さん、副メイド長桂《かつら》直美《なおみ》さん、メイド長付橘由香のラインが完成する。

一方で、エヴァ・シャロン、北雲《きたぐも》涼子《りょうこ》、アニーシャ・エゴロワの三人のメイド補佐に並ばせる形で、長森《ながもり》香織《かおり》をメイド長補佐として抜擢。これは、桂華ホテルグループのメイド育成を私付きのメイド達と共に教育・育成する事で、組織の教育と流動性を確保しようという訳だ。今や桂華ホテルは日本だけでなく海外でも複数のホテルを保有しており、彼らの教育とコミュニケーションはCIAと旧KGBが仲良く同居するここでは実に頼もしいからだ。情報やコネがそれらの組織に流れている事を見なければの話だが。

「はいはい。分かっていますとも」

適当に相槌をしながら、前後を護衛車に挟まれた私の乗った車は渋滞気味の都心部を走る。今日の運転手は茜沢《あかねざわ》三郎《さぶろう》さんである。

「しかし早く出てきたけど、渋滞はひどいわね」

「この時間の東京で空《す》いている道はないですよ」

私のぼやきに、運転手の茜沢さんがなだめるように言う。なお、渋滞を嫌うお金持ち連中の通学手段としてヘリ通学というのもないわけではないが、さすがにそれをする勇気はない。帝都学習館学園のヘリポートに毎日轟音《ごうおん》とともに降り立って校舎に入るってやってみたい気もあるのだが、おとなしく渋滞の車の中で座っている方がましである。

「そんなに緊張しなくていいのよ。由香ちゃん」

亜紀さんが私と同じ学生服姿の橘由香につっこむ。当人は平静を装っているみたいだが、私から見てもカチンコチンである。

「していましたか？　緊張？」

「ええ。まるで、これからデートに行くみたいに」

メイド養成校を成績優秀で卒業したとしても、橘由香も所詮私と同じ中学一年生でしかない。緊張は当然なのかもしれない。

「せっかくだから、同級生として聞いてみたいけど、由香さん。あなた、中等部に入って何をしたい？」

「お嬢様のお役に立つ以上に私の喜びはありません」

ぴしゃりと従者として満点な回答を、同級生としては零点な回答を言われて私は苦笑するしかない。彼女の忠誠心はとてもありがたいが、多分同級生としてはそれでは駄目なのだ。

「嬉しいけど、自分のしたい事を一つは考えておきなさい。私も貴方も、先は長いのだから。多分。

あと、学校内ではお嬢様呼びは禁止。ちゃんと名前で呼ぶように」

「お嬢様!?」

「はい。減点。瑠奈さんと呼んで頂戴な」

橘由香は亜紀さんに無言で助けを求めたが、亜紀さんはそれを理解した上で見捨てる。このあたりの距離感に戸惑いながら、橘由香はおそるおそる私の名前を呼んだ。

「瑠奈さま」

「まぁ、いいでしょう。これから少しずつ改善してゆけば」

そこで私は口を閉じた。学校について車が止まったからだ。

「じゃあ、行ってきます」

「いってらっしゃいませ。お嬢様」

「私は保護者席で見ていますからね。ちゃんとみんなに良い写真を撮ってあげないと」

亜紀さんは手を振りながら保護者入口の方に。私達はそのままクラス表の所に行く。私の名前はあっさりと見付かった。友人達と側近団はこんな感じでバラけた。

1－A
華月詩織　神奈水樹　桂華院瑠奈　橘由香　留高《るだかみう》美羽

1－B
待宵《まちよい》早苗《さなえ》　久春内《くしゅんない》七海《ななみ》　劉《りゅう》鈴音《すずね》

1－C
朝霧《あさぎり》　薫《かおる》
1－D
栗森志津香《くりもりしづか》　秋辺莉子《あきべりこ》　グラーシャ・マルシェヴァ　ユーリヤ・モロトヴァ
1－E
開法院蛍《かいほういん》　春日乃明日香《かすがの》
1－F
高橋鑑子《たかはしあきこ》　遠淵結菜《えんぶちゆな》　野月美咲《のづきみさき》　イリーナ・ベロソヴァ

これにうちの推薦枠で入った護衛も入るのだから、大所帯ったらありゃしない。その護衛はバラけたので、私の回りについては橘由香と華月詩織さん、そして護衛の留高美羽が担当する事になる。

「おはよう！　桂華院さん。一緒のクラスね。よろしくね♪」

「おはよう。神奈さん。一年間よろしくおねがいしますわ」

クラス表で一緒になった神奈水樹とにこやかに挨拶する。彼女の胸元には、桂華院家の銀バッヂは飾られていない。つまり、そういう関係でという事だろう。

背中に悪寒が走る。ちらりと後ろを見ると、華月詩織さんが神奈水樹を睨《にら》んでいた。橘由香も表情には出していないが、空気が冷たい。なんとなくだが、彼女と橘由香と華月詩織さんの三人の仲は良くないなとこの時思った。

男子？　言わなくても分かるだろう。教室に入ると、いつもの三人が私を見て挨拶をする。

「おはよう。瑠奈」

栄一くんは当たり前のように、

「おはよう。桂華院さん」

裕次郎くんは日常のように、

「遅かったな。桂華院」

光也くんは必然という顔で、
三人の挨拶に私は笑顔を作って、中等部最初の言葉を発した。

「おはよう。みんな」

そんな感じで、私の中等部生活が始まる。


忘れている訳ではないが私達は中学生な訳で、世に言う所の成長期というやつに入る訳だ。という訳で、新学期の身体測定の日。それをなんとなく感じる私が居た。

「すっかり背が追い越されたわね」

今ではカルテット四人の中で私が一番背が低い。なお、背の順番は栄一くん、光也くん、裕次郎くん、私の順である。

「そりゃ、せめてお前に背ぐらいは勝たないと勝てる所が無いじゃないか」

とぼやく栄一くん。男女の性差がハッキリ出てくるこの辺りから男子は男子で、女子は女子でという感じでグループが出来てゆくのだが結局このカルテットは壊れない。

遊び仲間でもあり、会社という利益共同体でもある訳で。

「とはいえ、体力じゃもうきついわね」

「とか言いながら、腕試しで男子剣道部員を高橋さんと一緒に叩き潰していたよね？」

裕次郎くんのツッコミを私は華麗に無視する。合同練習の機会があって高橋鑑子さんに誘われただけで、私は悪くない。そういう事にしてほしい。なお、裕次郎くんは私の前に鑑子さんに叩き潰されていた。

「体力測定で、大会クラスの成績を叩き出したの桂華院だったよな？」

光也くんのぼやきも私は華麗に無視する。いや、明日香ちゃんと競争する形になって、両方とも最後まで張り合ったもんで。実は二人とも負けず嫌いである。

おかげで、春の地区大会にエントリーさせられそうである。

「たしか、春のクラシックコンサートにもゲストで出るんだっけ？」

「出るんだっけ？　じゃないでしょ！　出る羽目になったのよ!!」

栄一くんのつっこみに声を荒らげて返事をする。長い付き合いである帝亜フィルハーモニーの春イベントなのだが、欧州から有名所を呼んだ上に演目が『カルメン』である。

明らかに私を誘っているその姿勢に、私が釣られ……クマー！！！　見事に釣られてしまったのである。なにも言い訳できません。はい。なお、自分で言うのも何だが、かなりノリノリである。

「ほら。身体測定が始まるから並んで頂戴」

雑談していたら保健の先生にしかられる。という訳で、女子の身体測定へ。ここの連中、私を含めてだが基本スタイルは良い。そんな私でも負けるスタイルというのがあるのだ。

「？.」

なんだろうな。神奈水樹の妖艶さは。男を知っているからなのだろうか、蕾《つぼみ》から鮮やかに咲き始める薔薇《ばら》というべきか。女子ですらそのスタイルにため息が出る。

「……どうしました？　お嬢様？.」

「世界は広いなって感じている所」

橘由香の声に適当に返事を返す。何だろうな。あの色気は。そんな事を思いながら遠くのユーリヤ・モロトヴァを眺める。なお、彼女は私が陸上の地区大会に出るのを知ってチアガール姿で応援すると張り切っているとか。多分青少年の色々なものが危ないと思うのでやめた方がいいと思うが、言っても聞かないのだろうな。

「自分の事を棚に上げて何かろくでもない事を考えていませんか？　お嬢様？.」

橘由香の隣に控えていた留高美羽がじと目で私を、正確には私の胸を睨む。彼女の胸は私よりだいぶつつましかった。なお、橘由香のスタイルは平均的であると言っておこう。

「いやまぁ、あれに勝つにはどうすればいいかって考えるとねー」

「そりゃ、男に揉ま…っ!?」

余計な事を言った野月美咲の足が橘由香によって踏まれる。雉《きじ》も鳴かずば打たれまい。意外というかある意味当然というか、性風俗的にはこの学校はかなり緩い。何でかというと、ここの連中の存在意義が基本血の継承に置かれているからで、華族や財閥子弟がお付きの女性に手を出してというスキャンダルがそりゃもういっぱいある訳で。運が良ければ妾として、もっと運がいいならば正妻として成り上がれるのだ。これで若者特有の体力と情熱がある訳で。乱れない訳がない。

「そういえば、あなた達男子からの告白とかどの辺りまでＯＫなの？」

身体測定で並びながら雑談。橘由香はその辺りあっさりと言い切る。

「瑠奈様を差し置いて、男子に現《うつつ》を抜かせる訳がありません」

「じゃあ、それ撤廃ね。お嬢様命令で」

そして私の即答に唖然《あぜん》とする橘由香。そんな彼女に、私はまっとうな理由を告げる。

「私、現状仲の良い男子が三人いるのに、それを見ていて恋愛禁止なんて無理でしょう？　という訳で、あなたもさっさと男子といちゃいちゃしていいから」

むすっとする橘由香だが、私の命令に不服なのか、今乗った体重計が不服なのか。多分両方なのだろうなぁ。この日からしばらく橘由香の食事が少なかった事を記しておく。

ついでだが、側近団は結構モテたらしく、何人かはラブレターをもらったらしいが、全員ごめんなさいをしたらしい。

私への義理を通さなくていいと言ったのに……

中等部に入るとお決まりだが部活勧誘というのものがある。学校も部活で名前を売る事を企図しているので優秀な才能のある者を勧誘したい訳で。

「桂華院さん！　剣道部に入りませんか？」

「陸上部が先よ！」

「合唱部お願いします!!」

ある意味予想されていた事と言えよう。上級生達の勧誘をうまくかわしながら専用食堂へ。この手の悪役令嬢ものあるあるだが、食堂も初等部からここに居る人用の専用食堂と中等部からここに入った人用の大食堂で分かれていたり。初等部からの専用食堂はサロンみたいに豪華なのが笑える。

なお、そのためお付きの人間も基本的に入れないのだが、入室条件が初等部からこの学園に在籍している者なので華月詩織さんは入れる。あの娘の価値はこういう所にある訳だと私は中等部に入って気付く。

「で、桂華院さんはどの部活に入るおつもりなのですか？」

その華月詩織さんと昼食。橘由香をはじめとした側近団とのコミュニケーションを考えると彼らのいる大食堂の方がいいのだが、実質的に金バッジ組のサロンにもなっているここに顔を出さないというのも村八分案件になりかねないので、今日はこっちという訳だ。軽いランチを二人で食べながら私は返事をした。

「まだ決めていないのよね」

私学だからなのか小中高一貫だからなのか知らないが、この学校では成績優秀者に対する特典として授業の出席免除というのがある。具体的に言うと、午後の授業と土曜日は成績優秀者は出なくていい選択授業になっている訳だ。で、私を含めたカルテットメンバーは中等部に上がる前に中検と大検を取っているので、選択授業に出なくて良かったりする。光也くんは東大法学部が目標だからいらないと最初言っていたのだが、この選択授業に出なくていいメリットに気付いて特典を受ける事になった。ついでにいうと、おとなしくしているなら午前中の授業も内職ＯＫ。

「時間も有るのですから、どれかやってみればよろしいのでは？」

「やるのはともかく、拘束されるのが苦手なのよ」

「ああ」

初等部まではチートボディにものを言わせて無双できたが、この辺りになると純粋な才能に努力という時間を掛けた奴に勝てなくなってくる。その良い例が前に剣道大会で負けた高橋鑑子さんだ。

「一万時間か」

「何ですか？　それは？」

私の言葉に華月詩織さんが反応する。食後の紅茶とコーヒーがやって来るが、私は紅茶を受け取って説明する。

「ある分野を極めるために必要な時間だって。一日九十分掛けても二十年は掛かる計算ね」

「実際にそれで天才になれるのでしょうか？」

「さあ。けど『継続は力なり』って言葉があるから、一概に馬鹿にできないのも事実じゃない？　部活の話に戻るけど、掛け持ちだとこの時間が絶対的に足りなくなるのよ」

私が剣道で負けた高橋鑑子さんでも、初等部に入ってすぐから剣道に打ち込んでいたと仮定してやっと三千時間ぐらいになる。一つに打ち込んだ彼女ですら、まだ道の半分にすら届いていない。

「あ！　瑠奈ちゃんじゃない。今日はこっち？」

（ニコニコ）

「明日香ちゃんに蛍ちゃん。よかったら、こっちの席にどうぞ」

少し遅れて入ってきた明日香ちゃんと蛍ちゃんを手招きして椅子に座らせる。

彼女達の持っているお盆にはデザートがあったので、昼食は大食堂の方で済ませたのかもしれない。専用食堂だとデザートが豪華なので、大食堂で食事をして専用食堂でデザートをという人も結構いる。

「量が多いわね。太らない？」

「全部食べるわけないじゃない。持って帰って、クラスの友人達と食べるのよ」

なるほど。そんな話から雑談が始まって、さっきの部活の話に戻る。

「そういえば、二人は部活に入ったの？」

「私は陸上部。蛍ちゃんはオカルト研究会だって」

たしかにそんな感じがするなぁと思って蛍ちゃんを見ると、アップルパイを咥《くわ》えている彼女と目が合った。かわいい。

「そういえば、先輩が瑠奈ちゃんを誘いたがっていたみたいだけど、うちに来るの？」

「それで悩んでいた所。剣道部と合唱部からもお誘いが来ているの。とりあえず、ヘルプはするつもりだけど」

「おけ。先輩にはそれを伝えておくわ。夏の大会がんばりましょう！」

相変わらずパワフルで元気である。そこで、華月詩織さんの部活を聞いていない事に気付いた。

「華月さんは部活は何かするの？」

「私は帰宅部ですよ」

彼女のすこし素っ気無い声が引っ掛かったが、昼休み終了の鐘が鳴り私以外はここでお開きとなる。

「じゃあね。また会いましょう」

（こくこく）

「私も授業がありますので、失礼します」

「またね」

手を振って三人と別れる。のんびりできる時間であり、そんな時間がちょっと寂しいと思う私が居た。

「さてと、少しお仕事を片付けますか」

「何やってんだ？　お前？」

気合を入れた矢先に、栄一くんからの容赦ないつっこみ。というか、何時入《いつ》った。君は。

「さっき、春日乃とすれ違った時に、『瑠奈ちゃんがまだ中に居るわよ』と言われてな」

余計な事を。こっちの気持ちなんて気付かない栄一くんは、私の向かいの席に座ってコーラを注文する。こういう格式ばった所でも彼は変わらない、揺るがない。それがなんとなく嬉しくなった。

「私もグレープジュース注文するわ」

「いや、紅茶飲んでジュースっていいのか？　せっかくだからちょっと話を聞いてくれ。TIGバックアップシステムでのデータセンター事業の件で……」

「あれ、たしかうちのカード事業と提携して……」

色も恋もない会話なのだが、持て余した午後の使い道としてなんだかとても楽しい。


「あ。光也くん。何読んでいるの？」

昼休み、図書館で光也くんを見掛けたので読んでいる本を見ると、この春映画化されたやつだった。まぁ、今のライトノベルの祖の一つだからな。この物語。

「なんというか、小説は映画に比べてまどろっこしいな」

「分かる。けどそれがいいって人もいるのよ」

光也くんの向かいの椅子に座る。この物語は壮大過ぎて、前作が霞《かす》んでしまう奥行きがある。

私は先にこっちを読んでしまい、前作との違いに「え!?」ってなった口である。

「これでもまだ読みやすくなった方じゃないかしら。地図とか挿絵とか付いているし」

「今まで読んできたファンタジーのキャラをイメージして読んではいるけどな。こいつが元なのか」

映画でイメージの可視化が行われたので、それを固定して読むと更に物語が面白く見える。この物語は、後半の大戦争と別視点での個人の選択が最後の最後で物語の帰趨《きすう》を決めるから面白いのだ。

「思ったのだが、桂華院よ。俺達がこの主人公として、似たような選択を取れると思うか？」

「無理でしょうね。力はどうしてもそれを持つ者を魅了するし、一度手にした力を失うのが怖くなるわ」

栞《しおり》を挟んで本を閉じると光也くんが苦笑する。その力を今既に持っているだろうという無言の視線を感じて、私は自分の事を告げる。

「大きくなりすぎた力って制御できないのよ。もちろん、敵対者から全て奪われるという可能性もあるけどね」

これでも悪役令嬢としての弾劾没落エンドは想定しているのだが、それはそれとしてその後の人生を最低限文化的な生活で過ごせる程度の準備は済ませているつもりだ。

通信教育という形で神戸《かんべ》教授の大学の学位を取ろうとしているのもそうだし、ムーンライトファンドもスイスのプライベートバンクだから全部取られるとも思えない。

一条や橘の事だ。複数の口座に資金を分散しているだろうし。

「何かを成すために力を欲したのに、その力に溺れるか。そう考えると、この物語の彼も哀れに思えてきた」

「きっと、物語ではかなわなかったけど、彼がその力を取り戻してもきっと幸せにはなれなかったのでしょうね」

なんとなく私はそれを確信していた。その深淵《しんえん》を覗《のぞ》いて、大人達に引っ張り上げられたから。

「失うのが怖くなる。敵が居るのが怖くなる。そうやって恐れ、怯《おび》えた果てに世界そのものが怖くなる」

「だから魔王に成り果てる……か」

魔王になるぐらいの力の持ち主だ。きっと神様にだってなれただろう。それができなかったのは、彼がそれを思い付かなかったのではなく、彼がその力を失うのを恐れたから。持っているだけで怯え、使うだけで怯え、全てに怯えた成れの果て。

「そういえば、お前そんな話の漫画を読んで、感銘を受けていなかったか？」

「わかる？　この考え方もその漫画の受け売りなのよ」

麻雀《マージャン》漫画なのだが。あの生き方は私には絶対に出来ない。そこまで人間を捨てられない。

「そういえば、うちの社員から聞いた面白い話があってね。企業の就職でのアピールで『麻雀に強い』ってのは結構強烈なアピールポイントになったんだって」

それを言ったのは岡崎《おかざき》である。ゲーセンに遊びに行った時、脱衣麻雀をちらちら眺めながらそんな話をしてくれたのを思い出す。

「麻雀は運と実力のバランスが最適なのよね。そして、上の世代に結構している人が多いから、接待とかでも役に立つ。何よりも、ゴルフよりも時間が掛からない」

企業がまだプラス思考で雑多な人材を使っていた頃の名残らしい。今の時期辺りからそうした雑多な人材を抱え込める余裕がなくなり、即戦力を取ろうとしてかえって人材を劣化させてゆく。

「会社って結局人の営みだからね。何処でどういう人材が役立つか分からない」

「とはいえ、『麻雀強いです』でアピールされても今だと不採用だろうけどな」

「で、最初の話に戻るけど、そういう組織に限ってまったく想定外の何かに足をすくわれるのよ」

あの物語のクライマックスは正にそれだった。最後の勝者は主人公でも魔王でもなく、その力を失いながらも追い求めた哀れな男の執念だった。だからこそ、この物語は美しい。

「なあ。桂華院。お前がその力を持ったら、どう動いた？」

雑談とも真剣ともつかない口調で光也くんが尋ねる。そういう所に私が立っているというのを彼は理解しているから。

「多分力に取り込まれたでしょうね。そして、想定外の何かに足をすくわれて……」

「どうかな？」

私の言葉を光也くんが遮る。そしてまっすぐに私を見据えてこんな事を言った。

「お前はひとりじゃない。きっと取り込まれる前に、お前を助けてやるさ」

その言い方が思ったより真剣なので、私はたまらず笑う。真剣だったからこそ、光也くんの顔が不機嫌になるのがさらに私には面白い。

「あははは。なにそれ。けど、そうなったら、私を引き上げて頂戴ね♪」

「ああ。きれいに足をすくって、助け出してやる」

昼休み終了の予鈴が鳴る。本を持って光也くんが立ち上がる。続きは借りて読むのだろう。

「貸し出しカウンターに行ってくる。先に戻っててくれ」

「はいはい」

貸し出しカウンターに向かう光也くんを見送って、私は一言。ゲームの断罪を思い出しながら、それを口にした。

「うそつき。助けてくれなかったじゃない……」

この世界では、光也くんは私を助けてくれるのだろうか？　それとも断罪するのだろうか？

その問いに答えを出す事もなく、私も立ち上がって図書館を後にした。


行き付けの喫茶店『アヴァンティー』に入っていつもの席に座ると、そこには大量のお見合い写真を見て悩む裕次郎くんの姿があった。

「いつものやつね♪　そのお見合い写真、裕次郎くん宛て？」

「そう。中等部に上がったらこれだよ。『自分で断りなさい』と父に言われたから、断るためにもちゃんと見ている所」

ウェイターにいつもの注文を頼んだついでに裕次郎くんに確認を取ると、裕次郎くんは苦笑しながらお見合い写真を閉じてテーブルに置いた。そして、自分が頼んだカフェオレを口にしながら、そのあたりの説明をしてくれたのである。

「兄が本気で北海道に移住しようかと考えているみたいでね。そうなると、父さんの地盤が空くので義兄《にい》さん達が鞘当《さやあて》をしているんだよ。その流れで、僕の所にもこんなのがやってきたという訳」

衆議院の選挙区は小選挙区比例代表制だ。小選挙区については基本当選者は一人。そこで比例代表当選という形の保険を掛ける事ができる。この保険は惜敗率というもので判定されるが、この場では筋違いの話なのでおいておこう。本題は、この小選挙区で勝ち上がらないと総理の椅子になど届かないという事。総理や総理候補者は地元を離れて全国を飛び回り、各地で遊説して他の議員を助けなければならないからだ。この強固な王国の地盤を継承出来るか？　それこそが総理への道の第一歩となる。そしてこの場で大事なのは、総理大臣は基本的に衆議院議員から選ばれるという事。

「兄さんが次も参議院で行くとなると、次の改選は来年の選挙になる。ここで勝てば更に六年参議院議員になるけど、次の選挙、次の次の選挙も父が出るかどうかわからないからね。兄は北海道に移る事で、自分の地盤を確保しようとしている。父の後継をという訳で、義兄さん達がざわついているのさ」

国盗《くにと》りゲームみたいなもので、泉川副総理が引退した後にその血族が後継に名乗りを上げれば、よほどのぼんくらで無い限りは当選する。そしてその候補者は今、県議と市議という座にあるわけだから、どちらが後継になっても彼らが座っていた椅子が一つ空く。ただし裕次郎くんが立候補できるのは二十五歳からだ。

「あー。このお見合い写真の女性の実家って、その空いた椅子狙い？」

「御名答。めでたく婚約でもしたら、彼女の父かその親族が立候補して席を守り、僕が立候補するまでその椅子を守るって訳」

こうやって閨閥《けいばつ》なるものが広がってゆく。日本における、地縁・血縁というのは未だ固い。

「見ていい？」

「どうぞ」

裕次郎くんの許可をもらってお見合い写真をパラパラ。彼女達の実家もなんとなく傾向がつかめてくる。

「ゼネコンというか土建系が多いわね」

「地方の雇用の最たるものがゼネコンだからね。恋住政権は財政再建を名目に公共事業削減の方向に進んでいるけど、それで苦しんでいる所が結構あってね。娘を人身御供《ひとみごくう》に出して融資をというケースもあるんだ。本当にやってられないよ」

議員先生の実家は大体がゼネコンというか土建業に絡んでいる。それだけ人を使うし、治山治水はこの国において大事な政治でもあった。とはいえ、恋住政権の方針が一概に悪いと言えないのが今の御時世である。つまる所、今の与党が戦後からやって来た事は『都市の金を地方へばらまく』であり、そのバラマキに都市部の人間が激怒したというのが近年の政治不信や政界再編、無党派層の拡大という形になって現れているのだから。

「次は農協役員かぁ」

「昔で言う所の庄屋《しょうや》の人達だね。土地持ちの豪農で商売に手を出して成功した人達ってやつ」

地方はというか、田舎だからこそ農業票は強い。そして、この国で農業をしているという事は土地を持っていると同義であり、則《すなわ》ち名士であると同義となる。特に一昔前は土地を担保として銀行から金を借りていたので、不良債権化と同時にこの辺りの人達がまとめて没落とならなかったのは、彼らの名士としての力があったからと言われている。つまり、議員として公共事業に関与し、そこからギリギリの線で利益を吸い取ってそれを返済に当てていたという訳で。何しろ地方公共事業の柱は道路とダムであり、それは必然的に農業にぶち当たる。つまり、地方公共事業のグランドデザインを考える連中と発注する連中と受注する連中が同じなのだ。

腐らない方がおかしいが、それで地方はうまく回っていたと言えば、返す言葉もない。まぁ、回らなくなったから、財政再建に舵《かじ》を切ったとも言えるが。

「で、これらの家の父方か母方の家に必ず市議なり県議なりの先生がいると」

「その誰かが、僕が立候補するまで、何処かの椅子を温めてくれるという訳」

そんな話をしていたら、ウェイトレスがいつものケーキとグレープジュースのセットを持ってくる。一時中断とばかりにそのケーキを堪能していたら、裕次郎くんがこんな事を言ってきた。

「桂華院さんの所にもお見合い写真来ているんじゃないの？」

「たぶんね。もっとも、私は見ずに橘にぶん投げているけど」

そりゃあ、華族やら財閥関係者だけでなく、ロシアの有力者や欧州貴族まで色々と来ているらしい。私自身未だ実感がないので、橘に任せてお断りを入れていると思うのだが。

「……桂華院さん。どうしたの？」

「別に」

裕次郎くんは、己の恋を秘めて事を成した人だった。彼の恋は、主人公である小鳥遊瑞穂《みずほ》からの告白にＯＫをするという形で実った。常に二番手を心掛けた彼が、その秘めたる恋を主人公によって顕《あらわ》にされるというのが実にエモかったのを覚えている。彼は、その立場からどうしても一線を引くキャラで、お構いなしに突っ込んできた小鳥遊瑞穂が眩《まぶ》しかったと言った台詞《せりふ》を思い出す。そんな事を悟られないように、私はグレープジュースを口にした。

裕次郎くんとはその後も話がはずんで、いつものように別れる事になる。

「瑠奈。ちょっといいか？」

放課後、栄一くんに呼び止められる。長い付き合いで、こういう目の栄一くんの場合はお仕事絡みだと察しを付けて、私も思考をお仕事モードに入れる。

「何？」

「うちの家二木財閥から独立する事になったんだが、それでＴＩＧバックアップシステムの事が話題に上がってな」

「あー」

恋住政権は時価会計の導入に伴い不良債権処理の最終的解決を目指し、必要ならば公的資金注入も辞さずという姿勢でメガバンクに迫っていた。栄一くんの実家であるテイア自動車が所属していた二木財閥は淀屋橋《よどやばし》財閥とくっ付く事で解決しようとし、それにともない不良債権処理の原資として多くの保有株を売却していた。二木財閥が持っていたテイア自動車株はテイア自動車が買い戻す形になり、テイア自動車は独立を果たす事になる。当人達は全く望んでいなかったのだが。

「テイア自動車を頂点にグループ各社で帝亜グループみたいなものを作る事になると思う。その中に入れるかという話が出てな。俺自身はあれは瑠奈の所だと思って断ったが、一言お前に話して筋だけは通しておこうと思ってな」

「義理堅いのね。けど、そういうのは助かるわ。ありがとう」

「完全にこっちの事情だからな。帝亜グループ側から何か言ってきたら言ってくれ。俺が出る」

ＴＩＧバックアップシステムは桂華電機連合の子会社ではあるが、50％の株式を私・栄一くん・裕次郎くん・光也くんのカルテットが握っている会社でもある。栄一くんの持ち分は12・5％なのだが、発足するであろう帝亜グループとしては見栄えを良くしたいという考えを持っている輩《やから》が居たわけだ。私達から株を買い取って、帝亜グループ子会社という体を取りたいのだろう。

「ちなみに、帝亜グループってどんな会社が入るの？」

「テイア自動車に帝亜織物製造、帝亜貿易に帝亜不動産、沖ノ山興産に大緑建設に近江屋百貨店……」

企業名を聞いて、ピンと来る私。そのピンと来る企業を桂華グループも買ったからである。

「五和尾三銀行がメインバンクの所じゃない？」

「ああ。金融庁に追い込みを掛けられているらしい。必死に金をかき集めていて、うちの独立にかこつけて泣き付いて来た」

それ、おそらく帝亜グループが五和尾三銀行を救済しろって言っている気がするんだよなぁ。多分、帝亜グループ首脳部はそれを理解した上で断っているのだろうけど。私は探りを入れてみる。

「そんなに悪いの？」

「どちらかといえば、恩とかの話さ。尾三銀行だけなら恩もあるし救済したい所なんだが、五和の連中尾三系の粛清をやってくれて」

日本人はこういう所で恩讐《おんしゅう》が出るから怖い。しっかりと江戸の仇《かたき》を長崎で討たれた訳だ。

「じゃあ、メインバンクは二木淀屋橋銀行一本に絞るの？」

「淀屋橋にも因縁が有るんだよなぁ。今、お詫《わ》び行脚中だが」

栄一くんの口調を察するに、まぁそれで許すつもりなのだろう。そんな栄一くんが逆に私に尋ねてきた。

「瑠奈は買わないのか？　五和尾三銀行？」

「難しい所なのよね。桂華金融ホールディングスは上場に向けて動き出しているし、食べちゃうとメガバンクとして突出しちゃうのよ。金融庁は、メガバンクの再編を考えているのでしょうね」

不良再編処理で遅れていた金融ビッグバンを加速させて、世界に通用するメガバンクに再編する。

「不良債権処理という負の処理を終わらせて世界と戦える新銀行を！」

という武永《たけなが》金融担当大臣の声にメガバンクは戦々恐々としていた。そのやり玉に挙げられているのが、五和尾三銀行であり、穂波銀行である。私的には、食べるなら穂波銀行の方だよなと思っていたり。

「政府は不良債権処理が終わっているウチをさっさと上場させて、不良債権処理終了のシンボルにしたいのよ。その上で、帝都岩崎《いわざき》か二木淀屋橋のどちらかを次点にしたいのでしょうね」

この時、言われていたのが、

「日本のメガバンクは四つまで」

という言葉で、この言葉にはからくりがあり、郵便貯金と農林中金まで入れての四つである。

つまり、桂華・帝都岩崎・二木淀屋橋・穂波・五和尾三・樺太銀行の六行に上の二つを足しての四つ。半分はくっ付いてもらうと言っているに等しい。私の話を聞いた栄一くんがぽつり。

「やっぱり、瑠奈と結婚するとメリットが大きいんだよなぁ」

「その分厄介事も多いと思うけど？」

慣れてきたもので、このやり取りも平常に行いつつある私が居た。

栄一くんはそんな私の心情を知らずに自信満々に己の考えを語る。

「メインバンクがふらついていたら安心して事業ができない。うちは、一度それで痛い目を見て金を溜《た》め込んでいるが、メインバンクが後ろにいると安心感が違うんだよなぁ」

なお、『晴れている時に傘を貸し、雨が降り出すと取り上げる』と罵倒されたのが私の前世におけるこの時期の金融機関である。メインバンクを始めとして不良債権処理に追われているが、その傷は明らかに軽かったのを知っているのは私だけ。

「思うのだけど、私との結婚に恋とか愛とか無いの？」

私のため息混じりの言葉に、栄一くんはキョトンとして一言。

「要るのか？　それ？　お前に？」

「……」

おーけーわかった。

栄一くんを呼び寄せて、耳元ではっきりと大声で罵倒してあげよう。ふんだ！

「えーいちくんの、ばぁかぁぁぁぁぁぁぁぁぁぁ！！！」


【用語解説】
・一万時間の法則……『天才！　成功する人々の法則』　マルコム・グラッドウェル
・光也くんの読んだ本……『指輪物語』　J・R・R・トールキン
これの映画版第二作『ロード・オブ・ザ・リング／二つの塔』が２００３年２月に公開されている。
・麻雀漫画……『アカギ』鷲巣《わしず》編。鷲巣編が始まったのが97年。
・哀れな男……ゴクリ。彼の執念と彼を生かしたビルボの情が世界の運命を決めた。
・地方の土建屋……本当にそれしか職がなく、小泉《こいずみ》改革以降地方土建屋が壊滅的打撃を受けた。
・地方と都市の対立……野党が勝ちだす『一区現象』も無党派の増大もつまる所ここに元凶がある。
・帝亜グループに入った会社達……『みどり会』。三和銀行の親睦会に近い企業グループ。
・農林中金……正式名称は農林中央金庫。国内最大規模の機関投資家。管轄は農林水産省。

クイーン・ビーのお茶会

クイーン・ビー。米国学生社会の階層の一つ。女子における頂点である。そして、クイーン・ビーを頂点として女子派閥は形成される。

「午後三時から大食堂のカフェテリアの一部を借し切りました」

「分かりました。招待状は既に配布しています。またその時に参加する人も基本的に許可しますが、参加者のリストは必ず作るようにしてください」

側近団のリーダーである久春《くしゅん》 内七海《ないななみ》が橘《たちばな》 由香《ゆか》と話し合っている。背丈体格が私に似ており、万一の替え玉要員として抜擢《ばってき》された彼女は常日頃優等生キャラを演じているが、休憩時間やオフの時は私の人形部屋で人形を眺めているのが趣味という可憐《かれん》な少女である。

そんな彼女にこれからよろしくという意味合いで、天音《あまね》澪《みお》ちゃんのお父さん経由でビスクドールをプレゼントしてあげるとすっかり気に入ったみたいで、抱いて眠っているとか。話がそれた。

今日は私主宰のお茶会という名目での私の派閥の決起大会なのである。その決起大会だが橘由香やその側近団は大張り切りなのに、私は乗り気でなかったりする。入学間もないこの時期に堂々と派閥立ち上げの集会を開くという事は、その後の派閥は必然的に反桂華院《けいかいん》となる訳で。

「だからこそ、さっさと派閥を立ち上げる必要があるんですよ。お嬢様はすでに目立っています。反お嬢様で連合される前に大勢を押さえて反対派閥を各個撃破していかないと、連合を組まれて袋叩《ふくろだた》きにあいますよ」

側近団参謀格の野月美咲《のづきみさき》が乗り気でない私を察したのか、説明してくれる。なおゲーム仲間であり、ＭＭＯでは彼女の設立したギルドに所属していたり。

「何？　この学校でギルド戦でもしようっての？」

「リアル世界でギルド戦やっているリーダーであるお嬢様がそれ言いますか？」

言わないで。それ、一応自覚しているからという私の顔で察したらしい野月美咲が黙る。私の視線はカフェテリアの配置確認をしている遠淵結菜《えんぶちゆな》、秋辺莉子《あきべりこ》、イリーナ・ベロソヴァ、グラーシャ・マルシェヴァ、ユーリヤ・モロトヴァの五人に移る。露骨な米ロ超大国からの紐付《ひもつ》き人員の派遣であり、向こうの注目度合いが察せられる。日本側については、こんな裏話が有る。

「恋住《こいずみ》総理側と対立状況にある現状で送り込む勇気があるのは居ないでしょう。お嬢様をコントロールできないから、周りにばらまいていますよ」

とは側近団で微妙に浮いている劉鈴音《りゆうすずね》のありがたいお言葉。米ロは非合法に影響力を行使したいから私の側近に人を送り込んだわけで、合法的に影響力を行使できる日本政府の場合、桂華院家や学園や桂華《けいか》グループにそれらの人間を送り込んでいる訳だ。

「この時点でお嬢様に付くのは賭けなんですよ。お嬢様が結婚した後の桂華院家との関係もあるし、お嬢様が一家を興す事も可能性としてはある訳で。何より、お嬢様って基本秘密主義で少数精鋭主義でしょ？　おまけに、成人していないから、裏から人を操る事しかできない。マンパワーが有るのなら、その人を押さえたほうが楽ですよ」

劉鈴音の言葉の裏で思い出したのが恋住総理。あの人本当にこちら側の操り人形候補を徹底的に排除してくれたよなぁ。しかも理と情で桂華院家やうちの連中まで寝返らせたのだから何も言えない。私がそんな事を考えているのを察した劉鈴音は、私にトドメを刺す。

「で、お嬢様が動きたい今だけ押さえればいいのであって、お嬢様が成年として立った時には総理はすでにその椅子から去っている。こればっかりは、お嬢様にはどーにもならないですよ」

私の成年までまだ数年有る。立憲政友党総裁職は二期までと決められているから、その時には彼は勝ち逃げが確定している。劉鈴音は華僑《かきょう》らしい思考で、権力闘争の素晴らしさを語る。

「で、お嬢様は今度の選挙、どうするんですか？　協力は惜しまないと父から伝言を受けていますが？」

「中学生のお茶会の前に生臭い話はやめなさいよ。泉川《いずみかわ》派を中心に金をばらまくぐらいかな」

この国ではマイノリティーである彼ら中華華僑は、それゆえにマイノリティーを糾合して一つとなった野党側の資金源となっているのを私は知っていた。その上で、私の方に劉鈴音という人質を送り付けるのだから、彼らの政治思考というのが分かろうというもの。

「お嬢様の目から見ても、野党は信頼できませんか？」

「貴方《あなた》の目から見てどう？」

「お祖父《じい》様《さま》が言っていましたよ。『紅衛兵』と同じ目をしているって」

上手《うま》い事を言うなぁ。思わず私は笑ってしまう。

「あれを操るのは苦労するわよ」

「覚悟の上です。我々は五年十年でものは見ません。五十年百年で策を立てるのですよ」

その話で行くと、私の五十年後に彼ら華僑は賭けたという訳だ。……あれ？

「どうしました？　お嬢様？」

「なんでもないわ。ちょっと気分転換に庭を散歩してくるわ」

劉鈴音に手を振って食堂前の庭に出る。この時、私を一人にせず遠淵結菜と留高美羽《るだかみう》が付いているのがなんというか。側近団としては正しいのだろうが。

（……思い出せ。ゲームで桂華院瑠奈《るな》が登場していた時の取り巻きの連中の顔を。今の側近団と何人か被《かぶ》っていなかったか!?）

ゲーム内でもこういう権勢を誇るためのお茶会を桂華院瑠奈は何度か行っていた。その時の取り巻き達《たち》と今の側近団のキャラクターが同じだとするならば、それは何を意味するのだろうか？

人とは社会的生き物である。それは学校という子供社会においても変わらない。帝都学習館学園中等部は六クラス。つまり、最低でも六匹のクイーン・ビーが存在する事になる。

お茶会の開催は、

「私が女王蜂よ！　何か文句ある!!」

という宣言であり、

「ちょっと待ちなさいよ！　女王蜂にはあたしがなるの!!」

という異議申し立ての場でもあるのだ。社会を維持するには金とコネが大事であり、私は親からそれをもらう事なく自前で持っていたからこそ、この名乗りなのである。金もコネも、一番大事な資源である『時間』の短縮にこそ使うべきだ。

「やっほー♪　お茶会に来たわよ」

（こくこく）

最初のお客様は、長い付き合いとなった明日香《あすか》ちゃんと蛍《ほたる》ちゃんの二人とそのお友達だ。ここで注目するべきはお友達の方で、クラスに戻ると明日香ちゃんはさも当然のように女王蜂として君臨しているのは彼女の人徳というか才能というか。私を出しにして1－Eの女王蜂であると宣言しているとも取れる訳で。女の友情というのは複雑怪奇である。そんな明日香ちゃんが私を手招き。端っこの方でひそひそ話を持ち掛けるが内容は中学生の話ではなかった。

「おねがい♪　選挙が近いから、うちのパパを助けてほしいのよ♪」

「いや、助けてほしいって、私が現在恋住総理と敵対しているの知っているでしょうに。おまけに、恋住政権の大臣は基本総理の一本釣りだから、派閥の推薦受け付けていないし」

「そこは分かっているわよ。けど、今度の選挙ちょっとやばくてさぁ」

（……じー）

当たり前のように蛍ちゃんがついて来ているが今更である。

小選挙区で通るのは基本一人。だからこそ、大同団結した野党友愛民主連合に押し切られる可能性があった。基本における選挙地盤で、野党が当選する場合こんな法則がある。

野党が己の支持基盤の九割を固め、

無党派の八割が野党候補者に投票し、

与党候補者が己の支持基盤の七割しか固めきれていない。

誰が呼んだか知らないがこれを『九八七の法則』と呼び、特に問題なのが都市部における無党派の増加だ。これは県庁所在地のある一区で顕著であり、野党候補者の勝利が近年見られるようになる。その背景にあるのは、自分達の税金が自分達の所でなく田舎に使われているという不満。

「あれ？　四国そんなにやばかった？」

私の疑問に明日香ちゃんは一言。それで私も頭を抱える。

「環境問題に水」

「あー」

（……）

世紀末の頃から急激に盛り上がる環境保護意識のやり玉に道路と共に挙げられたのがダムであり、長野県では知事交代にまで繋《つな》がるほど盛り上がっていた。ところが、この国は台風が来れば洪水、来なければ渇水というお国柄で、治山治水は政府の重要事項となって久しい分野だったりする。で、都市化が進むにつれて地方が衰退すると、距離が遠い事からそれに金を掛けるのが『もったいない』と思ってしまうのが人情というわけで。無党派の怒りはこの無駄な公共事業という形でのダム建設をやり玉に挙げ、野党はそれに乗って政府を叩《たた》いていた。

「うち、中予分水構想ってのがあって松山平野に水を引っ張る計画なんだけど、環境保護団体から猛反発食らっているのよ。今や環境破壊三点セットって呼ばれて総攻撃の的になっているのよね」

「あと二つは何よ？」

私の言葉に明日香ちゃんがさっきと同じ口調で一言。また私は頭を抱える。

「伊《い》方《かた》原発に四国新幹線」

「あー」

（……！）

「え？　お遍路？　あれもいいけど、あれは四国全部なのよ。今の話は愛媛県での話」

蛍ちゃんがみかんを授かったお遍路アピールをする蛍ちゃんを諭す。人の世はせちがらいのだ。

地方の雇用は公共事業が結構支えている。かつては、人件費の安かった地方に工場を建設してという動きもあったが、90年代の円高でそれも挫折し今は更に人件費が安い樺太《からふと》や東南アジアに工場が移転しつつある。恋住政権の公共事業削減方針は、都市部の無党派を味方に付け高い支持率の源泉としつつ、地方の衰退と不満をためこんでいっていた。

「食《く》い扶持《ぶち》だったしまなみ海道が出来ちゃったから、高速と新幹線と中予分水で新しい食い扶持をって考えてるのだけど、議員は落選したらただの人だからね。次も通って、政務官か副大臣に潜り込めるといいなぁと」

「新幹線は高松までは作るけど、そこから先は政治案件よ。多分松山の方に延ばしたら、『先に北海道を！』ってつっこまれるし」

私の懸念に明日香ちゃんは笑って手を振る。彼女も政治家の娘。落とし所をわきまえていた。

「私も瑠奈ちゃんを全面的に当てにするつもりは無いわよ。ただ、パーティー券をちょっと多く購入してくれると嬉《うれ》しいなぁと」

にっこり。よく分かっていない蛍ちゃんもにっこり。今日のお茶会に参加した人数分ぐらいのパーティー券を買ってくれと来た訳だ。明日香ちゃん分かっていないなぁ。私は、貴方に幼稚園の頃から『大人げないなぁ』と言われ続けてきた桂華院瑠奈だというのに。

という訳で、私も明日香ちゃんや蛍ちゃんと同じ顔でにっこり。

「友達じゃない。全部回して頂戴」

「……本当にそーいう所、変わっていないよねー」

（ぐっ♪）

そう言って蛍ちゃんと共に離れてゆく。ゲームにおいて、明日香ちゃんと蛍ちゃんは姿を見掛けなかった。多分、縁が無かったのだろう。そうやって入っている人、欠けている人をリストアップすれば、何か見えて来るのかも知れない。ゲームの私が何で破滅したのか。その答えが。

「遊びに来ましたわ」

「お邪魔させていただきますね。桂華院さん。凄《すご》いお茶会ね」

「ようこそ。楽しんでいってね」

次にやって来たのは朝霧薫《あさぎりかおる》さん。彼女も立派な女王蜂である。しかも、薫さんの友人関係には華族系が多い上、私と違い華族系派閥である雲客会の正規メンバーである。また雲客会会員の待宵早《まちよいさ》苗《なえ》さんと華月詩織《かづきしおり》さんは薫さんについてやってきている。そんな訳で、堂々と立ち話。私の側近及び早苗さんと詩織さんと薫さんの友人達が自然と離れて輪を作りガードするのがさすが。

「雲客会から正規の要請です。派閥に入って手を組みませんか？」

「独立系外様《とざま》じゃ駄目なの？」

私の確認に薫さんがため息をつく。彼女も結構苦労しているらしい。

「恋住政権は華族特権の剝奪を政策に掲げていますから、敵対している貴方を取り込みたいのです」

うちはその華族特権を使わされた結果、世論の反発を受けて華族特権の剝奪についての議題が国会に上がるようになっていた。まだ剝奪まで行っていないが、このままでは時間の問題だろう。

「私を取り込んでも、その後の絵図面は？」

「瑠奈さんが抱えている泉川派を寝返らせて、野党と組ませて連立政権をというのが上の考えみたいですね。瑠奈さんと岩崎《いわざき》財閥で樺太を握れるから、与党連立政権は過半数を割ります。それで内閣不信任案を通して解散に追い込んで、勝利した後に連立政権をというのがシナリオみたいですが」

私みたいにある意味諦めているのは例外で、特権を奪われる華族連中の抵抗は凄いものがある。

とはいえ、実権が無く他に手段が無いからと野党勢力に手を伸ばすあたり、平家が伸びてきたら源氏に手を出すみたいなノリで、なんとも公家《くげ》の末裔《まつえい》である華族らしいと思わず苦笑したり。

「野党側こそ華族特権の剝奪を叫び続けていたじゃないですか」

「それを撤回させるためにも、与党側の大物の寝返りが必要だと上は考えているみたいですよ」

恋住政権の狡猾《こうかつ》な所は、野党が無党派向けに掲げた政策を与党として実行に移した所にある。その結果、与党の反対を主張しないと支持者受けができない野党は、政策の核を失いメディア受けに特化する『政治役者』に成り果ててゆくのだが、ここではひとまず置いておこう。

「メッセンジャーではなく、友人として薫さんの意見を聞きたいわ」

「私、お友達としても、親戚としても瑠奈さんの事を知っていますのよ。瑠奈さんの投資対象から外れている時点で、野党はそのようなものだと見切りを付けております」

「あらあら」

革命というのは、インテリが起こす。彼らが大衆の不満を焚《た》き付けて転覆させるのはいい。その後の粛清祭りにその首が乗るまでは。

「私達は華族です。ついでに、私も瑠奈さんも財閥です。断頭台のヒロインとして祭り上げられるのは目に見えているじゃないですか」

「それが分かっているから、あの総理切れないのよ」

薫さんの物言いに私は苦笑しつつ答える。あの天才政治役者であり、派閥政治家である恋住総理の中に天下国家なんて言葉は無い。あるのは、無党派という怒れる都市部住民の意思であり、それを巧みに妥協させながら政権を維持運営する天性の才覚のみだ。あの人相手ならば、良き敗者として演じられた上で、落とし所も用意されている。これが野党相手ならば、多分私も薫さんも完全に失脚させられるか、相手を全部粛清するかという血みどろの道になる。

「薫さん。友人として忠告を。お付き合いに留《とど》めておきなさい。逃がせる人間は、こっちに紹介してくれても構わないわ」

「きっと、平相《へいしょうこく》国が台頭した時の朝廷もこんな話で盛り上がったのでしょうね。あの人はまだ朝廷を立ててくれたというのに」

それでも、時代は源氏というか武士に流れてゆく。公家の時代はそれから二度と返ってこなかった。それでも栄えた家はあるし、残った家はあるのだ。これはそういう話。

「じゃあ、他の人達ともお話ししてくるわ」

「ええ。楽しんでいってくださいね」

そう言って、薫さんは詩織さんを連れて私から離れてゆく。ゲームでも薫さんの顔は見なかった。お義兄様《にいさま》こと桂華院仲麻呂《なかまろ》との縁が切れた事で離れたのだろう。けど、気になるワードを聞いた。華族側が、華族特権の剝奪に抵抗して野党側と手を繫ごうとしたという事だ。少しずつ見えてくる、ゲームにおける私の立ち位置。

「お嬢様？」

控えていた橘由香がいつもの癖で私をお嬢様と呼ぶ。ゲームにおいて彼女も存在していなかった。

「また、私をお嬢様と呼ぶ～」

「申し訳ありません」

「いいわ。少しベランダに出て考えたいので、誰か来たら教えて頂戴」

「かしこまりました。瑠奈さま」

私の後ろにグラーシャ・マルシェヴァと劉鈴音が付く。劉鈴音についてはそのお団子ヘアと同じキャラが居たのを覚えている。グラーシャもモブ絵にしては鋭いというか暗いというかそんなイメージの絵だったので覚えがある。少なくとも、ゲーム内の私には華僑系からの接触があったという事だ。

（ゲーム内の私だったら、華族の提案に乗って反恋住として派手に動いたのでしょうね）

取り留めも無く思う。それがどれほど無謀か知っているし、不良債権処理で苦しんで……っ!?

天啓のように、私の頭に衝撃が走る。そこから導き出される、あまりにもまずいシナリオの大元。

（現実の不良債権処理で苦しんでいる状況で、社会主義の非効率経済だった樺太はどうなる!?）

女王蜂のお茶会は他の女王蜂との交流機会でもある。それは、同年代だけでなく、年上や年下の女王蜂との付き合いも発生するという事を意味する。

「お邪魔して良かったのかしら？」

「歓迎しますわ。先輩」

私の一つ上であるリディア先輩はそう言って取り巻きを連れてお茶会に参加してくる。立ち位置的には独立系新興派閥である私の派閥の前にリディア先輩がいるので、私は彼女の派閥の後継者という形で周囲から見られる事になる。組織の求心力は次世代が居るかどうかであり、リディア先輩と私という形の独立系派閥が立ち上がる事になるのだろう。

「調べてみると、こういう形で独立した派閥を立ち上げた人は何人か居たみたいだけど、次世代に継がせられずに消滅しているのよね。桂華院さん。貴方が居るという幸運を私は噛《か》みしめているわ」

「そう言ってもらえると嬉しいですね。このお茶会で、私の下を紹介しますわ」

挨拶もそこそこに、また側近達が輪を作る。小学生まではお子様と見られているが、中学生になるとある程度意思がある子供として扱われる事が多い。大人の簡単なメッセンジャーぐらいは出来るし、子供の縁を隠れ蓑《みの》に大人の話をする事もあるのだ。

「正直に申しまして、次の選挙で恋住総理を追い落とせるのですか？」

「無理ですし、やる気も起きませんし、政権を奪っても少数派です。事務方に追い落とされますね」

「良かった。それが分からない人じゃないとは思っていたけど、直《じか》にそれが聞けて安心したわ」

この国は官僚が動かしており、その官僚のモデルケースとしてよく言われるのが東側の社会主義国家達である。かの社会主義国家とこの国の何が違っていたのか？　社会主義国家において国を動かしていたのは『党官僚』であり、この国では『国家官僚』が国を動かしている。その違いだろう。

たとえば、この国が社会主義国となった時、その国を動かすのは社会主義政党の議員ではなく、その社会主義政党の官僚である。するとこんな事が発生する。財務省の官僚の命令より、社会主義政党の財務担当の命令が優先される。それ自体はよくある事だ。その命令に正当性を持たせるために、社会主義政党の官僚が財務省の官僚になるというのが普通の国家。

だが、国家組織より党が優先される場合、党官僚から国家官僚に『格落ち』するのでまず党官僚が国家官僚になりたがらない。おまけに、政策が失敗した場合国家官僚に責任を負わせて、党官僚は無傷という事がとても良くある。

絶対権力は絶対に腐敗する。かくして、社会主義国の多くは、その腐敗と非効率な政策運営によって歴史の中に消える事になる。そんな党官僚の末裔で、『あ、この国あかん』と祖国を売って今の地位を得たのが私の目の前にいるリディア先輩の両親という訳だ。

「政権交代が出来る野党になったとこの国のマスコミは囃《はや》しているけど、事務方が統一されていないから崩れるのはあっという間でしょうね。おまけに、その事務方で主導権争いの真《ま》っ只中《ただなか》だから、政権を取ってもあれは持たないわ」

「奇遇ですね。私も同じ事を考えていたので」

リディア先輩の意見に、私は心から賛同する。

90年代の野党連立政権が崩壊したきっかけは、与党を離党した連中と元から野党だった連中の事務方の対立だった。この事務方というのは、議員秘書だけでなく有力支持者なども入れたもので官僚を動かせて政策立案能力があった元与党側議員は、寝返った事で与党側だった事務方を失う事になった。資料集めやスケジュール管理だけでなく地元の陳情や資金管理、選挙戦略に至るまで、この手の事務方の存在がなくては議員は議員の仕事ができない。

そして、野党連立政権で多数派だったリベラル側の事務方は、反政府活動家や都市部女性層が中核だったために正義を行使し談合を悪と考えるからたちが悪い。地方の陳情がまず機能不全を起こし、連合政権内部の事務方の統一見解がまとまらないから上の議員側に対立が波及し、国民福祉税と首相のスキャンダルで崩壊。その後、左派勢力の党を引っこ抜いて立憲政友党が政権を奪還した際に彼らは黒子に徹し、連立を組んだ左派政党に彼らが一番欲しがったものをくれてやったのである。

つまり、正義を。大衆の前で行使できる『テレビ』と共に。

そして現在。野党と野党の事務方はこの毒を回復不能なまでに吸い込み続けていた。

「今、あの野党の中では総括の真っ只中でしょうからね。大きくなった事で事務方のリストラが発生して、椅子取りゲームに夢中でしょう」

「そして、声の大きな連中が相手を追い落として勝つ。政権運営で一番欲しい調整能力を持たないから、私達みたいな人間は入る余地がないでしょうね」

私はリディア先輩相手に苦笑して、一番聞きたかった事を尋ねてみた。それは、歴史のミッシングリングの一つ。

「先輩。お聞きしますけど、旧北日本政府はどれぐらい野党勢力に食い込んでいました？」

にっこり。

にっこり。

リディア先輩は微笑《ほほえ》んでただ一言有名なフレーズを呪文のように言う。

「万国の労働者よ団結せよ」

その一言で察した。旧ソ連が隣国であり、南日本を最前線に抱えていた旧北日本政府は大規模なスパイ網と内通者を抱え込んでいた事を。そして、そんな彼らは基本操りやすいように無能な連中を抜擢してゆく。私の父も、そんな無能だったという訳だ。認めたくはないが。

「国が滅んでも彼らは生き延び、今はこの国を指導するかもしれない立場に居る。そんな彼らを裏から操って見下しきっていた、私と私の父が彼らに付けると思いますか？」

今は立場が逆転し、下手したらその無能達に頭を下げないといけないこの苦しさ。まだ、最高のタイミングでの売国でリディア先輩の家は利益を得ているが、野党が勝てば真っ先に潰されるのが目に見えている。

「それを言うと、私の父を死に追いやった旧北日本政府の連中を私が許さないと言えるのでは？」

すっと空気が冷えるが、お互い笑みは崩さない。私もリディア先輩もこれぐらいで関係を壊すような愚か者ではない。笑顔で手を握りながら、互いの足を思い切り踏ん付けるぐらい出来ないと、この世界では生きていけない。

「きっと私達は同じ国に生まれてもお友達になれたでしょうね」

「そう言って頂けると嬉しいですわ。先輩」

それでこの話は終わりと思ったら、リディア先輩が楽しそうに口を開く。それは、先輩にとってジョークのつもりだったらしい。

「かつての祖国が、この国の協力者を見付ける基準の一つって知っていますか？」

「分からないですね。何ですか？」

いたずらっぽい笑みを浮かべてリディア先輩はその答えを言った。ああ。たしかにその基準だと、正義を盲信する馬鹿どもを見付けやすいわ。

「時代劇が大好きな人達なのですよ。特に、将軍や副将軍が悪人を成敗する番組が好きな人に外れはいませんでした」

と。

お茶会も中程。気楽に話せる人がやって来た。

「瑠奈お姉さま。遊びに来ちゃいました♪」

「いらっしゃい。澪ちゃん。楽しんでいってね。紹介するわ。この人が敷香《しずか》リディア先輩」

「よろしくね」

「初等部生徒会会計の天音澪と申します。瑠奈お姉さまには、いつも色々助けてもらっています」

ペコリと頭を下げる天音澪ちゃん。彼女もしっかりと女王蜂になっていたらしく、お友達を連れてきている。これで、少なくとも独立系新興派閥は三代は続く事になる。

「あー！　澪ちゃん来てるー！」

私と同じ幼稚園からの付き合いである明日香ちゃんと蛍ちゃんが寄ってくる。すると二人と友人だった薫さんや早苗さんと詩織さんもやって来る訳で。この手の席では、こうやって友好関係が広がってゆくのだ。

敵味方がはっきりする私と違い、澪ちゃんは友好関係が広い。クラスのというか学園の潤滑油である。彼女は、基本誰にでも同じ対応をするのだ。それが華族や財閥などの親のしがらみに縛られるこの学園の生徒達にとって眩《まぶ》しくて、温かい。本当に良い縁を作れたと思う。

「桂華院さん。お邪魔しに来ました」

「うわぁ……本当にお茶会してる……場違いじゃないかな？」

「いらっしゃい。初等部からの仲じゃない。遠慮なく楽しんで頂戴」

その輪の中に入ってきたのが高橋鑑子《たかはしあきこ》さんと栗森志津香《くりもりしづか》さんの二人。どちらかと言えば一般人よりの家なので、こういう場所に出ていいのかと迷っていたらしいが、来てくれて感謝しかない。

「……」

「……」

おや？　何か入り口で揉《も》めているな。ちょっと歓談の席から離れると、久春内七海と揉めていたのは神奈《かんな》水樹《みずき》だった。

「どうしたの？」

「っ!?　お嬢様！」

「ごきげんよう。桂華院さん。時間が来たので一人で来たのだけど、大丈夫だったかしら？」

神奈水樹の胸元をチェック。私があげた銀バッジは付けていない。久春内七海と揉めていたのは多分これだな。

「かまわないわよ。ようこそ。私のお茶会へ。神奈水樹さん」

久春内七海のなんとも言えない顔を私は見ない事にした。神奈水樹はそれを気にせずに私と話す。

「こっちの学校生活には驚く事ばかりよ」

「まぁ、そうでしょうね。ここがそういう場所だと認識できるなら、うまくやっていけるわよ」

という訳で、歓談の席に戻る。そのついでに神奈水樹を紹介する事にする。

「こちらは神奈水樹さん。神奈一門の占い師さんなのですよ」

「え!?　あの神奈の占い師!?」

そう言って驚くのは明日香ちゃん。女の子は占いが大好きなのだ。

「ええ。占えというのならば、占わせていただきますよ。お代は幾らでも構いませんが、既に予約がたくさんありまして……」

　すっと場に入ってゆく神奈水樹をじーっと見る蛍ちゃん。オカルト系なだけあって、話をしたいのではないかと推測する。あ。視線に気付いて明日香ちゃんの陰に隠れた。かわいい。

　結局、このお茶会に参加した女子は上級生下級生合わせて六十九人。同学年女子百人中五十九人という結果になった。

　お茶会終了後。側近団が片付けをしているのを眺めながら、私は物思いにふける。澪ちゃんはゲームには出ていなかった。リディア先輩もゲームには出ていなかったけど、今日みたいに派閥の継承という形で関与していたのかもしれない。華族に樺太関係で固まったゲームにおける私の派閥。反恋住政権の動きをして潰された？　いや、違う。私が破滅したのが２００８年ならば、経済的な破綻が最終的な破滅となったはずだ。政治的に反恋住として動いていたのに、なんでゲーム内の私は恋住総理に潰されなかったのだろう？

　っ!?

　視界が歪《ゆが》む。この感覚は何度かあったな。その視野に広がるのは、今日のお茶会よりもう少し人数が少ない私のお茶会。中央で、余裕のない顔で私が喋《しゃべ》っていた。

「だから私は宣言します！　桂華院公爵家を継ぐ者として、この国を担う華族の責務として経済的窮乏にあえぐ樺太の……」

　そうか。ゲームの私は、次期桂華院家公爵として振舞っていたのか。あの恋住総理がたしなめて押しとどめた大人になってしまっていたのか。視界に映る私は、その意味が分からずにその主張を繰り返す。

「……ですから、樺太を経済特区としてタックスヘイブン及びローヘイブンとして……」

分かってしまう。私が潰された最後のピースがハマった。

マネーロンダリング。

その場所として樺太は選ばれ、その実現の看板として落ち目の桂華院瑠奈が選ばれた訳だ。

しかも、華族特権を利用してのローヘイブンまで入れてやがる。勝てば大勝利、負ければ破滅の本当の勝負だったという事が分かる。財界の協力者としての帝亜《ていあ》栄一《えいいち》、政治家を絡める形での泉川裕次郎《ゆうじろう》、税関係の中枢に居る父を持つ後藤光也《ごとうみつや》の三人はこのために選ばれた訳で、それが破綻したから破滅……いや、違うな。私が最終的に見切られたのは、多分同時に発生した世界規模の金融危機のせいだ。破滅後空港で一人待つ一枚絵を思い出す。

多分私はそこから飛び立てなかっただろうと確信する。風呂屋に沈められたらまだ良い方で、おそらくはそのまま海に沈められただろう。それぐらいの賭けだったのだが、さて、主人公の小鳥遊《たかなし》瑞穂《みずほ》はそれを知っていたのか……知らなかったのだろうなぁ。

「っ!?」

我に返る。手が握られており、その先に蛍ちゃんが居た。

「ありがとう」

こくりと頷《うなず》いて微笑む蛍ちゃん。視線に気付いてそっちを向くと、神奈水樹が居た。何かする訳でもなく、彼女は手を振って離れてゆく。

「大丈夫よ。みんなの所に戻りましょうか」

不意に自分の事なのにその言葉がぽろりと出そうになる。声は出さずに唇だけを動かして、その言葉をこぼした。

(かわいそうな桂華院瑠奈)

その言葉は誰にも聞かれる事は無かった。


【用語解説】
・紅衛兵……文化大革命。香港《ホンコン》系華僑は国共内戦で香港に逃れた人をベースに、文化大革命と天安門事件を見て逃れてきた人で構成されていた。こんな人達を両親や祖父に持つ人達が香港返還時に共産党を信じられるわけがなく……なお紅衛兵のほとんどがその後共産党上層部に使い捨てられた。
・政務官か副大臣……小泉《こいずみ》政権の狡猾な所として、大臣は一本釣りで掻《か》っ攫《さら》うのに、副大臣と政務官は派閥の推薦を受けてほぼその通りに任命した点。この結果、派閥のボスや大臣予備軍の議員ではなくその下の連中が小泉側についてしまい、郵政劇場では彼らの小泉支持が勝利の遠因となる。
・パーティー券……だいたい一枚数千円から一万円で、出てくるのはしょぼい食事とお土産としてその政治家の本で、中抜きされた金額が選挙資金として議員事務所にプールされる。企業で買って社員や知り合いに無料で配るなんて事もありこの手の政治家のパーティーで『パーティー券を

もらって来た』人達はほぼこれ。
・平相国……平 清盛《たいらのきよもり》。
・90年代の野党連立政権……細川《ほそかわ》政権。
・総括……『総括（連合赤軍）』の方。左派系はこれで声の大きい連中が実権を握って、妥協も良しとする連中がパージされた。それで組織が潰れたならばよかったけれど、その声の大きさは『政治役者』にとって最適だった事が後の悲劇に繋がってゆく。
・内通者……東ドイツが西ドイツに作った協力者の数は一説によると数万人に及ぶとか。統一後彼らの扱いを巡って、米露両国まで巻き込んで壮絶に揉めた。
・万国の労働者よ団結せよ……『共産党宣言』。元々は、『万国のプロレタリアートよ、団結せよ！』。
・将軍や副将軍が悪人を成敗する時代劇……『暴れん坊将軍』と『水戸黄門』。両方とも勧善懲悪であるが、それゆえに問題の根本的な所を全く解決していないのがポイント。
・ローヘイブン……法律の回避地。犯罪者引き渡しの国際条約に加盟していない国に逃げ込んでしまえば、指名手配をかけた国は捕まえる事はできない。

『現代社会で乙女ゲームの悪役令嬢はちょっと大変』

登場人物

【桂華院公爵家】

桂華院瑠奈……………本作の主人公。乙女ゲームの世界に転生した悪役令嬢。

橘隆二……………………瑠奈の執事。

一条進……………………桂華金融ホールディングスCEO。

藤堂長吉…………………桂華商会ホールディングス代表取締役社長。

アンジェラ・サリバン…瑠奈の秘書。元CIAエージェント。

岡崎祐一…………………桂華商会ホールディングス若手社員。

斉藤桂子…………………メイド。元銀座の夜の女王。

時任亜紀…………………メイド。

桂華院清麻呂……………公爵家当主。

桂華院仲麻呂……………公爵家嫡男。

渡部茂真…………………運転手兼バイオリニスト。

曽根光兼…………………運転手。

西沢三郎…………………運転手。

田宮真……………………護衛。

道原直実……………………護衛。
橘由香……………………メイド見習い。橘隆二の孫。
一条絵梨花…………………メイド見習い。一条進の娘。
アニーシャ・エゴロワ…メイド。元ＫＧＢ。
北雲涼子……………………メイド。元北日本政府スパイ。
エヴァ・シャロン………メイド。ＣＩＡより出向。
長森香織……………………メイド。桂華ホテルコンシェルジュ。
和辻高道……………………料理人。桂華ホテル料理長。
桂直美………………………桂華院分流出身。息子は直之。
桂直之………………………北海道開拓銀行総合開発部出身。

【瑠奈の攻略対象】
帝亜栄一……………………テイア自動車の御曹司。
泉川裕次郎…………………大物政治家・泉川辰ノ助の末息子。
後藤光也……………………財務官僚・後藤光利の一人息子。

【桂華院瑠奈の御学友】
春日乃明日香………………父親は衆議院議員。

開法院蛍…………………寺社系家族出身。
天音澪…………………瑠奈の一つ年下の妹分。父親が桂華院家お抱え美術商。
華月詩織………………桂華院家分家筋。華月子爵息女。
待宵早苗………………待宵伯爵家息女。朝霧薫の友人。
栗森志津香……………地方財閥。栗森家息女。桂華銀行がメインバンク。
高橋鑑子………………父親が県警本部長で橘と知り合い。剣道少女。
朝霧薫…………………朝霧侯爵家令嬢。姉の桜子は桂華院仲麻呂と結婚。

【岩崎財閥関係者】
岩崎弥四郎……………帝都岩崎銀行頭取。朝霧桜子の祖父。
桂華院桜子……………桂華院仲麻呂の婚約者。朝霧薫の姉。旧姓朝霧。

【その他関係者】
石川信光………………写真家。
神戸総司………………某私立大学経済学部教授。
恋住総一郎……………立憲政友党所属衆議院議員。内閣総理大臣。
前藤正一………………警視庁公安部外事課所属の管理官。
帝亜秀一………………帝亜財閥総帥。栄一の父。

高宮春香……………帝亜学習館学園中央図書館館長。
岩沢真………………東京都都知事。作家。
白崎孝二……………映画監督。
石川信光……………写真家。
敷香リディア………樺太貴族敷香侯爵家令嬢。瑠奈の1年先輩。
神奈水樹……………占い師兼高級娼婦集団神奈一門次期後継者。

小鳥遊瑞穂…………乙女ゲーム『桜散る先で君と恋を語ろう』の主人公。

【側近団】
久春内七海　遠淵結菜　野月美咲　留高美羽　秋辺莉子　劉鈴音　ユーリヤ・モロトヴァ
グラーシャ・マルシェヴァ　イリーナ・ベロソヴァ

あとがき

本書をお買い上げいただきありがとうございます。著者の二日市とふろうと申します。

今回のお話は２００２年夏から２００３年春ぐらいに起こった物語となっております。

架空戦記という小説ジャンルはご存じでしょうか？　１９８０年代後半から２０００年代にかけて流行したジャンルで、『関ヶ原の戦いで石田《いしだ》三成《みつなり》率いる西軍が勝っていたら？』や『第二次世界大戦で日本が勝っていたら？』などＩＦを書く物語です。

学生時代の私はこの架空戦記にはまり、この手の小説をずっとネットに書いてきました。だからこそ、その架空戦記のラスボスになる米国に対しての日本の感情の移り変わりをリアルタイムで見てきたのです。

第二次世界大戦の敗北。その後の占領と復興。冷戦と経済的繁栄とこの国は米国と長く付き合いつつも、その反米感情は伏流水みたいにずっと地下にたまっていました。

その反米感情が噴き出たのがこの時期です。不良債権処理でウォール街のヘッジファンドにいいようにしてやられたという思いもあり、同時多発テロからイラク戦争にかけての日本の一貫とした米国支持に対して『米国追随なのではないのか？』という声は決して小さくはなかったのです。

それは湾岸戦争時に『金だけしか出さなかった！』と世界から批判された反省でもあるのですが、米国はこの時の恩を忘れませんでした。その結果は東日本大震災時の『トモダチ作戦』となって返ってきて現在の日米関係の基礎となっています。

だからこそ、この本のこの瞬間である『イラク戦争を行う米国に協力するか?』は大きなターニングポイントでした。何も米国に喧嘩《けんか》を売るという訳ではないですが、あの時のフランスをはじめとした欧州みたいに非協力的姿勢をとり、外交の自主独立路線を確立するＩＦは大いにありえたのです。その外交の自主独立路線を唱えていたのが当時の東京都知事だった石原慎太郎《いしはらしんたろう》氏でした。

この物語において、桂華院瑠奈《けいかいんるな》がモラトリアムという形で表舞台から一時的に身を引いた結果、大人は否応《いやおう》なく決断を迫られます。それは、現実においてこう問いかけているようでした。

「なぜ時代は石原慎太郎ではなく小泉純一郎《こいずみじゅんいちろう》を選んだのか?」と。

文学者であり政治家であった石原慎太郎氏の業績を追いかけているうちに、戦後史だけでなく文学史の迷宮に迷い込んだ気がしたのを覚えています。

最後にこの場を借りて謝辞を。

桂華院瑠奈の物語を語る場所となった『小説家になろう』様。書籍化の声をかけてくれたオーバーラップノベルスの担当さん、本当にありがとうございます。

また、四巻まで素敵なイラストを描いてくれた景さんには心からの感謝を。今回からイラストを担当する事になったじゃいあんさん、素晴らしいイラストをありがとうございます。

また、本作品の書籍化にご協力くださった皆様に心からお礼を申し上げます。

最後に、この本を手に取ってご購入していただいた読者の皆様に心から感謝を。本当にありがとうございます。

それでは、次巻でまたお会いできる事を祈っております。

次回予告

モラトリアムの終焉。その始まりはこんな言葉だった。

「お嬢様。この桂華グループ内部において、お嬢様を下ろすクーデターが進んでおります」

あまりに膨大に膨れ上がった桂華グループ。消えてなくなるのを良しとしなかったこの桂華グループを守るという善意が暴走し、それが桂華院瑠奈に牙を剝く。

「嬢ちゃんに助けられた恩はある。せやから言うて、その嬢ちゃんの博打に己の人生賭けるほど酔狂な連中は、桂華グループ全体でも一握り。今、起こっているのはそういう事や」

勝者と敗者、その間で蠢くおこぼれを狙う者。誰もが皆苦しみながら勝者を目指し、自己責任の名の下に他人を蹴落とさねば生きてゆかれぬ資本主義の魔都東京。人の運命を司るのは偶然か必然か。敗者の怨念は突然に目を覚まし、偽りの平穏を打ち破る。

「小さな女王陛下。君は国を持ってはいけないよ。樺太の、ロシアの、何処かの国の女王になってはいけない。国際社会は、歴史は、君という女優を使い潰して歴史の闇に消すよ。君はもはやそういう存在なのだとまずは自覚しなさい」

2024年発売予定

「こちら成田空港です。空港の閉鎖だけでなくテロという事で
利用客は不安そうな顔で再開を待っています。
官邸は総理をトップとする対策本部を設置し、
事態の解決に全力を挙げると官房長官のコメントが発表されました。
また、米国大使館からは、『同盟国の危機に対応する準備がある』という
声明が発表されています。警察庁は、この事件に対して
広域機動隊の投入を決定。在日米軍基地から、
テロ対策部隊の編成に入ったという未確認情報が……」

テロリストが狙ったのは誰か？
それを問うのは歴史でいい。
だが、その魔の手が届いたときに聞こえた声。

「瑠奈っ⁉」

「手榴弾！」

こんなのは私の知っている歴史にはなかった。
けど、無視するにはあまりにも大きすぎた。

現代社会で乙女ゲームの悪役令嬢をするのはちょっと大変 6

It's a little hard to be a villainess of a otome game in modern society

作品のご感想、
ファンレターを
お待ちしています

あて先

〒141-0031　東京都品川区西五反田 8-1-5 五反田光和ビル4階
ライトノベル編集部
「二日市とふろう」先生係／「じゃいあん」先生係

スマホ、PCからWEBアンケートにご協力ください

アンケートにご協力いただいた方には、下記スペシャルコンテンツをプレゼントします。
★本書イラストの「無料壁紙」　★毎月10名様に抽選で「図書カード（1000円分）」

公式HPもしくは左記の二次元バーコードまたはURLよりアクセスしてください。
▶ https://over-lap.co.jp/824007148
※スマートフォンとPCからのアクセスにのみ対応しております。
※サイトへのアクセスや登録時に発生する通信費等はご負担ください。

オーバーラップノベルス公式HP ▶ https://over-lap.co.jp/lnv/

現代社会で乙女ゲームの悪役令嬢をするのはちょっと大変 5

発行　2024年1月25日　初版第一刷発行
著者　二日市とふろう
イラスト　じゃいあん
発行者　永田勝治
発行所　株式会社オーバーラップ
〒141-0031　東京都品川区西五反田 8-1-5
校正・DTP　株式会社鷗来堂
印刷・製本　大日本印刷株式会社

ISBN 978-4-8240-0714-8 C0093

【オーバーラップ　カスタマーサポート】
電　話　03-6219-0850
受付時間　10時～18時（土日祝日をのぞく）

骸骨騎士様、
只今異世界へお出掛け中
秤猿鬼
illust. KeG
目立たず過ごす――はずだったのに!?
最強の骸骨騎士による
無自覚“世直し”異世界ファンタジー、
ここに参上!!
目覚めると「見た目は鎧、中身は全身骨格」のゲームキャラ“骸骨騎士”の姿で異世界に放り出されていたアーク。目立たず傭兵として過ごしたい思いとは裏腹に、ある日、ダークエルフの美女アリアンに雇われ、エルフ族の奪還作戦に協力することに。だが、その裏には王族の策謀が渦巻いており――!?
大ヒット御礼!
骸骨騎士様、只今、
緊急大重版中!!
OVERLAP NOVELS

コミカライズも
大好評!
「小説家になろう」で
絶大な人気を誇る
人外転生
ファンタジー!!
最弱《スケルトン》から進化でめざす
最強冒険者!
丘野 優
イラスト:じゃいあん
望まぬ不死の冒険者
いつか最高の神銀級《ミスリル》冒険者になることを目指し早十年。おちこぼれ冒険者のレントは、ソロで潜った《水月の迷宮》で《龍》と出会い、あっけなく死んだ——はずだったが、なぜか最弱モンスター「スケルトン」の姿になっていて……!?
OVERLAP
NOVELS

コミカライズ連載中!!
お気楽領主の楽しい領地防衛
okiraku ryousyu no tanoshii ryouchibouei
～生産系魔術で名もなき村を最強の城塞都市に～
Sou Akaike
赤池宗
illustration 転
ハズレ適性の生産魔術で辺境を最強の都市に!?
転生者である貴族の少年・ヴァンは、魔術適性鑑定の儀で“役立たず”とされる生産魔術の適性判定を受けてしまう。名もなき辺境の村に追放されたヴァンは、前世の知識と“役立たず”のはずの生産魔術で、辺境の村を巨大都市へと発展させていく――！
OVERLAP NOVELS

OVERLAP NOVELS
異世界でスロ〜ライフを願望
いせかいで するろーらいふを（かんぼう）
I have a slow living in different world (I wish)
シゲ[Shige]
イラスト：オウカ[Ouka]
スローライフのカギは、美少女奴隷と『お小遣い《固有スキル》』!?
シリーズ絶賛発売中！

OVERLAP NOVELS
サモナーさんが行く
ロッド
〈イラスト〉四々九
WEB小説界、最大級の戦闘録、
書籍も人気急上昇！
不遇職？
ネタプレイ？
そんな……、「召喚士《サモナー》」
その唯一の
戦い方とは――。
βテストを終え、本サービスを開始したVRゲーム『アナザーリンク・サーガ・オンライン』。碌にゲームの説明すら読まずにログインした青年、キースは一人途方に暮れていた。彼が、偶然に選択したのは「召喚士《サモナー》」――召喚モンスターを使役する職業にして魔法使いだった。そして間もなく、予備知識のない彼を待っていたのは「召喚士は不人気である」という事実で!?
シリーズ
絶賛発売中

［著］ニト ［画］ゆーにっと
OVERLAP NOVELS
行き着く先は勇者か魔王か
元・廃プレイヤーが征く異世界攻略記
効率を求め、
成長を楽しみ、最強を極めろ
元・廃人ゲーマーによる
異世界攻略奇譚！
元廃人ゲーマーだった間宮悠人は、
謎の言葉とともに異世界へ転移してしまう。
異世界での能力は若返りと
ステータス画面を見られることだけ。
スキルと魔法のある世界で悠人はロキと名乗り、
持てる知識とゲームセンスを武器に
異世界を生き抜いていく――！
コミックガルドで
コミカライズ！

第12回オーバーラップ文庫大賞
原稿募集中！
イラスト：じゃいあん
【締め切り】
第1ターン 2024年6月末日
第2ターン 2024年12月末日
各ターンの締め切り後4ヶ月以内に佳作を発表。通期で佳作に選出された作品の中から、「大賞」、「金賞」、「銀賞」を選出します。
その物語は、きっと誰かが好きな物語。
【賞金】
大賞…300万円（3巻刊行確約＋コミカライズ確約）
金賞……100万円（3巻刊行確約）
銀賞………30万円（2巻刊行確約）
佳作………10万円
投稿はオンラインで！ 結果も評価シートもサイトをチェック！
https://over-lap.co.jp/bunko/award/
〈オーバーラップ文庫大賞オンライン〉
※最新情報および応募詳細については上記サイトをご覧ください。
※紙での応募受付は行っておりません。